行走的風景

江 迅

目 錄

A

B

C

行走的風景

A

身邊盡是「單身狗」

甲問乙：今年七夕你還是一個人嗎？

乙答甲：廢話，難道我會變成一隻狗嗎？

由此，單身族變身為「單身狗」。這世界又多了一個「物種」存在。近日，一則廣告被頂上熱搜。那是湖南長沙地鐵車廂內的廣告。一整列車廂都被貼上淡粉色壁紙，「生孩子 1001 個理由」等字眼隨處可見。「吃光家裏的飯，至少需要三張嘴，讓我們生個孩子吧」，「不想只盯着別人家的孩子流口水，讓我們生個孩子吧」，「愛的魔力不可思議，該來點生命的奇蹟，讓我們生個孩子吧」……

這是針對孕婦的某醫藥健康品牌的廣告，面對的目標消費人群是孕婦。要成為孕婦，先得有孩子，所以該品牌在「生孩子」這點上做起文章。看着這文案結尾固定不變的「讓我們生個孩子吧」的祈使句，許多人頓生膩煩。有人說，這廣告不是「變相催生」嗎？醫藥保健品做廣告可以強調自家藥品的功效，但沒道理去催生，這樣的地鐵廣告，擺錯了自身位置，放錯了行銷地方。

其實，該廣告不存在虛假、誇大宣傳，發布本身合情合規合法。打廣告的本質是優生優育。國家二胎政策

放開後，廣告文案策劃者希望宣導大家回應生育政策。

　　前些日子，一則新聞被頂上熱搜。據中國國家民政部數據，2018 年中國內地單身人口近 2 億人，單身成年人口相當於俄英兩國人口的總和，是中國總人口 1/7，這一數據象徵單身潮再次來襲。中國相親網調查顯示，有 84.8% 的單身民眾有被催婚經歷。國家民政部的統計顯示，2017 年有 1,063 萬對新人登記結婚，比 2016 年下降 7%。自 2014 年開始，結婚率就年年下降，直到 2017 年結婚率只剩千分之 7.7，比 2016 年降低 0.6 個千分點，但離婚率卻持續上升。2017 年中國內地有 437 萬對夫妻辦離婚，比上一年增長 5.2%；2017 年離婚率則為千分之 3.2，比上一年增加 0.2 個千分點。

　　別說生孩子，婚都不想結了，不婚不育，正在成為當下「90 後」的主流生活方式。在放開二孩政策後，中國出生人口並沒有如專家預測的那樣呈井噴之勢，原因之一是社會傳統生育觀「多子多福」、「養兒防老」等已經有變，這與生育成本有關，無論城鄉都面臨生育成本壓力。

　　此際，專家署名文章《提高生育率：新時代中國人口發展的新任務》發表，引發軒然大波，網上吐槽的輿論如潮洶湧。其吸睛點正是不僅是「設立生育基金制度」的建議，還要對丁克家庭〔編按：Dink，指 Dual

行走的風景

（或 Double）Income, No Kids，即雙薪水、無子女的夫妻〕徵收社會撫養稅。文章為提高生育率開出藥方：規定 40 歲以下公民不論男女，每年必須以工資的一定比例繳納生育基金，並進入個人賬戶。家庭在生育第二胎及以上時，可申請取出生育基金並領取生育補貼。如公民未生育二孩，賬戶資金則待退休時再行取出。這顯然不是鼓勵生育的正確方式。繳納生育基金，實際上就是對不生二孩的家庭的變相「罰款」。鼓勵靠的是因勢利導，而不應是用收費的方式催逼。鼓勵生育，應先尊重民眾選擇生育與否的權利，再多些人性化方式引導。

有人算了一筆賬，生一個孩子，要付出的太多了，看看育兒經濟成本，一線城市養一個兒童需要的錢：窮養 85 萬元人民幣，正常 240 萬元，富養 800 萬元。有這些錢，一個人過着孤單又快樂的單身生活不好嗎？相比「70 後」、「80 後」的家庭觀念，「90 後」更看重個人自由。很多「90 後」不結婚，不生孩子，是不想長期被一種生活限制，動彈不得。於是，這個社會我們身邊盡是「單身狗」。

新文化現象：撩妹金句一再刷屏

　　一個新文化現象迷倒不少年青人。網友紛紛在網絡上創作「撩妹金句」的「撩妹文」，一股「撩妹」秀創意的風潮，不時瘋傳而被刷屏，這一波「撩妹文」最初源自微博上一句句古人撩妹金句，網友仿效創作而衍生諸多文化創意，今年青人特別青睞而頻頻轉發。

　　以往「撩妹」大都是吟唱流行情歌，現今時興改編古文經典。網絡上出現一大批「撩妹文」：《古人撩妹金句，一秒戀愛》、《100 條撩妹句，送給不會撩妹的你》、《50 個經典撩妹對話套路》、《撩妹高手金句10 則》、《經典撩妹套路情話 50 句》……

　　都說戀愛需要手段，「撩妹」需要技巧。「撩妹」，是網絡語言。撩：撩撥；妹：年青女子。「撩妹」，挑逗女子的行為，透過向女子示好，引誘獲女子青睞，以求獲取女子芳心。北方人的方言「撩騷」、「撩哧」，也有「挑逗」的意思。與「撩妹」相關連的還有撩哥、撩弟……

　　自古至今的文人面對想追求的窈窕淑女時，確有許多精彩話術。早在《詩經》就有像《關雎》「窈窕淑女，琴瑟友之」的描述男追女的佳句。六朝時期則是有描述

男女私情的「宮體詩」、「樂府詩」等。自古深情留不住，還是套路得人心。在情場面對競爭對手強大時，你不表現出獨特魅力，女神或許就此和你錯過。讀一些古時經典撩妹套路情話，看今天網友撩妹金句，從諺語、名人史蹟、神話傳說，創意都有多元發展空間。把孔融讓梨的典故，變成「梨子可以讓，但你不行」。徐志摩對林徽因說，「你以為你拉鋸子一樣扯的是什麼？是我肉做的心啊」。

一個不懂風情不會追妹子的低風趣男，該讀讀這些網絡金句，學一學厲害把妹：

——「你是不是喜歡我呀，總賴在我心裏趕都趕不走」；

——「什麼時候少女當累了，來給我當太太」；

——「我覺得我好像見過你」，「在哪？」「在我的結婚證上」；

——「你忙歸忙，什麼時候有空嫁給我？」

——「記住你自己的身分」，「我什麼身分？」，「你是我的人」；

——「每想你一次，天上就多一顆星星，於是才有銀河系」；

——「機場的安檢為什麼我總是過不了，因為他們發現我心裏還有一個你」；

——「我今年只有一個旅遊計劃」，「什麼計

劃？」，「就是，見你」；

——「請管好你的嘴」，「為什麼？」，「因為我隨時會親它」；

——「你又胖了，真好，我能喜歡你的地方，又多了一圈」；

——「我每天偷拍你一張照片，等到你 60 歲的時候，我再一張張翻開給你看」；

——「我覺得我該學游泳了」，「為什麼？」「因為我們要墜入愛河了」；

……

要想成功「撩妹」，就需要在對話中加入一些幽默感，讓對話有趣，才會有比別人多一分交流的機會。除了男性觀點的「撩妹文」，也有女性不想被撩的反撩文。作家張愛玲有金句「原來你也在這裏嗎？」，原意反映兩人在偌大世界相遇大不易，「反撩文」卻將其改成「原來你也在這裏嗎？那我要走了」，趣味橫生的反差隱含幽默感。

當然，想要暖意襲人心，還是要講究選擇在適合的時候說這些話，而不是沒頭沒腦突然吐出這些話。在網絡上「撩妹」，大多是一種試探，觸摸對方對自己有沒有那個意思，否則為啥不用平實大白話傳情，而要透過拐來拐去的方式說話？「撩妹」金句，宛若嘴邊蜂蜜，甜入人心。一句甜甜的撩人情話，既能俘虜心愛人的心，又是增進兩人情感的良藥。

行走的風景

從「娘炮」陰柔風到「去性別化消費」

　　北京天橋藝術中心在上演百老匯音樂劇《長靴皇后》。這部極其熱鬧的音樂劇，情節並不複雜，但有關男性氣質的辨析與祛魅的討論貫穿始終，充滿張力。劇中，最明顯的一條線索，是劇中人物對「男性氣質」的爭議。這一討論引爆社會熱話題。

　　男性氣質，孔武有力，彪悍陽剛，英武雄壯，在當今社會似乎成了稀罕物。筆者一位女朋友說起她老公的「娘」：早上起牀後，急急忙忙準備上班，此時她老公跟她擠在化妝鏡前，塗塗抹抹，時不時還問她：「親，你看看我這睫毛如何？」要是家裏跑出一隻蟑螂，老公竟然驚恐而彈得比她還遠，直喊「嚇死寶寶了」。看來她還相當讚賞老公的「娘」味。

　　用以前的詞描述這樣的男人，這是「娘娘腔」。說的是男人性格做作，行為舉止像個女人。當下，人們已改用「娘炮」描述。回首改革開放以來的流行文化現象，在上世紀八十年代末，中國內地就有唐國強、陳寶國等一批男演員，面相英俊有陰柔氣，而被戲稱作「奶油小生」。當下社會上「陰柔之風」盛行，一群走「柔

弱美」路線流量明星走紅，從十幾年前韓流席捲熒屏起，男生開始以陰柔為美，「娘化」自己賦予女性的外貌、性格、裝束，顯出頗強的萌屬性，皮膚比女生都嫩，出門化淡妝、塗眼線、上唇彩，外形扭扭捏捏，說話奶裏奶氣……

近年來，「娘炮」、「娘化」正在青少年中蔓延，粉絲應援文化的力量，一再刺激娛樂資本集聚。「男生娘化現象」進入主流輿論批判視野，引起不少人反思給社會帶來的危害。「娘炮」明星們會對小粉絲的審美取向產生影響，青少年過於沉迷「陰柔之美」，「娘化」會模糊他們的性別判斷，侵襲精神狀態。在網絡上已經出現「拯救男孩」的口號，為培養男孩的男子漢氣概，眾多培訓機構推出新課程。

不過，也有觀點認為，「娘化」只是一種生活方式，宣揚「中性化焦慮」、「少年娘則國娘」的人，是把評判標準退化到原始的肌肉審美，是對多彩人性的壓迫，這不是社會進步的體現。不能因為一個男子着裝像女性，就讓他無法在社會立足，多元化社會中，應開放包容這些並不一定是主流的現象。不修邊幅說人家醜，精緻一點就說人家娘。不管人的性格色彩是陰柔還是陽剛，只要善良有擔當就行。

當下，值得關注的是引伸出的話題，即「去性別化消費」新時代已經到來。最近，一份《中國兩性消費

趨勢報告》首次提出中國消費語境中一個趨勢，男女之間消費差異正在弱化，在「90後」、「95後」年青群體中尤為突出：男性積極追求精緻妝容和時尚造型，女性熱衷於遊戲、戶外運動。當下，看一張賬單，已難辨消費者雌雄。愈來愈多的男生桌子上，不再是電腦、耳機、公仔麵這些人們印象中的宅男標配，而換成了La mer面霜、SK-II小燈泡、蘭蔻小黑瓶等各式當紅護膚品。「95後」男生美妝消費規模相比2015年增長了60％，平均每5個「95後」男生裏就有一個使用BB霜，面膜憑藉銷量增速成為男性最熱衷的護膚品。

筆者想想也是，「娘炮」這個詞本身就和「殘疾」一樣，帶有歧視意味，不妨以「女性化」來表述那些陰柔含蓄的男人。不要按照那一套僵硬的性別刻板印象去約束、去規訓自己的個性和人生。坦然做自己，讓自己活得舒暢就是了，「娘炮」也好，陽剛也好，沒什麼可大驚小怪的。

被催婚：春節焦慮症

　　「每逢佳節被催婚」，這幾乎是每一個適齡單身年青人都會面臨的問題。春節，中國人團聚的傳統節日。走進春節，有人歡喜有人憂。在城市工作的年青人往往面臨長輩催婚的壓力，紛紛深陷「春節焦慮症」。在中國，「80後」（上世紀八十年代出生的年青人），「90後」和「00後」回老家過年，都有一種難以名狀的近鄉情怯的複雜情緒。

　　近年，大齡單身青年租友帶回老家過年服務逐漸火熱，管理卻一再出現灰色地帶。朋友女兒、34歲的林溪（化名）在深圳工作，性情活潑的她喜愛社交活動，臨近春節卻變得鬱鬱寡歡。她對我說，一想到回老家四川，心裏就煩躁。她和福建男友異地戀，她父母催她結婚，但男友卻不願意去深圳，她也去不了福建，因此一直拖着，她說，「想到春節回家又要被家裏長輩叨唸，心裏不是滋味，真想租個男友回家」。我堅決反對，說即使花錢買到優質租友服務，也只是討長輩一時歡心，最終婚姻不成還加劇失落感。

　　前不久，看了湖南衛視綜藝節目已播出3期的《我家那閨女》，這檔節目定位「親情觀察成長的勵志節

行走的風景

目」。節目邀請四位藝人的父親去演播室，與明星觀察員一起觀察獨居女兒的日常生活。節目中父親、觀察員、藝人朋友頻頻「催婚」的現象，引發全民討論。微博話題「《我家那閨女》是催婚節目嗎？」閱讀量為 3.7 億、討論量為 3.9 萬。有媒體盤點這檔節目的前 3 期，4 位女藝人共被催婚 23 次。幾乎每一集都會聽到藝人被催婚，「我這年紀在老家也算『大齡剩女』了，就怕家人問我什麼時候結婚」。

近期，各地醫生紛紛反映，接診因春節催婚焦慮的年青人劇增。據媒體報道，湖南省腦科醫院睡眠障礙及精神科一位醫生說，醫院接診的焦慮患者中大部分是婚戀原因，一些年青人面臨長輩催婚壓力而導致睡眠障礙，或因婚戀不如人意而出現焦慮，上班精神萎靡，夜晚難以入睡，需要接受專業心理輔導。

當今社會受傳統觀念影響，很多老年人認為子女的婚事是「天大的事」。其實，婚姻是一種權利，權利就意味着可以選擇，也可以不選擇。有人說，婚姻是愛情的墳墓；也有人說，婚姻是培植愛情最肥沃的土壤。婚姻是一種人類社會的制度安排，經由婚姻而形成的家庭也是組成傳統社會的基本單元。

據國家統計局資料顯示，截至 2018 年末，從性別結構看，男性人口 71,351 萬人，女性人口 68,187 萬人，總人口性別比為 104.64（以女性為 100）。2017 年各

年齡段男女性別比顯示，在 1994 年以後出生的人群中，男女性別比已突破 110。其中，20 至 24 歲性別比為 111；15 至 19 歲性別比為 117.7……即中國的年齡失衡主要集中於正進入婚姻的年青人群中。在「90 後」年齡段，性別比已經突破 110，而到了「00 後」則最高達 118.6，即大約 18% 的男生無法配對到同年齡階段的女生。

　　現在城市裏高知識、高收入的大齡「剩女」的婚姻問題，是社交媒體的常見話題。其實，相比之下，農村裏因貧窮娶不上媳婦的年青男性，卻在社會視角之外，農村「剩男」才是真危機。最終承擔中國男女性別失調後果的主要人群是農村男青年，社會應該關注的是他們。當然，在價值觀多元化的今天，晚婚已成為普遍現象，青年人可以和長輩溝通自己的生涯規劃，消除長輩擔憂。長輩也應尊重年青人，不要給兒女太大壓力，以免青年人產生「被催婚」的焦慮情緒。

行走的風景

貝索斯夫婦、韓國瑜和瓊瑤

　　那天，在香港淺水灣道影灣園參加一位老友愛女的婚禮，于歸之喜，永浴愛河。那是淺水灣酒店舊址，作家張愛玲曾居住過。歸途上，想起張愛玲曾寫過的一句話：不愛是一生的遺憾，愛是一生的磨難。

　　記得，二十多年前為寫一部關於愛戀的報道文學，在上海婚姻登記處採訪。問正在辦理結婚證的男女：「你倆為什麼結婚？」女答：「真有意思，這還要問嗎？我和他相愛，產生了超越人間一切愛的愛情，我們就結合了，就這些。」「你們相愛又是為了什麼呢？」男答：「相愛為了什麼，真奇怪，提這種問題。愛情就是我非常喜歡她，她非常喜歡我，我和她的眼光相遇就會放出溫高千萬度的感情電弧，把我和她焊接在一起。這時我們就享受到無法形容的幸福。我們相愛，我們結婚，就是為了幸福。」

　　最終的答案找到了，結婚為了幸福。關於婚姻，當下全球熱議話題無疑就是貝索斯（Jeff Bezos）與麥肯齊（MacKenzie Bezos）分道揚鑣。美國亞馬遜公司創始人貝索斯宣布與成婚 25 年的結髮妻子麥肯齊分手。這一消息如同在全球輿論和資本市場拋下一枚重

磅炸彈。世界首富貝索斯夫婦的愛情，向來被當成美談傳頌，卻不想最終竟也毀於「第三者插足」，貝索斯早已婚內出軌好友之妻，「居家好男人」的形象瞬間土崩瓦解。

不過，貝索斯夫婦發布的聯合聲明仍具「溫度」。聲明中提及，二人已嘗試過分居，正式離婚後會以朋友身分繼續相處，措辭得體，文中一句「即便我們當初預知到 25 年後的結局，也仍會結為連理」，引發世上男男女女陣陣感歎。貝索斯目前身家 1,371 億美元，離婚後或需支付前妻堪稱「地球上最昂貴的天文數字分手費」。

都說，婚姻不只是一張漂亮婚紗照裏的完美童話。當下婚戀有太多的「好聚不好散」。剛剛收到的新書《聰明結婚 聰明離婚》（商訊出版），由兩位婚姻問題律師和一位作家合作創作的。書中 12 篇故事，包含男女訂婚、婚前契約、外遇離婚、財產分配等問題，一則則真實人生，猶如一場場紙上法庭實境秀。翻閱這部新書，想起法國羅曼‧羅蘭說過的一句話：「愛情，是一種疾病，全部神經系統的中毒」。究竟什麼是愛情，問問被認為「中國人中最懂愛情的言情小說家瓊瑤」。她近日也成了熱點人物。

事緣高雄新市長韓國瑜已和瓊瑤相約在台北見面，韓國瑜聘瓊瑤擔任高雄愛情產業鏈總顧問。瓊瑤愛情小

行走的風景

說風靡兩岸三地，瓊瑤可給高雄這個愛情城市諸多創意，諸多愛情產業建議。瓊瑤在臉書上說，「韓市長，我已年邁，竟然被你拖出來當『顧問』，誰叫我寫了一生的愛情呢？誰叫我成了韓粉呢？韓市長，我服了你了！」瓊瑤說，「如果這世間沒有愛情，你我可能都不存在，人間沒有詩歌也沒有浪漫，這個世界只是個冰冷的荒原！如果這世間沒有愛情，戀人們不會相遇，人間還剩下什麼？我們還有存在的意義嗎？」瓊瑤說，「我一生細細寫情，濃濃寫愛……有愛的人生，才是有激情，有狂歡，有痛苦，也有溫馨的豐富人生。請大家支持我，支持相信愛情的韓市長，讓他為高雄也為我們的下一代，留下代代相傳的『愛情產業鏈』」。

瓊瑤相信愛情。韓國瑜相信愛情。高雄的愛情產業鏈能成功嗎？但願：愛情不是一顆心去敲打另一顆心，而是兩顆心撞擊火花。那麼，你還相信愛情嗎？

她時代：
從「她內容」到「她經濟」

　　當下，「大女主」的影視作品接連霸屏。《延禧攻略》掀起討論熱潮，伴有追求平等、無畏前往精神的女性，大都人格獨立而頗受女性群體青睞；《扶搖》是古裝女性勵志電視劇；《天盛長歌》是古裝權謀劇；《你和我的傾城時光》是都市商戰劇……一部部熱門話題劇集，吸引數億流量，尤其是女性觀眾。《扶》、《天》、《你》三劇都改編自女性創作的網絡小說。女人是個神奇的存在，是半邊天，更是矛盾體。由此，網絡平台業者呼籲緊抓「她經濟」，認為「得女性分類頻道（簡稱女頻）者得網文天下」。

　　這些日子來，一個叫「靈魂有香氣的女子」團隊走紅。這個團隊的領頭人是有着 10 年媒體從業經歷的李筱懿。5 年前，她出版一部勵志型散文集，書名就是《靈魂有香氣的女子》。書出版後，她將這個名字命名了她創立的微信公眾號，至今擁有 350 萬粉絲，此書出版 4 年，銷量已超 250 萬冊。這位被視為「內地版亦舒」的女作家與「火星女頻」合作，讓這個已經打磨了 4 年的 IP 換上長篇小說外衣。此外，這一 IP 未來還會衍生

行走的風景

出同名劇集。她的團隊與騰訊視頻合作，推出女性訪談類節目「聽她說」。

　　身為作家，李筱懿將自身在傳統出版業學到的積累之法，應用到包括公眾號、電商、社群等內容生態佈局之中。她的創業團隊創造的內容，已輻射超千萬使用者群。善於深耕內容的她，將傳統出版練就的紮實文字和運營能力，化入公眾號內容的生產之中。「她內容」助推「她經濟」。這兩年，「大女主」的概念逐漸清晰，隨着用戶訴求增多，李筱懿在內容總體定位不變的情況下，調整側重點，開發更多的 IP 產品來滿足使用者需求，構建真正意義上的中產女性平台，集中瞄準 25 至 40 歲新中產女性，在市場中找準定位。

　　「她經濟」是國家教育部 2007 年夏公布的 171 個漢語新詞之一，用來指代圍繞女性消費、理財需求形成的經濟現象。由於女性對消費的推崇，推動經濟的效果明顯，因此稱之為「她經濟」。內容創業者由此提供新的商業思路：立足「她內容」，尋找「她經濟」中的新商業機遇。隨着社會和經濟發展，「她時代」來臨。由艾瑞—美柚 2017 年年末發布的《中國女性生活形態研究》報告披露，女性主導了一般家庭 70% 的消費。亞洲新女性也愈來愈有錢，財務獨立，充滿自信。43% 位居商務要職，48% 有自己的信用卡，67% 擁有自己的銀行賬戶，83% 對家庭收入有貢獻，還有 15% 為伴

侶網購買單。

　　現代女性擁有更多收入和更多機會，她們崇尚「工作是為了更好地享受生活」，女性消費與理財成為大眾關注的焦點：女性具有喜愛購物的本性；女性已擁有購物實力；女性注重視覺和顏值，更需要情懷和輕奢；女性愛分享，更愛「炫耀」；女性喜歡購物，是因為在她們眼裏「購物就是社交」……作為新時代女性，女性不再會為了家庭而作出更多的自我犧牲，而是更多的尋找獨立的自我尊嚴。觀察「她經濟」，雖然中國與歐美仍存在距離，然而中國的「她們」正在崛起。

　　「她經濟」是未來產業格局新的詮釋。不過，也有輿論認為，中國男性消費相對可能被低估了。有統計說，男性移動互聯網民月活數量已達 5.9 億人。這群男性網民經濟實力的穩健、自我價值的追崇，消費升級理念的轉變，正推動「他經濟」逐漸成為風口。

行走的風景

全民皆舞：
中國進入「熱舞時代」

    每天下班坐地鐵，步出荃灣西站，穿過高架橋下的海濱花園、荃灣花園，只要不下雨，都會看到一片片大小不一的廣場和空地上，七、八群人在跳廣場舞，音響播放着老歌舊曲，跳着老年勁力十足的動感舞步，大多是老媽老太，也有青年女子，也有叔伯大爺。不否認，有的跳得不怎麼美，走過，看過，我心想，哪來資格嘲笑廣場舞大媽，人家至少每晚都堅持在做一件事啊。

    我那表妹是江蘇一小鎮的廣場舞團體的 C 位領袖。她退休後天天在家圍着家務和孫子轉，生活枯燥。一天她突然向家人提出想去跳廣場舞，或許這個念頭心存已久。從此一發不可收。沒多久，她把各路姐姐妹妹動員來了；再沒多久，她學會用微信建群，聯絡廣場舞女團；再沒多久，她學會電腦下載廣場舞教學視頻。每天做完家務，準時去廣場跳健康舞，出門前還梳妝打扮，換上廣場舞服。年初，她領着這班舞伴，登上社區的文藝匯演舞台，還拿了個什麼獎，事後她傳來兩張照片，我從沒見表妹笑得這麼舒心。

    廣場舞是舞蹈藝術中最龐大的系統，因多在廣場聚

集而得名。由於入門簡單、可操作性強且集健身、表演、娛樂於一體，廣場舞深受中老年群體的喜愛，參與者又以大媽居多。據說，中國的廣場舞最早源頭應追溯到上世紀四十年代的陝北「新秧歌運動」，最初是宣傳工具，漸漸淡化而轉型為自娛性健身運動。廣場舞在全國迅速普及，舞蹈元素多樣，包括民族舞、現代舞、街舞、拉丁舞等。廣場舞是富有韻律的舞蹈，通常伴有高分貝、節奏感強的音樂伴奏。因此近年廣場舞噪音問題一直飽受詬議。

說不清從哪年開始，跳舞成了全民運動，從學齡前兒童，到年青白領，再到中老年朋友，都能找到適合自己的舞種。說起 2019 年的爆款綜藝，肯定繞不過《這！就是街舞》第二季。2018 年第一季，它就以「明星導師＋專業舞者真人秀」的全新賽制，顛覆所有傳統舞蹈節目模式，自開播以來口碑一路飆紅。《這！就是街舞》摘得 2018 年上海國際電影電視節兩項大獎；它還令中國街舞舞者獲得國外街舞圈的認可而漂洋過海，《這！就是街舞》登陸十幾個國家和地區。

舞蹈是綜藝節目常見的娛樂形式。從 2006 年的《舞林大會》到 2015 年的《中國好舞蹈》、2016 年的《舞動奇跡》，再到 2018 年現象級的《這！就是街舞》、《創造 101》等，在多年的發展中，網絡綜藝把舞蹈逐漸細分，嘻哈舞、震感舞、地板舞、鎖舞、新爵士舞、新式

行走的風景

嘻哈……吸收愈來愈多年青人的喜好，開啟「全民皆舞」時代。年青人在舞蹈律動中發泄情緒，展現自我。

在沒有抖音的年代，最紅的魔性舞蹈當屬韓國歌星「鳥叔」朴載相的「騎馬舞」。後來在短視頻的助力下，富於節奏感的音樂和簡單易模仿的動作，變幻出一個又一個爆款的「魔性舞」、海草舞、Dura 舞、拍灰舞、搗蒜舞、外星人舞、電搖舞……「舞蹈」在網絡和現實生活都引起罕見熱議，就像大媽流行跳廣場舞一樣，街舞無疑是家長給孩子最熱門的選擇。

在重慶，見過 175 街舞工作室的創始人陳文皓，今年 26 歲的他，17 歲開始跳舞，如今已帶過五、六千學生。「學街舞很難，真正想要堅持下來不容易，」他說，「成熟的舞者身上都擁有一種品質：堅韌自信。我有一個夢想，全民皆舞」。中國進入「熱舞時代」，用熱舞燃歌追尋金色夢想。

靠自己才是靈魂有香氣的女人

　　電視劇《都挺好》引發螢屏外熱議，從一部熱播劇變成社會學、心理學話題的談論範本。劇中女主角蘇明玉的人生遭遇，誰看了都心疼。她生長在重男輕女的家庭，從一個受害者，成長為比兩位寵兒哥哥更成功的女強人。這是一個能讓許多女性產生情感共鳴的角色。情節設定切中社會正向期許：人生，不止於起跑線，最終還是靠自己拚搏贏得。

　　看完這部家庭倫理劇，我就想起人們常說的那句話：決定人的並非環境，而是如何看待環境的態度。劇中的蘇明玉，在職場雷厲風行，犯了錯積極彌補，從不找藉口推卸責任。這一切或許都源於渴望逃離家庭、證明自己的那種衝動。

　　這部「良心」電視劇中的蘇明玉走出「宿命」，其實在現實生活中這樣的女子也有不少。英國梅根王妃便是。日前，她誕下第一子。她自從待產之後，就很少公開出席活動，一個時期來，有關她的傳聞也愈來愈少，以往高調張揚的她，安心在家待產。梅根王妃出身於平民再婚家庭，與同父異母的兄姐感情緊張。成為媒體關注的焦點後，她先是被哥哥姐姐爆出「不堪真相」，之

行走的風景

後親生父親又透過出賣其隱私獲取利益。只是，這樣的家庭並沒有阻擋她前進的腳步。她曾立志「不做只會做飯的太太，靠工作養活自己」，考取了名校，儘管只是「三流」演員，卻也在演藝圈拚出一片天，作為混血兒的她，從小關注少數族裔與女性權利，工作之餘熱心公益事業。

從蘇明玉到梅根王妃，女人怎樣才算活出精彩？我想說，掙脫固有枷鎖，解放自己，那種努力拚搏的樣子，就是你最美麗的樣子，靠自己才是靈魂有香氣的女人。

從英國梅根王妃，我想到英國維珍航空的空姐。一個多月前，維珍航空宣布「重大變革」，不再硬性規定空姐執勤時一定要化妝，准許她們素顏上班；空姐們也毋須再受標準制服大紅緊身裙的束縛，往後不必申請，就可換穿公司提供的褲裝。航空業向來被認為員工服儀規範最為保守的行業，穿著緊身衣裙、高跟鞋在 3 萬呎高空長時間工作，這是對空姐健康的戕害，一旦有突發事故，如此服裝禮儀都不方便應變緊急救護的。

這是空姐突破枷鎖的一種解放。五一節長假剛剛結束，清明小長假也才過去不久。據多家中國旅遊網上平台調查，假期中選擇出遊的女性佔比達五成七。近年女性主導旅遊市場成了常態，女性的自由行正逐漸取代跟團遊在旅遊市場的地位。中國旅遊平台途牛數據顯示，

2018 年他們服務的遊客中，女性達 54%。其中，以 20 至 35 歲的女性白領數量最多，年青女性較前年同期成長超 8 成。在繁忙工作之餘，給自己放個小長假，是現今女性旅遊的趨勢。旅遊產業面對「她經濟」的到來，女子獨遊現象更成了當下旅遊市場一大亮點。如今的商業口頭禪是「誰贏得女人的心，誰就贏得一切」。據估算，過去 5 年中國女性總花銷增加 81%，達 6,700 億美元。推動中國女性消費模式「根本性變化」的是更大的文化趨勢。

獨遊可以讓你變得更獨立，擺脫種種枷鎖而解放自己。當你可以依靠的人只有你自己的時候，你不得不變得堅強了。獨遊可以讓你面對真正的自己；獨遊可以讓你結交各地朋友；獨遊可以讓你變成一個有故事的女人。一個人旅行，能讓你變得有故事。一個有故事的人，是從骨子裏散發吸引力的。

行走的風景

李昌鈺：人生機緣跟現場蒐證一樣，要好好把握

你知道李昌鈺吧。為調查「3·19」槍擊案，他審視過陳水扁肚皮上的槍傷；因調查前總統克林頓的性醜聞，研究過萊溫斯基的裙子；他鑑識過轟動全美的「辛普森殺妻案」；參與過紐約「九一一恐怖攻擊事件」後的鑑識工作；曾參與調查甘迺迪總統兄弟遇刺案；還有尼克森「水門事件」案……堪稱享譽海內外的「國際神探」。前些日子，筆者在台北看一部電視劇《鑑識英雄II正義之戰》，主演竟然是李昌鈺。這部台灣電視劇，從 3 月 20 日起愛奇藝台灣站，27 日起中視主頻，周一至周五晚上 8 時播出。

他出現在電視劇裏，依然是那副作派，筆挺的黑色西裝，平整的淡藍色襯衫，深藍色帶斜條波紋的領帶。他在劇中說了句名言：「人生的機緣跟現場的蒐證是一樣的，只有一次機會。我們要好好把握這個機會，一旦錯過了就沒有了。」

在劇中，李昌鈺是自己演自己，拍攝如行雲流水般順暢，往往只拍一次就大功告成。他拍戲經驗頗為豐富，曾花 3 年時間參與美國 CBS 類戲劇《微物證據》

（*Trace Evidence*）拍攝。聽《鑑識英雄》劇中飾演辛品芳的紀培慧說，「李博士非常厲害，他背台詞超級快，瞬間就全部背了下來，他還會想法讓劇本台詞更豐富更自然」。和他一起拍劇，「就是真實地在看李博士辦案，節奏啊細節啊，一窺他真實辦案的情形，這是難得的體驗」。

這部刑事鑑識主題劇 16 集，由蔣凱宸執導，投資 2 億元新台幣拍攝。李昌鈺是零酬友情出演。不過，劇組捐了近 10 萬美元給李昌鈺創辦位於康乃狄克州新海芬大學「李昌鈺刑法及刑事鑑識學學院」，支持他替無辜受害人伸張正義。

李昌鈺 1960 年台灣中央警官學校畢業，4 年後赴美留學，現任康乃狄克州科學諮詢中心榮譽主任、紐海文大學法醫學全職教授。今年 81 歲的他，仍每天工作 14 小時。從警 60 年，到過 59 個國家，調查了 8,000 多件案件，挖了幾千具屍體，在全球 74 個國家和地區講學、演講 1 萬多場。一直保持對事物的新鮮感，65 歲挑戰高空彈跳，80 歲爬長白山，他對這個世界始終充滿新鮮感和好奇心。

最近一次見他，是 3 年前 8 月的上海書展。由香港嘉迪集團有限公司董事長蔣霞萍根據真實故事，創作完成的 30 集電視文學劇本《鳳凰涅槃》新書發布會。李昌鈺專程出席，與作者一起現場簽書。當時蔣霞萍參展

行走的風景

的作品，還有長篇小說《情歸何處》。蔣霞萍還是揚州高級護理中心董事長，南京大學亞洲影視與傳媒研究中心創作委員會副主任。

2007 年國際金融危機前夕，蔣霞萍開拓國際市場，卻遭遇詐騙而面臨人生絕境。美國一位代理商下了數個貨櫃的訂單，貨到後卻拒不付款，蔣霞萍隻身赴美催討；經人引薦而結識李昌鈺，在其協助下追回貨物。這段真實的生命經歷，日後由蔣霞萍寫成《鳳凰涅槃》一書。小說講述長江北岸某城市藍鳳凰服裝集團創辦人江夢航所遭遇的困境，李昌鈺在書中以真實人物出現，替江夢航的企業在外國追回損失。小說時空背景跨越中國兩岸三地及美、日、柬埔寨等。李昌鈺在上海書展演講時表示，「這部作品很吸引人也很感人」。他在書中序言寫道，「全書的價值在於一個『緣』字」。

李昌鈺生於江蘇省如皋一個富裕鹽商家庭，11 歲隨家人遷台。蔣霞萍生於江蘇揚州，距離如皋僅一個半小時車程。2017 年 7 月李昌鈺遭逢喪妻之痛，78 歲宋妙娟中風而搶救無效辭世，他一度消沉。他倆攜手相守 55 載，有一雙子女。宋妙娟生於馬來西亞砂勞越，就讀台灣師範大學期間，結識時任警官的李昌鈺。他倆 1962 年結婚，相偕赴美，李昌鈺繼續求學，全靠宋妙娟教書維持家計。李昌鈺在公開場合多次表達對宋妙娟的恩愛：「如果沒有她，就沒有今天的李昌鈺。」

千里姻緣一線牽。李昌鈺「第二春」迎娶蔣霞萍。2018 年 12 月 1 日美國康乃狄克州利奇菲爾德縣，李昌鈺與相識多年的 62 歲蔣霞萍結婚，婚後定居康州。他雖已 81 歲，但心態依舊年輕。還是他那句話：人生機緣跟現場蒐證一樣，要好好把握。

行走的風景

多一分陪伴，就少一點遺憾

　　上海朋友微信說，他帶着喜歡體育的 78 歲老媽，從俄羅斯回來了，專程去莫斯科盧日尼基體育場觀賞世界盃足球賽，連日來的微信，洋溢滿足感，我都為他一再點讚。都說「花有重開日，人無再少年」，花謝了還有再開花的一天，人老了就沒法再年青了。世界盃四年一屆，可暮年之人還有多少個四年？都說「帶着爸媽去旅行」，但我想這也需要兩個條件：兒女有錢，還要時間有閒；父母有心，還要出行方便。

　　說到「帶着爸媽去旅行」，就想起前些年江西衛視推出的明星親情孝道真人秀節目。是啊，有多久，沒有陪父母坐下來聊天？哪怕只有半小時？有多久，沒有和父母一起出門了？哪怕只是逛逛超市？這一想，還真內疚，我老爸早走了，我老媽走了也幾年了，這一尋思，還真有悔意了。

　　7 月香港書展，台灣作家駱以軍應我們之邀，在「名作家講座系列」中，作「一件很小很美的事」專題演講。在臉書和隨筆編輯而成的散文集《小兒子》中，他記錄自己與兒子們的生活日課。內向的大兒子、古靈精怪的小兒子，還有妻與母親，另有一窩在屋裏四處衝竄的狗

兒，這是駱以軍的日常世界。《小兒子》是一本生活之書，收錄一段段駱以軍與兒子間逗趣打鬧的故事。

台灣「故事工廠」編導黃致凱，近期將駱以軍的《小兒子》改編成舞台劇。37歲的黃致凱初為人父，兒子剛開口會叫爸爸，令他感受父子親情，卻也格外牽掛住在療養院的父親。黃致凱說，這齣戲說的是他自己的生命課題，歉疚之情都融入劇情中了。他的外婆、奶奶都是失智患者，她們失智了，他才發現自己錯過了對她們感恩的表白機會。他更感傷生命的脆弱，「希望我們能多一分陪伴，就會少一點遺憾」。他說：「西方有一諺語：你願不願意在我最脆弱、最不值得被愛的時候愛我？父母老得無法自理了，我們能像他們那樣，以呵護我們小時候成長的方式對待他們嗎？」

是的，小時候，父母總牽着我們的手，帶我們去遊山玩水，去看周圍的世界，回答我們沒完沒了的為什麼。當自己也成了父母後，才更深體會父母感受。帶着父母去旅行，就像那首歌唱的那樣：帶着爸爸媽媽去旅行，感受大千世界的美景，就像小時候，爸媽陪着我們看星星；帶着爸爸媽媽去旅行，留下我們最幸福的合影，等老了以後，還有最美麗的回憶——溫暖生命。

7月香港書展，台灣文化人龍應台有一場「人生裏有些事，就是不能蹉跎——《天長地久》讀書會」。她的新書《天長地久——給美君的信》，是她寫給媽媽的

行走的風景

19 封信。一年前，65 歲的龍應台放下一切，回鄉陪伴失智的母親美君。訣別不是從死亡開始，而是從美君的失智開始。龍應台說，「失智是一個階段一個階段來的，直到母親進入『未讀不回』的階段時，我才意識到，原來她早就『離開』了，但我都沒有說聲再見，這是一個沒有告別的再見，最難的訣別就是沒有說再見的告別」。

龍應台的這場讀書會於 7 月 22 日舉辦，主辦方在網上開啟進入讀書會現場的讀者報名，頓時盛暑的香港刮起「龍捲風」，讀者雀躍：6 月 29 日，821 人；7 月 1 日，1,123 人；7 月 5 日，1,549 人；7 月 10 日，2,206 人；7 月 13 日，2,591 人；7 月 16 日，3,130 人……龍應台講述自己從母親這一代學習的生命課，更有對下一代的溫柔提醒：生命總是脆弱的，多陪伴就會少遺憾。

要健康曬娃，別「曬」傷孩子

早些年，在微信朋友圈看到有人評選「一句話簡單曬娃唯美句」，那一百條短句，大多都有亮點，摘錄幾句：「燦爛的季節迎接燦爛的你。這個世界因你而變化」，「小布丁，真是媽媽的貼心小棉襖」……曬娃，漸漸成了一種「文化現象」。前兩天，朋友陳曉又在網絡上曬2歲多的女兒了。照片中，胖胖女坐在地氈上，玩具狗玩具貓一溜排開，她認真地用湯匙一口口餵貓狗，很萌很可愛。陳曉配文「一個認真餵食的小胖胖」。陳曉自從升級當媽媽後，頻頻曬娃，加入龐大的「曬娃狂魔媽媽」隊伍。

如今打開朋友圈會發現，時不時會讀到曬娃。曬這個娃學習成績和名次的；曬那個娃在北海道看雪的；曬這家娃上電視台參加朗誦活動的；曬那家娃幫媽媽洗碗洗菜的……孩子的日常，吃喝拉撒睡，透過朋友圈，全網直播，已然成為一種現象。不少媽媽正是用朋友圈記錄和分享孩子成長的印迹。

據觀察，全職媽媽的朋友圈裏，七八成都是曬娃族，研究表明，生娃後三年，是全職媽媽發朋友圈曬娃的高峰期。究其原因，美籍精神分析心理學家佛洛姆曾

有過解釋，「母親感覺到幼兒是她的一部分，她對孩子的迷戀，或許就是她自戀的一種滿足」。心理學概念「基於兒童表現的父母自尊」，是指父母把孩子的表現作為評價自己的關鍵指標。也有中國學者認為，孤獨的感受會引起人們恐懼感，母親會用母愛來擺脫孤獨，發朋友圈曬娃，是澆滅孤獨最好的方式。

任何事都講究個度。當分享成了帶着炫耀意味的「曬」的時候，則會引來反感。應該說大多數在朋友圈曬娃的父母，不單純為了炫耀。朋友圈曬娃，卻有可能「曬」傷孩子。媽媽曬孩子糗事，孩子被同學取笑；為了曬娃強迫孩子拍照，惹惱孩子……很多媽媽熱衷於曬孩子的日常生活，乖巧的，搞怪的，可能當時只是隨手拍隨手發，發泄一下心中感慨，卻忽略了會不會暴露他不想讓別人知道的難堪隱私、成長糗事。朋友圈是公開的，朋友孩子的家長或許會看到，然後拿給自家孩子看，孩子的事就有可能在同學圈傳播。

現在的朋友圈，曬娃、曬景、曬自己，是否擔心隱私就此泄露？微信裏的好友，你每個都熟悉嗎？日前，微信朋友圈盛傳一案：在朋友圈曬娃，男子竟然被微信「好友」敲詐勒索。

章先生在上海徐匯區工作，某天，他接到一封快遞來信，陌生的信中人對章先生的成長經歷、家庭成員瞭若指掌，特別是兩個孩子在哪讀書，將要參加夏令營

的具體時間都相當清楚。在信中，對方向他「求助」，「借」人民幣 170 萬元。章先生最終報警，警方很快在章的朋友圈鎖定敲詐對象，抓獲犯罪嫌疑人金某。據章說，他與金是兩年前一次同學聚會相識的，金是同學的朋友，章與金互加了微信，沒有過多交往，金都是從章的朋友圈曬的照片中了解章的，特別是章喜歡曬娃，金對孩子大大小小情況都清清楚楚。徐匯法院對該案公開宣判，金某獲刑 3 年 3 個月。

這類案子，時有所聞。不少人曬娃，是看着孩子正面成長而內心歡喜，也就有了曬喜的心情。不過，曬娃要健康地曬。正如作家周國平說：「愛孩子是一種本能，尊重孩子是一種教養。和孩子相處，最重要的原則是尊重孩子。」媽媽對孩子要有一種尊重意識，孩子都上學了，曬娃時，先要徵得孩子的同意再曬出來。

行走的風景

珍惜身邊人：
比悲傷更悲傷的故事

　　對於女性觀眾而言，愛情電影是剛需。小女生看電影，都喜歡看悲傷愛情故事，早先有《後來的我們》、《你的名字》、《喜歡你》，還有日本新城毅彥等聯合執導的《屬於你的我的初戀》、韓國元泰延自編自導的《比悲傷更悲傷的故事》……

　　時下，這部火爆兩岸的《比悲傷更悲傷的故事》，是台灣翻拍自 2009 年韓國同名電影，在大陸上映 20 天，看似老套的劇情，卻是一齣極致苦情虐戀，佈滿撼動人心的細節，票房超 10 億元人民幣，成為春季影市黑馬，殺入華語愛情電影票房前三甲。台灣版由劉以豪與陳意涵主演，還原韓片中經典場面，包括女主角追車、牽手進禮堂等，催淚指數滿分。

　　男主角張哲凱不幸遺傳上父親的癌症，被母親無情拋棄。女主宋媛媛是個孤兒，父母車禍去世。他倆相依為命，從 16 歲到 30 歲，同居 14 年。張哲凱有一腔愛意，卻沒有健康身體，他覺得自己配不上她。死之前，他希望心愛的女人幸福，一次次把她推到另一男人身邊。張哲凱習慣了一個人，知道一個人的孤獨不好受，他擔心

宋媛媛一個人。愛一個人愛到深入骨髓，卻選擇默默守護而放手，這才是真愛。影片講述了深陷感情漩渦的兩男一女互相成全的故事，表達的是「為愛奉獻、為愛犧牲」，這一理念與東亞文化圈崇尚的愛情觀契合。

院線業者看中影片帶動的「眼淚經濟」，選在 3 月 14 日白色情人節上映，透過社群平台以虐心催淚的愛情故事為主題炒作「病毒傳播」。看片大哭的女性哭的不是主角境遇，而是自己的戀愛經歷與心情。微博掀起「淚點集合」，熱議電影的各種哭點；話題「看比悲傷更悲傷的故事要帶紙巾」，連續穩居抖音熱搜榜第 1 名；有人拍下散場後，整排女觀眾仍在痛哭的情景……不少人對這部小成本、無流量明星的台灣愛情電影，居然能征服大陸觀眾頗感訝異。

在抖音平台，這部影片的一段不足 10 秒的畫面，被點讚 166 萬次。在微博上，相關話題閱讀數超 4.8 億。影片的主題曲《有一種悲傷》將悲傷情緒渲染至頂峰，透過天生歌姬 A-Lin 的天籟美聲，讓觀眾感受那份悲情。在 YouTube 聽這首歌，不到半個月，已經 4,505 萬次點播。「有一種悲傷 / 是你的名字停留在我的過往 / 陪伴我呼吸 / 決定我微笑模樣 / 無法遺忘」，「有一種悲傷 / 是笑着與你分開 / 思念卻背對背張望 / 剩下倔強 / 剩下合照一張」……歌曲發布後，有網友說：「感覺歌詞都在說我自己，說着我說不出口的悲傷，實在是

行走的風景

一顆超強催淚彈。」影片為觀眾提供了日常生活中所缺失的某種情緒價值與發泄途徑。

電影中的「虐戀情深」準確而犀利地戳中年青人內心最柔軟的那部分，愛情從來都只有兩種結局，要麼殊途，要麼同歸，而電影中，卻是悲壯的同歸：一個病逝，一個殉情。「人一旦習慣了孤獨，就是比悲傷更悲傷的事」。電影裏，這句台詞直擊人心。如果可以安心靠岸，誰又願孤單漂泊？

影片雖充斥悲傷氛圍，卻格外治癒心靈。影片傳遞的是教會觀眾珍惜身邊人，珍惜你身邊默默愛你的人。擁有一隻鞋子時，才明白失去另一隻鞋子的滋味，消逝的戀情總是刻骨銘心的。愛情就像兩個拉皮筋的人，受傷總是不願放手的。好好珍惜那個人帶給你的傷痛，好好享受愛情留下的痕迹。多年後，當激情歸於平淡，當生活變得麻木，這種傷痛就成了得不到的奢侈品。

「啥是佩奇」和「四個春天」

有一類近鄉情怯的溫馨叫回家；有一種熙攘幸福的旅程叫春運。40 天的「春運」，全中國旅客發送量預計近 30 億人次。湧動的春運大潮，背後是中華民族生生不息的文化潮汐、情感潮汐。回家過年，是國人最具中國特色的「年度大片」。

正當「年度大片」上演之際，一段 5 分 40 秒的賀歲短片《啥是佩奇》風靡中國社交網絡。簡單而搞笑的劇情，迅速形成「病毒式傳播」，不出四五天，轉發超過 18 萬，3.2 億人圍觀新浪話題。父親期盼兒子回家過年、對孫子思念的情感，觸動眾多遊子之心。

以英國卡通人物「小豬佩奇」結合中國年俗所創作的電影《小豬佩奇過大年》，大年初一上映。1 月中旬，這家電影公司釋出宣傳短片《啥是佩奇》，描述爺爺期盼兒孫回家過年的心情，傳遞家族傳承理念，述說「家」的核心價值。短片反映鄉村空巢老人和留守家庭問題。

《啥是佩奇》描述山溝的獨居李姓老人期待兒子一家人回來過年。要回老家過年的孫子，在電話裏說新年禮物要「佩奇」。為搞清楚「啥是佩奇」，李爺爺查字

典、到處問人，鬧了不少笑話，還用村裏的大喇叭廣播尋找「佩奇」。曾在北京當過保母的弟媳告訴他，「佩奇」是一部動畫片裏的小豬，長得像吹旺爐灶火堆的手搖鼓風機。李爺爺又鋸又焊，把老舊的鼓風機改製成粉紅色「鋼鐵佩奇」。沒想到兒子卻說一家人不回來過年了，失落的老人獨自走在山路上。此時，兒孫突然出現，說要接他到城裏，悲劇變喜劇。年夜飯的餐桌上，李爺爺拿出「鋼鐵佩奇」，孫子滿臉驚喜。遊子看完短片勾起鄉情，都想家了。觀眾在笑聲中流淚，揪心一刻而引發共鳴。

影片中的李爺爺，是中國父母輩、祖父母輩的縮影，對子孫的愛成了一種儀式。生活總要有儀式感。春運回家，是一部濃縮的「奮鬥讓生活更美好」的時間簡史，是「中國式震撼」最溫馨的橋段。

從《啥是佩奇》想到另一部影片《四個春天》。「70後」新導演陸慶屹，就是憑着那種儀式感而春運回家見父母的。四個春天，是四次春運回貴州老家過年。陸導10多歲就離鄉，異鄉求學，他鄉工作，每年春節趕回家探親。影片中，一對銀髮老夫妻正是陸導父母，全片專注於「家中」記錄。陸導說：「我的父母特別有魅力。最開始只是覺得他們特別可愛，想把這些東西留下來。」《四個春天》最初只是「想拍給親戚朋友看的家庭影像記錄」；後來，變成DV短片，最後製作

成紀錄片電影，登上大銀幕。影片在影評網站上獲得 9 分的高分。很多朋友說，看完影片特別想馬上回老家看望父母。

這對老父母親長久相伴，日常趣味橫生，片中的溫情和真實，「暖」到眾多影迷。父母年前置辦年貨，拜祭逝者，爬山打蕨菜，唱歌聽音樂，看燕子飛來屋簷下蓋窩……年復一年。陸導說：「我是一個懷舊而記憶短暫的人，貪戀美景，會被一瞬間的明暗與色彩擊中。」這部家庭影像雖屬於一個家庭，但正是很多這樣的家庭，才有了中華文明延續千年的萬家燈火。

在上海，收到與電影同名的剛出版的《四個春天》一書。那天在上海，參加旺旺集團「旺旺孝親大使頒獎典禮」活動，集團有五、六萬名員工，選拔出 11 位孝親大使。集團長年提倡旺道、緣道、孝道精神，正如董事長蔡衍明說，「孝順是中國人的 DNA」，「讓孝順成為一種習慣」。

行走的風景

池上 10 年：曬秋也是一種文化

　　金秋 10 月，秋風徐徐的季節。我第三年在這秋日踏足池上鄉了，前年，去年，今年。台灣台東縣池上的大米遠近聞名。第一次遇見池上，是 10 多年前，坐着火車，停靠池上火車站，窗外戴斗笠的婦人，販售木盒便當，那米那景那情，印象是溫馨的。池上的印象總是與米有關。秋收季節來到池上，空氣中瀰漫一種豐收的喜悅，有一種揮之不去的鄉愁，這裏的美，令人不忍離去。

　　名聞遐邇的「池上飯包」，正是稻米原鄉。傳說中，台東是呂洞賓在蓬萊仙島上的修真之地。在海天一色間，宛如人間仙境。花東縱谷青翠的山巒，藍天綠地、田園阡陌，令人悸動的風情。「池上米」好吃，原因有三：土質好、水質好、氣候好。池上鄉位居花東縱谷最高點，平均海拔 300 米，日夜溫差大、日照充足。在這片廣袤稻田，不允許有一根電線杆，說這裏不需要電，稻穀晚上也要睡眠的，別驚擾它們。這裏拒絕化肥，全部有機耕種。

　　池上鄉天堂路邊，2018 池上秋收稻穗藝術節。上百頃金色稻海浸潤着飽滿的水氣，遠方中央山脈雲霧

繚繞。兩天，5,000 觀眾湧入池上小鎮。雲門舞集睽違5 年，重返池上秋收藝術節演出。雲門舞集創辦人林懷民，特選以書法美學入舞的經典舞作《松煙》，以天地為舞台，以氣引體，對應山巒流雲，與風中稻浪起伏呼應，向書法之鄉的池上大地致意。《松煙》是林懷民行草三部曲中的第二部。池上居民不太看電視，農戶人家在休閒時刻愛寫書法。雲門 45 周年，林懷民明年要退休了，我對他作了專訪。他表示，「池上的美是眾人凝聚而來的力量，在大自然環境中，有一種愈來愈雄厚的力量，叫尊嚴。」

「台灣好基金會」與池上鄉親組成的「池上鄉文化藝術協會」，攜手籌劃的秋收稻穗藝術節，2018 年邁入 10 周年。「池上」是台灣好基金會董事長柯文昌推動「鄉鎮文化扎根」及「地方創生」的起點；「池上藝術村」由美學大師蔣勳擔任總顧問；「池上穀倉藝術館」是居民推廣藝術教育的平台；還有「萬物糧倉，大地慶典」的音樂會、博覽會、文學講座……還是柯文昌說的那句話：台灣的好，從鄉鎮開始。

入夜，走過池上鄉慶福路，在「大陸婆婆麵食館」晚餐。與來自山西的大陸婆婆聊天，說起秋收，她說到池上人「曬秋」，還聊到山西農耕百姓「曬秋」。「秋忙秋忙，繡女也要出閨房」，秋分初候之時，清爽天氣尚未轉涼，此時很適合農作物收穫後的乾燥脫粒。

行走的風景

秋分時，丹桂飄香，蟹肥菊黃，田間枝頭盡是粒粒飽滿的果實。曬，暴也。秋，禾穀熟也。當「曬」和「秋」走到一起，便形成一幅令人叫絕的畫面：在中華廣袤大地，秋陽下的場院上、馬路邊，一牀牀穀簞、一張張塑膠布，無不鋪滿五穀晾曬，以待冬藏，紅辣椒、金稻穀、黃玉米、白豆、綠豆、黑豆……「曬秋」的流程，即採摘、篩選、入盤、晾曬、收藏，如今在一些細節上有所變化。看似千篇一律，實則千姿百態，現代社會給「曬秋」加上更多元的文化色彩，注入創意元素。

　　「曬秋」是一種文化，是一種農耕文化，又是一種農事文化，是中華文化的「根」。那天與池上日暉國際度假村董事長鄭越才一起早餐，他說過一句充滿哲理的話：池上的「秋」，「曬」的是歷史發展的「根」，又是未來前進的「根」，當今要做的就是「培根」、「護根」。

日曆書的文化價值決定它能走多遠

　　都說「日月如梭」，2018 年快過去了，很多朋友已開始挑選新年日曆了。年年重複，年初躊躇滿志，年末一事無成。但這並不影響自己在年末懷着好心情，再去挑選一本合心意的新日曆書，因為有了它，就似乎懷了新年新希望。

　　掛曆的雛型是一種「討債本」。據說，古羅馬時代有一種專門從事放債業務的人，按月收取債戶利息。他們將何月何日何人該還的債和該付的息都記在本子上，以月為單位，按日期排列，附有記事欄，其記事方法簡明，「討債本」也逐漸演變為當今的掛曆。掛曆由皇曆、日曆、年畫逐步演變而來，是曆書與年畫相結合的藝術品。史料記載，香港英商太古洋行第二任華人買辦莫藻泉上任後，興建一家糖廠，1884 年他推出一種類似海報廣告式的「月份牌」，用以宣傳太古糖廠的產品。凡購買太古糖者，贈送一幅「月份牌」。後來，諸多廠商競相印製免費贈送「月份牌」。隨着歲月推進，「討債本」和「月份牌」逐漸融合而演變成當今的掛曆。

　　這幾年，網紅日曆層出不窮，個個高顏值而有內涵，讓讀者愛不釋手。不知何時起，枱曆這種過時的小

行走的風景

玩意兒，變身為特色文創產品，重歸觀眾視野。每天起床撕一頁枱曆，迎接新一天，這感覺不錯。並且，枱曆特別適合作為擺拍道具出現在任何地方。在電子日曆更方便的今天，桌面枱曆就是取悅自己。如果買的是物種日曆，完全是因為喜歡博物學，在累成狗的時刻，抬頭看見一隻動物或一種植物的圖片，會心一笑。這不是功能完備超級方便的電子日曆所能帶來的。日曆書相比手機上的 APP，好處在於只要把它放在顯眼處，總是可以看到的，勾勾畫畫相當方便。

　　裝幀精美的插畫，餘味悠長的的古詩詞，貼近生活的科學知識……年末書市，日曆書成為「網紅」，市場上日曆書已近百種。出版社、新媒體、文化機構紛紛參與策劃和出版。2015 年市面上共出版 16 種日曆書，2016 年增加到 51 種，2017 年則增加到近百種。截至目前，市面上已有 60 餘種 2019 年日曆書，從數量和種類上與往年相比似乎有所下降，但各家出版機構在日曆書「個性化」路上，頗花心思。

　　上海辭書出版社推出的《民俗掌故日曆 2019》讓人眼前一亮。365 天頁頁翻過，那些源自民間的中華文明的細枝末節一一展現：歲時令節、衣冠服飾、飲料食品、器用雜物、遊戲娛樂等。日曆書的定位已從標記時間、記事本等功能性產品向禮品或文化產品靠攏，不同風格對應不同的受眾群體，成為一種文化符號。一些出

版機構將日曆書做成腦洞大開的文創產品。中國傳統文化要走精品化、大眾化的普及之路，日曆書無疑是頗佳載體。果殼網推出的《物種日曆》主打科普風，介紹365種常見的動植物，每個頁面有一個二維碼，對應一篇自然科普短文，儼然是一本小型百科全書。日曆書售價普遍在60元至150元人民幣之間，遠高於傳統日曆，但沒有弱化人們購買慾。

目之所及，日曆書已涵蓋人們日常生活的方方面面：重養生的有健康日曆書；要高考的有高考日曆書；喜歡旅遊的旅友有旅行日曆書……不同定位，使不同需求的讀者都能「有曆可翻，有曆可讀」。一種日曆書背後的 IP 能量是它的文化價值，文化價值的高低決定它究竟能「走」多遠。

行走的風景

老布殊輔助犬、上海象「版納」和澳門黑熊「BoBo」

　　一張令人感慨的照片：美國前總統老布殊的靈柩運抵美國會大廈，供民眾瞻仰。他生前飼養的服務輔助犬薩利，靜靜地趴守在主人的靈柩前，不吃不喝，不挪動位子。2 歲的拉布拉多犬薩利，是 5 個多月前來到老布殊身邊，負責為患有帕金遜病而行動不便的老布殊撿東西，開門關門，代做一些日常瑣事。老布殊走了，牠忠誠地隨靈柩一起前去華盛頓，始終不離開老布殊靈柩。牠與老布殊相識才五、六個月，卻伴隨他最後的日子。之後牠會被送回負責管理它的美國輔助犬協會，新任務是去幫助一位受傷的士兵。

　　這幾天，有兩頭動物的離世成了當地人們的熱議話題。

　　11 月 25 日，在上海動物園的母亞洲象版納，年老體弱，長期腳疾，54 歲的牠終於走了。版納，承載着幾代人記憶的上海明星動物。1972 年 5 月，8 歲的版納從雲南西雙版納來到上海安家。我們那代人，用現代話語說，很多都成了「版納」粉絲，人們用上海話喚牠「象鼻頭」。版納是上海動物園園齡最長的動物長老，

牠還是「影視明星」，一部野生動物紀錄片主角，當時片子在全國引起轟動。

亞洲象屬於國家一級保護動物。動物園對於動物保護來說，主要是保育和教育作用，供市民和孩子可以近距離觀察。版納扎根申城 46 年，1974 年，版納情竇初開，與來自北京動物園的八莫結為伉儷，母象一般一生中只孕育三、四頭小象，而版納與八莫相濡以沫，一共生養了 8 個兒女。

我的同齡人總是被版納的野性震撼，也被版納的溫柔感染。還記得，就是它落戶上海動物園的那年，我還在安徽黃山茶林場當「知青」，回滬探親，與老同學結伴去動物園看牠。牠對人類很友好，有遊客過來參觀，喊牠的名字，聰明的牠就會揮動鼻子作回應。上海人說，版納走了，但牠不會離開上海。據說，「版納的皮張和骨骼將製成標本用於保護教育，永遠陪伴我們」。

有學者說，將動物製成標本，可保留真實一面讓人們以另類方式回憶，也能延續其影響力推廣愛護動物的訊息，動物標本對科學研究及科普教育頗具意義。不過，也有學者說，高科技早已顛覆此說。最近，另一個動物離去，牠的遺體能不能製成標本卻成了當地社會熱議話題。被視為「澳門好朋友」的亞洲黑熊「BoBo」，11 月 20 日去世，享年 35 歲。我女兒一家工作、生活在澳門。我常去澳門，也去過二龍喉公園探訪過

行走的風景

BoBo。1984 年，澳門政府從一間食肆拯救牠，躲過被屠宰的遭遇，這是澳門動物保育史的開端，「BoBo」成了澳門人心中的吉祥物，是幾代澳門人的集體回憶。

澳門民政署透露，正籌謀將「BoBo」遺體做成「標本」，透過另一方法繼續陪伴澳門人。不過，不少澳門人卻反對澳門當局這一做法，在社交網站發起「反對 BoBo 製成標本」簽名，網民指 34 年前「BoBo」差點被視為「野味」被人食用，現在死了又被人製成標本，直斥民政署的建議「失智」，有網民直言：「請放過 BoBo，讓牠解脫吧」，「讓 BoBo 安心上天堂，別逼我們上街遊行」……

前一陣，我在愛奇藝、優酷等視頻網站上觀賞了多部動物電影或者人與動物的情感影片，有《狗日子》（美國）、《小貓跳出來》（日本）、《狗十三》（中國）等。地球上除了人類，還有 200 多萬種動物。它們各自憑藉奇特的本能繁衍生息，與人類共存。動物是人類的朋友，牠們和人類生活密不可分。動物是人類一面鏡子，許多動物與人類的感人故事傳遞着正能量……

追星顏值效應不再？韓劇初現變局

　　在一架從香港飛往韓國仁川的國際航班上，四名中國乘客突然要求下飛機。機上三四百名乘客無端受累而不得不下飛機重新安檢，飛機因此延誤一個多小時。這四人是韓國偶像組合 Wanna One 的瘋狂鐵粉。在得知自己的偶像當天乘坐該航班後，他們分別購買了四張機票，其中有兩張頭等艙票。待他們如願在頭等艙近距離接觸偶像後，便向機組人員提出「有急事」而要求下飛機。

　　按規定，飛機起飛前有乘客突然下飛機，機上所有乘客必須下飛機而重新過安檢後再返回飛機。韓國航空公司通用的規則還包括「當天購票當天退零手續費」，這就被這幾個粉絲惡意利用，她們四人下飛機後申請退票並獲近乎全額退款。據韓國當局披露，僅僅 2018 年 10 月就發生「70 多名瘋狂粉絲為在仁川機場候機室近距離接觸偶像而先買票、後集體退票」事件。

　　縱觀追星文化領域，女粉絲的活躍度遠比男粉絲高。中國女粉絲追韓星事件時有所聞。廈門一女粉絲為

行走的風景

見到韓國演員宋仲基，竟然花費萬元在網上訂購50個酒店房間，只為了增加搶到粉絲會門票的概率；北京豐台區一名13歲女孩沉迷追韓星不愛上學，聲稱「我愛明星比愛父母重要」，身為她父親的41歲李某，在長期爭吵後失控，持刀將女兒砍死，而後割腕自殺未遂……

　　明星出現，總會有一大波粉絲在那尖叫吶喊，有的做出瘋狂舉動，不能理解的是，既然喜愛偶像，為什麼就不能乖乖做一個小可愛？大眾對粉絲追星的反感，往往源自追星族的過激行為，追車影響交通安全、群聚吵鬧妨礙公共秩序……這類追星族大多是膚淺的腦殘粉，只知道韓星一個個帥氣靚麗，都是「外貌協會」的。當然，事物總有兩面性，撕去腦殘粉的瘋狂表像，也還有優質而理性的粉絲，追星不僅滿足他們精神層面的需求，偶像的力量還引導他們做公益慈善的好事。

　　追星族最愛的還是娛樂明星。據說，大陸的粉絲圈有許多潛規則。一名合格粉絲，每天必做的任務包括超話（微博設立，基於某可持續討論主題的興趣社區）簽到、為偶像打榜（協助快速進入排行榜）、投票，最特別的是要到每一條偶像的微博下面作「控評」。

　　韓劇在人們印象中只是「帥哥美女談戀愛」，是精神童話。但讓人意外的是，2018年的韓劇似乎缺乏某種大眾聚焦的熱度，不少由高顏值明星主演的劇作高

開低走口碑不佳，明星的顏值效應似乎不那麼靈了。明星效應下降，社會題材卻開始火熱。近期播出的《男朋友》，不難看到在社交網絡上觀眾對其的失望，雖有宋慧喬、朴寶劍出演，也難掩內容假大空，收視率接連下降。孫藝珍與丁海寅出演的《經常請吃飯的漂亮姐姐》、宋智孝與朴施厚出演的《可愛恐懼》，都因劇情薄弱而遭詬病。

　　與假大空顏值劇遭吐槽相對應的，是以《Live》、《我的大叔》為代表的社會題材韓劇異軍突起：《Live》透過基層警局觀察社會百態，苦澀又不失溫情的《我的大叔》竟還斬獲本年度韓劇豆瓣評分第一名。從 2017 年的《三流之路》、《今生是第一次》開始，這類反映小人物樸素生活的劇作，開始逐漸為觀眾所接受。或許是觀眾對浪漫主義愛情劇的審美疲勞，韓劇正不斷拓展包括年青觀眾和男性觀眾在內的用戶群體，挖掘更多能引發觀眾對社會現狀思考的題材。在開始出現的韓劇大變局中，2019 年又會有哪些發展趨勢？

行走的風景

你有多久沒寫過鋼筆字了？

　　你多久沒有寫過鋼筆字了？我有 20 多年了，移居香港最初兩年，我還是會偶用鋼筆寫字，當然那時還沒有使用電腦。

　　前些日子，去上海公幹，在下榻酒店的邊上是靜安公園。穿過公園，在梧桐林蔭大道上，總能看到幾個書法愛好者市民，站着躬身用大水筆沾清水在水泥地上寫字，諸多市民圍觀。在一排大榕樹下，7、8 米長線上懸掛着 10 多幅鋼筆字作品，邊上一位七八十歲的男子，正用鋼筆書寫，清雅秀勁的硬筆書風，令圍觀者嘖嘖稱讚。

　　12 月的一天，在上海嘉定，上海當代硬筆書法院宣告成立，第一次代表大會舉行。會上宣布，2019 年 4 月上海當代硬筆書法院新址將在嘉定遠香湖畔落成，這一社會團體從事硬筆書法創作、理論研究、展覽交流、普及推廣，填補了 30 多年來上海的一個空白。硬筆書法院首批 35 名院士，以上海書家為主，也有來自香港、台灣、澳門和澳大利亞的硬筆書法家。硬筆書法是上海有歷史淵源的文化品牌，硬筆書法的概念始於 30 年前的上海。日前，香港有媒體報道說，香港大書

法協會成立。我讀新聞發現香港也有個硬筆書法藝術協會、中硬書協香港女書法家協會等，這才知道香港也有人在推廣硬筆書法。

古人有云，見字如晤。中國人要寫好中國字。寫一手得體的好字，無疑是一個人文化修養的外露。要踐行大書法理念，即「中國人、中國心、中國字」的文化理念。硬筆書寫按理說是人們日常生活的主要書寫形式，是最為「親民」的一種書法形式，是社會參與度最高的書寫。硬筆書法是最年青的書法形式，它替代毛筆書法不過百年。在推廣硬筆書法的同時，人們仍倡導毛筆書法的重要性。

今天，中小學生漢字書寫的現狀令人擔憂。硬筆書法的最大挑戰者是電腦鍵盤。這些年，人們用筆寫字明顯減少了，隨着電腦普及，鋼筆的使用漸漸消失。人總是喜歡快捷、簡便的書寫工具，圓珠中性筆的使用取代了幾十年流行的鋼筆，接着電腦打字取代了人工書寫。如今，提筆忘字的尷尬，不僅發生在中小學生中，在高素質高學歷人群中，同樣比比皆是。

記得我是在上世紀五十年代讀小學時開始使用鋼筆的。幾毛錢一支鋼筆，還需要買一瓶藍色墨水。一支鋼筆可用幾年，筆尖若是合金製的，十幾年後還能用。國產名牌鋼筆當數「金星」牌、「英雄」牌。結婚那年，內人還買了一支「英雄」牌鋼筆贈予我，花了 6、7 元

行走的風景

人民幣。還記得，上世紀有硬筆書法雜誌，有硬筆書法比賽，有龐中華、顧仲安的鋼筆硬筆字帖。

　　跟圓珠筆、水筆相較，鋼筆寫字顯得更堅實，不浮華。鋼筆與紙接觸屬於滑動摩擦，容易掌握，圓珠筆因筆尖有小珠子，屬滾動摩擦，不易控制，水筆雖也是滑動摩擦，但筆尖質地沒鋼筆堅硬，效果不及鋼筆。用鋼筆寫字有彈性，有筆鋒，對寫好毛筆字有基礎作用。毛筆在點劃粗細、輕重上是書寫者透過控制柔軟的筆頭來體現的，而硬筆就要求書寫者直接用硬筆筆頭的按壓輕重來體現。毛筆有中鋒、偏鋒、側鋒、逆鋒、藏鋒等運用，而硬筆書法不用這些，它是運用按筆和露鋒。

　　把字寫得端正、大方、得體、美觀，能提升人的審美感，練耐心、練恒心，修身養性，延年益壽，都說字寫得好，做人也差不到哪裏去。硬筆書法賦予中國書法藝術現代氣息，是中國現代書壇的一朵鮮花。

南北兩場演講突顯兩個「網紅」

　　黑龍江省哈爾濱，2 月 17 日。亞布力中國企業家論壇第十九屆年會，故宮博物院院長單霽翔作「讓傳統文化活在當下」的演講。三天的活動，熱度最高、影響最大的一場演講，竟然與企業家無關，而是來自單霽翔這位文化官員。他的演講，以鮮活事例、幽默表達，分享故宮在古建築修繕、藏品保護、觀眾服務、科學研究、文化傳播方面的成果。金句頻頻，妙語連連，時獲掌聲讚歎。

　　他宣布元宵節故宮首開夜場，迎「上元之夜」，千里江山圖、清明上河圖會在古城牆上閃耀展示，讓這個「最大的四合院」亮起來。故宮博物院收藏珍貴文物 1,684,490 件，佔全國珍貴文物的 41.98%。單霽翔 2012 年就任故宮博物院院長，他了解到，故宮有七成區域禁止遊客進入，有九成文物都鎖在庫房中，他認為故宮根本不像真正意義上的博物館。經治理和修繕，故宮的開放面積已超過 80%，每年展出的文物藏品 2 萬件，比 2012 年增加了一倍，其比例從以前不到 1%，2019 年年底將達 8%。

　　由於入宮人潮為患，開放近一世紀的北京故宮，開

行走的風景

啟進入限流時代，再也沒有單日超過 8 萬人次的客流量。讓文物活起來，故宮建成「數碼故宮社區」，下載「每日故宮」APP，用戶每天可收穫一套珍貴文物的圖文介紹。口紅、日曆、絲巾、水果叉等一系列文創產品頗受歡迎，文創收入已超年 15 億元人民幣。單霽翔認為，故宮要滿足民眾需求，注重公益性和人性化的細節。他清理端門廣場，增添 30 個售票窗口與快速售票設備，確保民眾能在 30 分鐘內買到票；在端門廣場安置 200 把椅子、56 組樹凳，供遊客休息……單霽翔成了當之無愧的「網紅」，600 歲故宮則成了「超級網紅」。

單霽翔在哈爾濱演講，另一位「網紅」在台灣高雄義守大學演講。2 月 22 日，「賣菜郎」高雄市長韓國瑜主講「成功之母講座——累積失敗 邁向成功」，現場座無虛席，擠爆 500 餘人。這是韓國瑜擔任高雄市長之後，第一次到大專院校演講。韓國瑜在演講時自嘲說，「照傳統價值觀，我這生失敗太多」，「文也不成，武也不成」，現在 60 歲好不容易找到高雄市長工作，他反問台下學生「你想我要不要認真幹？努力做？」台下旋即掌聲如雷。

2018 台灣九合一選舉，令政治場域出現新模式新思維，政治人物走向網紅化，政治元素結合網紅形成「網紅政治」。「柯 P 模式」、「韓流現象」都是網

紅政治的具體實踐。大選後，蔡英文政府下達官員必須採取「網紅政治」，將政策透過網紅模式宣傳出去，提醒部會首長「人民耐性只有 10 秒而已」。政府官員官方臉書發文實踐網紅政治，不過，大都流於膚淺及娛樂化，陸委會主委陳明通與議員高嘉瑜結合開直播，意圖傳達相關政策內容，但最高收看人數僅 168 人，慘不忍睹。可見，政治人物直接扮演網紅的策略，如無法突破粉絲圈，反而成笑話，並非所有政治人物都適合當「網紅」。

「網紅」，即網絡紅人，指在現實或者網絡生活中，因某個事件或某個行為而被網民關注從而走紅的人。他們的走紅皆因自身某種特質在網絡作用下被放大，與網民的審美、娛樂、偷窺、品味以及看客等心理相契合，有意或無意間受網絡世界追捧而成為「網紅」。「網紅」是網絡媒介環境下，網絡紅人、網絡推手、傳統媒體等利益共同體綜合作用下的結果，可見，「網紅」不是誰都能勝任的。

今天，你短視頻了嗎？

　　北京，人民大會堂。全國人大和政協兩會舉行。今年有項新規，人大代表和政協委員，以及工作人員，都不能帶手機進入大會堂，記者卻有特殊待遇，每人可以帶一部手機，但進入大會堂後，不能將手機借給代表和委員。當局沒有解釋原因，據說是不讓代表和委員在會場用手機拍照，特別是視頻，要求與會者在現場專注會議。往年在會場上，代表和委員都用手機視頻、拍照，干擾了「莊嚴」的大會。確實，連代表和委員都熱衷短視頻。「短視頻」是今年「兩會時間」的熱議話題。

　　手機是今人消耗時間最多的東西。過去的 2018 年，是「短視頻」大爆發的一年。「短視頻」如今已經成為一種網絡傳播主流。「短視頻」的使用時間、使用者範圍、應用領域都實現由短變長、由點及面的成長。「短視頻」可以說是近兩年迅速長大而風生水起的一個新物種：快手、抖音、西瓜、秒拍、一直播、小咖秀、快視頻、花椒、奶糖、火山小視頻、全民小視頻、微視、YOO……互聯網巨頭爭先恐後湧入短視頻領域，短視頻平台迅速崛起，使用者規模飛速攀升，社會影響力與日俱增。當下，「短視頻」可謂風起雲湧，熱鬧非凡。

「短視頻」即短片視頻，是一種互聯網內容傳播方式，這類視頻的時長較短，一般介於 15 秒到 5 分鐘的視頻傳播內容。這種輕型體量的本身就彰顯短視頻的存在，從一開始就是為了實現「易於傳播」、「適於傳播」的目標。隨着移動終端普及和網絡的提速，短平快的大流量傳播內容逐漸獲得各大平台、粉絲和資本的青睞。

「短視頻」在 5 年前還只是小眾的信息傳播形態，它的傳播管道，主要透過短視頻類、社交類、媒體類 APP 用戶端觀看，透過微信群、朋友圈分享和微信公號發布觀看，透過微博發布觀看等。表達自我，是人類與生俱來的需求，短視頻的出現為使用者打造了一個展示自我日常生活的新窗口。

「短視頻」傳播快速火爆的原因，既有其形式的簡約、技術的成熟等基礎性因素，也在於它契合人們的生活化認知方式。生活中，原本就有許多零碎的短時間，如等人、睡前、發呆、吃飯、坐車、排隊、小憩等。可以說，碎片化生存已經成為當前人們的生活常態。在碎片化時間裏，蘊含着人們大量的對信息吸納的需求。相對於一般的視頻創作來說，「短視頻」因為時間少，視頻內容創作較為容易、幾十秒的一個小生活片段、一個小技能、一個臭美 POS 都可以上傳，對於內容創作者而言，參與近乎零門檻，人人可以玩，當然要做成大號，內容還是需要認真構思打磨。

行走的風景

不久前，短視頻作品《啥是佩奇》突然刷屏，引起眾多關注，短片由一段「尋找佩奇」的故事引發了關於親情與陪伴的全民思考。《啥是佩奇》用優質內容戳中人們內心的軟肋。短視頻小而美的特點，內容貼近草根生活，就是記錄生活中的瑣碎片段，觀者有代入感而感同身受。一般人在這樣短的時間裏流覽，往往不會產生視覺疲勞。視頻雖「短」，卻有粘性。除了輕量之外，網絡技術、新媒體技術的發展，都是「短視頻」傳播逐漸成為互聯網空間「爆點」的基礎性因素。

　　「短視頻」文化是主流文化、精英文化、大眾文化的交匯融合。不過，傳統「短視頻」多的是所謂「淺表性閱讀」，帶來的問題是看過之後往往缺乏思考。

「老外」，你起中文名了嗎？

　　被中國影迷稱為「勞模姐」的 42 歲荷里活影星潔西嘉・查斯坦（Jessica Chastain），很喜歡這個頗正面的生命綽號。有一年，她竟然一連拍了 7 部影片，還都是主角，無疑是影視圈的「勞動模範」了。她聽到自己外號的涵義時，頗為激動：「我愛中國。中國粉絲真懂我。」她覺得「勞模」這個詞準確描述了她的人生狀態，是中國粉絲對她工作努力給予肯定。

　　中文名叫「勞模姐」，只是個外號。有個叫「費正清」的，不是外號了。費正清（John King Fairbank），漢學家，國人都將他視為頭號「中國通」，他主編的《劍橋中國史》皇皇十餘卷，頗具影響。早在 1932 年，20 多歲的約翰・金・費爾班克以好奇目光前去中國，想憑自己的眼睛還原一個真實的東方古國。國人都知道，費正清、費慰梅（Wilma Denio Cannon）夫婦與梁思成、林徽因夫婦的友情甚濃，費氏夫婦的中文名字，就是梁思成取的，而費慰梅寫的《中國建築之魂》是梁林傳記中最感人的。

　　《消失的愛人》（Gone Girl）一片中的女主角裴淳華，本名羅莎曼德・派克（Rosamund Pike），這位

行走的風景

金髮女郎的中文名是她的「中國迷」丈夫起的。記得幾年前，她給中國影迷曾發過一個聲明，為什麼要有中文名？她明確說，如果使用英文音譯的中文名，「我覺得對喜歡我電影的中國觀眾是不尊重的」。她說，「裴淳華」這個名字的每個漢字都有特別意義。「裴」，是中國百家姓之一，它的首字母和她的英文姓氏首字母相同；「淳」，她喜歡游泳，想要用帶水的部首；「華」，她英文名字意為「玫瑰世界」，而「華」寓意華貴，也寓意「中華」。受她丈夫影響，裴淳華全家都迷上中國文化，他們會在家裏練習中文對話。

人名是個體意識的文本符號，是社會交際中供大眾便利使用的代用符號，名字常被寫下來，但更多時候是供人們呼叫的，因而流利、順口，便易叫、易記，聽感上的和諧爽亮、優美動聽，是好名字的必備要素。在華人圈，起名就像一次免費的人生矯正。起個名，缺啥補啥，缺啥求啥，叫「旺財」的，家裏已經揭不開鍋；叫「英俊」的，長得令人防不勝防；叫招弟的，多半還抱着妹妹，再招、續招……

華人起中文名有諸多避忌，要避忌有歧義的名字，如，楊偉（陽痿）、岳經（月經）、沈晶炳（神經病）、胡禮經（狐狸精）等，叫這些名字容易被誤解；要避忌惡俗的名字，如，白富美、高富帥等，這些名字浮誇霸氣，實則惡俗。此外，還要避忌生僻字的名字，容易重

名的名字。

在海外文體明星中，起中文名已經成了一件流行事。「小李子」李奧納多・狄卡比奧（Leonardo DiCaprio）是最早擁有中文名的海外影星之一，22 年前《鐵達尼號》（*Titanic*）在中國放映，他就在中國頗擁人氣，中國觀眾按照音譯名「李奧納多」，以中國人的方式喚他「小李子」。申花足球運動員「錢傑給」是加蓬前國腳恩杜姆布（Alexander N'doumbou），恩杜姆布是中非混血兒，他母親是浙江人，「錢傑給」這個名字隨了母親的姓氏。據說，除了起中文名，他還申請恢復了自己的中國國籍。

在全球領域，中華文化的復興已成一種趨勢。無論是中國漢字本身的文化魅力，還是深厚的東方哲學理念，都讓外國人興致盎然，品白茶、聽評彈、學書法，唱崑曲……對中國傳統文化的喜愛溢於言表。西方人起一個中文名字已愈來愈普遍，不同文化之間的交流、碰撞，東西文明的彼此包容、理解，乃至交融而共通，才是人類文明的未來。

行走的風景

從「禿子跟着月亮走」說起

　　在台灣觀看九合一選戰，常常會對候選人的文宣品，特別是他們的競選標語口號擊掌叫絕。最熱點的候選人當數韓國瑜和柯文哲。光頭的韓國瑜，他的標語口號是「禿子跟着月亮走，我的月亮就是高雄市民」，他的粉絲團便喊出：「禿子跟着月亮走，我們跟着禿子走。」禿子跟着月亮走，是歇後語，意思「借光」，比喻借助他人聲望，或別人給予的方便好處，使自己得到利益或完成某事情。在選前的一段日子，走在高雄街上，隨處可見這條口號。

　　柯文哲的標語口號，平實多了。不看重文宣的他，競選口號是「改變成真，持續發生」。這是他的競選理念。2014 年競選時，他不插旗子，沒有宣傳車，不買業配，公開選舉費用，提早停止募款，他喊出「改變成真」的口號，竟然成功了一次。2018 年，現在口號也就延續了，改變成真後還要讓它持續改變。

　　中國是標語和口號的大國。世界上凡是有文字語言的民族，都會用標語口號，即用字書寫、用口呼喊格言警句的形式，營造一種與政治體制改換、社會歷史變革、商品經濟發展、人民價值取向變化的氛圍和環境，

令人們目睹耳聞，身臨其境而受感染影響。標語口號忠實記錄了社會各種心聲。有些標語口號由公職機構宣傳部門設立，有些則是基層組織自行創作，有些則是個人的自我宣傳。社會向前推進時，往往會衍生出各具特色的文化產物，街頭海報、標語口號等就是其中一種。中國式標語口號可謂氾濫成災，難免參差不齊，有的誇大其辭，有的片面絕對，有的嘩眾取寵，有的野蠻粗魯，有的費解歧義，有的惡搞雷人。

七、八年前，讀過一部書《中國的標語口號》，是北京中央文獻出版社出版的，沒想到這標語口號真是有大學問，還能寫成一部書。書中講述了擬寫標語口號的表達方式，有對仗式、對比式、排比式、比喻式、因果式、遞進式、擬人式、借代式、對話式、設問式、諧音式、自律式、數字式、陳述式、長短句式。書中還詳敘製作標語口號的展現載體與類別：有橫幅類、豎幅類、旗幟類、掛畫類、壁報類、櫥窗類、報刊類、網絡類等。

雲南省曲靖市富源縣墨紅鎮補木村，曾出現數十條詛咒式標語，有「亂搭亂建　全家短命」、「不出義務工　全家無祖宗」、「人畜不分居，又無子孫又無妻」……經網絡曝光掀起軒然大波。墨紅鎮政府和補木村委會匆匆表示，這些標語雖用詞不妥，但出發點是好的，貼出不久即已撕掉，並向村民作解釋。據說，這些標語是幾個村幹部所擬，村裏正在推進人居環境改善工

行走的風景

作，不過推進進度不順，不少村民不僅不配合，還冷嘲熱諷，村幹部憋着一肚子氣，為加快工作進度，就想出這辦法，先商議口號標語，打字複印後，四處張貼，如此詛咒標語只會激化矛盾。

以往類似「一人超生，全村結紮」、「養女不讀書，不如養頭豬；養兒不讀書，就像養頭驢」……這類標語口號不勝枚舉，十年、二十年後的今天，社會在進步，但這類標語依然時有所見。為了禁止人們步入草圃，便立牌上寫：「今天你踩在我頭上，明天我長在你墳上」，中學老師教導學生珍惜時間，竟然公開在校園打出標語：「時間和乳溝一樣，擠一擠還是會有的」……諸如此類的「問題標語」，用字粗俗，語氣粗暴，不堪入耳入目，儼然有失文明。

香港有一個常用詞語「活化」

那天與「香港戲劇教父」毛俊輝聊天，談到戲曲的現代化。他說，所謂「現代化」，就是讓有傳統價值的戲曲作品展現新面貌，讓當下觀眾能接受，能理解，能欣賞，產生共鳴，或者稱作一種「活化」的工作。聽到「活化」兩字，一愣。「活化」，是過去幾年香港出現的一個常用詞語：活化歷史建築伙伴計劃、活化工業大廈計劃⋯⋯

上周，去了剛落成的荃灣保育活化項目「南豐紗廠」，新舊交織的環境激發無限創想。紗廠外牆，是一幅幾層樓高的巨幅紡織女工肖像黑白版畫，這是一位葡萄牙藝術家的畫作，成了紗廠新象徵。邊上一堵矮牆的彩色壁畫，是另一番味道，穿戴得體的女工站在紡織機前，畫工活潑，色彩斑斕。

走進紗廠，便被其全玻璃幕牆所震撼，改建後的紗廠明亮前衛，驟眼一看，似乎不夠「原汁原味」，再細細看，發現紗廠原有的支柱都保留下來了。那道超過60年歷史的樓梯依舊留存，沒有重新上漆，以「素顏」示人。把原本面貌呈現公眾面前，是最好的保育方式。走進紗廠大堂，迎面所見是接待處背後一片佈滿金杯的

行走的風景

幕牆，它原身是舊紗廠的大閘。原以為走進紗廠能看到保留下來的大型紡織機器，用實物反映香港紡織業的歲月，但據說南豐紗廠停產後，機器早已搬走，再沒能找回來。如今能看到的是「金杯牌大閘」，還有「五廠鐵閘」、「太平桶」、「廠房樓梯」、「長木櫈」……這些當年的細節，都藏着半百年歷史故事，待今人品味。

南豐紗廠建於紡織工業全盛時期，曾經是香港最大紗廠之一。在上世紀五十至八十年代，製造業是香港經濟支柱，以紡織機製衣業最為強盛。七十年代，香港有數十家紗廠。當年香港女子愛選擇去製衣廠打工，如今是香港一代人的集體回憶。隨着紡織業北移，南豐紗廠於十多年前停止運作，成了一座倉庫。配合特區政府活化工廈的政策，南豐集團將這棟建築物賦予新的生命和新的內涵，昔年紗廠成了當下時裝界創意地標和孕育年青設計師的搖籃。

今日南豐紗廠，由「南豐作坊」、「南豐店堂」、「六廠紡織文化藝術館」三大支柱構成。「南豐作坊」主要為與時尚及科技有關的初創公司提供辦公場地；「南豐店堂」有各類文藝創意商舖及食肆；「六廠紡織文化藝術館」主打紡織文化藝術，以展覽及共學形式推廣紡織文化。

一個保育活化項目，不只是建造那些吸睛的「打卡熱點」，更重要是它應該怎樣跟社區互動共長。在南豐

紗廠，見到幾位「前女工」，她們每天從香港各角落趕來這裏，兼職縫製布袋，重溫當年溫馨時光，一位「杏姐姐」說，「自己親手製作一件衣服，很有滿足感」。南豐紗廠活化項目梁姓市場總監說，「我們希望南豐紗廠能帶給今人生活上的啟發，就算是買一盆花這麼小的事也行」。或許，為大眾提供靈感，才是活化保育的首要目的。

　　半年前，參觀過正名為「大館」的香港中區警署建築群，這是香港馬會花了 38 億港元活化的項目。這些年，香港保育活化工程不少，有建於 1902 年的大嶼山石仔埗街的舊大澳警署，2012 年活化成為「大澳文物精品酒店」；建於 1921 年荔枝角青山公路的前荔枝角醫院，2012 年活化為饒宗頤文化館……

　　活化工廈計劃是香港政府自 2010 年 4 月起實施的公共政策，容許 15 年以上舊工業大廈業主，免補地價將整棟工廈改裝活化，作其他用途，例如改建為寫字樓、藝術工作室等。活化又稱激發，粒子（如原子、離子）從外界獲得足夠能量後，其電子由較低的基態能級躍遷到較高能級的過程，有菌種活化、機械活化、生物活化、塑膠活化……一句話是活化智慧。活化傳統文化核心是兩個途徑，一是讓它有用，二是讓它有新的文化意義，兩者須兼而有之。

行走的風景

「素人時代」：
素人政治攪動一潭春水

　　在廈門環島一家酒店的畫廊看過一場特別的畫展，參展的 30 多位畫者，大都沒什麼繪畫基礎。他們中有教師學生、外賣小哥、花店老闆、的士司機、家庭主婦……年齡從 10 多歲到 60 多歲。對他們而言，正兒八經畫畫是素昧平生的事，參加畫展更是生來第一遭。於是畫展自命名為「素昧平生」。廈門朋友說，這叫「素人畫展」。

　　「素人」？那時起，我才對這一詞有了感覺。素人藝術也稱為質樸藝術，指未經正式訓練，通常是自學的，非專業藝術家所創作的藝術。後來才在網絡上讀懂香港的一些特殊名字，自然育兒的「素人父母」群組、滿腹怨氣的「素人醫生」、「終極運動素人圈」相聚活動……

　　素人，據說源自日語漢字素人，是日本文化愛好者常用詞語。也有人認為，「素」字來自中國古籍《素女經》。先不問來源，中文字「素」有清白、樸素的意思。素人，泛指外行、門外漢，泛指業餘愛好者、非專業人士，泛指平常人、樸素人，也泛指不加修飾的清新女

孩，引申為良家婦女之意。

　　當下，國際政壇吹起一股「素人」風潮，「政治素人」、「素人政治」成了熱詞。台灣 2020 年總統大選，郭台銘宣布參選，「台風」驟起；韓國瑜正伺機挺身，「韓流」滾滾。韓國瑜從政歷練只是有好幾年前的立委、4 年的北農董座，才做了幾個月的高雄市長，鴻海董事長郭台銘則要從總裁轉換總統。真要參選，他倆都是「政治素人」。

　　3 月，東歐兩相鄰國斯洛伐克和烏克蘭，先後選舉總統，結果都是「局外人」脫穎而出。在斯洛伐克，45 歲女律師蘇珊娜・恰普托娃（Zuzana Čaputová），以 58.4% 的得票率當選總統，政府工作和從政經歷幾乎是零。烏克蘭首輪選舉中，曾飾演總統的演員、41 歲的澤連斯基（Volodymyr Zelenskiy）勝出，得票率 30%；現任總統波羅申科（Petro Poroshenko）僅 16%，曾兩度擔任總理的季莫申科（Yulia Tymoshenko）是 13%，進入 4 月 21 日總統選舉第二輪，澤連斯基最終勝出。

　　2017 年 5 月，39 歲馬克龍（Emmanuel Macron）當選為法國歷史上最年青總統。10 月，31 歲的奧地利人民黨候選人庫爾茨（Sebastian Kurz），當選為奧地利總理。這兩位可謂既非「官二代」，也非「富二代」，都是普通人家出身。再往前，當數 71 歲商人特朗普，2016 年 11 月擊敗曾任國務卿的希拉里而當選總統……

行走的風景

這幾年，「素人」攪動地緣政治的一潭春水暗流湧動。大選中，「素人」紛紛意外勝出，世界政治進入「素人時代」，即一批沒有從政經歷，也從未在國家機構出任官職，甚至基本缺乏管理國家經驗的「政治素人」，紛紛贏得大選。

　　只是「政治素人」的「素人政治」究竟能走多遠，尚待觀察，「素人牌」並非執政的靈丹妙藥。特朗普上台後頻頻退群，處處樹敵，貿易霸凌，單邊主義，國內分裂，外交攪局，如此「素人政治」難道是選民初衷？人們透過票投「素人」，企盼帶來新變，而不是換個亂局。時下，在美國出現一批「政論素人」，從來不寫時評的年青人在網絡上撰文批評總統的一些施政。

　　在香港，也出現一批「時評素人」。日前，「就是敢言」青年評論群要我去講課，怎麼寫好時評政論。他們都是「評論素人」，以往都沒有寫過時政評論，他們的本職是律師、教師、公司文員等，能凝聚成這支隊伍不容易。在香港熱衷寫時評政論，已屬鳳毛麟角，這批青年寫手，目前仍有不少問題，但不管怎麼樣，畢竟走出了第一步，要為他們鼓與呼。

台灣政治人物「面試」選美國不選對岸

　　最近在台灣政壇，要數熱詞當是「面試」、「試水溫」。

　　「試水溫」，即試探，摸底。游泳或者媽媽替小孩洗澡時，都會先用手測試水的溫度，試試水溫。「面試」，是透過書面、面談或網上交流的形式，考察一個人的工作能力與綜合素質，透過面試可初步判斷應聘者是否能融入自己的團隊，在特定場景下，以面試官對應聘者的交談與觀察為主要手段，測評應聘者的知識、能力、經驗等綜合素質。

　　台灣 2020 年總統卡位戰提前開打，已經公開表明參選的候選人，或暗中已啟動備選議程的準候選人，竟然都有相同的一招：紛紛啟動訪美行程，到美國「試水溫」，為 2020 暖身。沒有訪美提高聲望，似乎就沒有行情。候選人造訪華府，被稱為「面試」，對於有志角逐總統大位的政治大咖而言，訪美不只是「口試」，同時也是爭取國際曝光的機會，因此總統參選人赴美爭取支持已成慣例。

　　2 月中旬，已宣布參選 2020 總統的前新北市長朱

行走的風景

立倫訪美，定調此行為「學習之旅」，僅限在西岸活動，前往美國矽谷拜訪企業家、新創人士，聲稱主要是談台灣經濟發展和科技轉型，沒有政治議題。

3月，國民黨主席吳敦義有望在16日立委補選結束後訪美，以感恩茶會形式，感謝海外僑胞在「九合一」大選中的支持，具體行程尚未透露。

3月16日至24日，台北市長柯文哲訪美，以「城市外交」為主軸，走訪華盛頓、紐約、波士頓和亞特蘭大，拜訪當地生物科技醫療產業，拜訪美國國會。

4至5月間，新任高雄市長韓國瑜訪美，受「哈佛大學費正清中國研究中心」之邀前往演講，初步安排行程5至7天，走訪東岸和西岸。

宣布參選2020總統的前立法院長王金平，原本就與美國關係密切，他不時收到美方邀約，但他本人還在評估是否有赴美「取經」的需要，據悉，最快也是取得總統競選提名後才有望成行。

謀大位先赴美，爭取支持成為一種慣例。蔡英文兩度參選總統，選前都曾赴華府訪問。不同的是，第一次赴美時，蔡的兩岸政策遭質疑，也衝擊其選情，面試失利，之後的大選也失利；4年後的第二次，當時民進黨駐美代表吳釗燮等人鋪陳得宜，以「維持現狀」贏得美國信任，美方給予高規格待遇，重考過關。2003年，陳水扁在2003年爭取總統連任的前一年10月底也曾

過境美國，還在紐約住了兩晚。馬英九參選總統前兩年，2006年3月赴美訪問9天，行程中會見了美國副國務卿佐立克（Robert B. Zoellick）及白宮副國家安全顧問柯羅契（Jack Crouch），會談3個多小時，層級之高，歷來少見。

站在美國人立場，希望面對面的直接了解各候選人在兩岸關係、美台政策的一些看法。當然一旦成為總統，任職期間，甚至卸任後幾年，美國就成為禁地，因此唯有選前去美國。台灣在安全上始終是美國屬從，但中美大國抗衡開始成為常態，未來想成為總統的台灣政治大咖赴美，去哪個城市，在什麼場合，見了誰，說了什麼，都必定受北京關注。有人說「政治靠美國、經濟靠大陸」，也有人說「親美、友日、和中」……親美也好，傾美也好，不能否認當下「大陸因素」愈來愈濃了。

金門縣長楊鎮浯、台中市長盧秀燕，都學「禿子」（韓國瑜），要「人進來，貨出去，發大財」，上任一個月，楊去了廈門，盧去了香港，雖然強調的是「談經濟」，但都選邊「九二共識」站台，他們明白，沒有這基礎，大陸不會談。僅僅從地緣上看，台灣跟大陸近多了，但現在聽到的、看到的，似乎全是「美國面試」、去美國「試水溫」，卻聽不到他們公開聲稱「也去中國大陸看看」。

兩岸對峙了70年，各自都有自己的思維定式，但

行走的風景

政治人物就要有光風霽月般的胸襟，拋離擁美拒陸而挾洋自重的幻想。今日台灣也應該來一場思想大解放，從某些固有思維定式中解脫出來，才能自我解放而與時代同行。都說「兩強之間難為小」，台灣的特殊處境確實動輒得咎。不過，也該聽聽這幾天在網絡上所引發的網民輿論：「對美國唯命是從」，「一副奴才相」，「去美國面試，就是向美國報到」……難道處於世界兩強之間，台灣就不會操作一點「平衡術」？作出謹慎決斷、穩妥處置。平衡是一門藝術，更是一門智術，像蹺蹺板一樣，兩邊距離相等，重量相等，才能達至平衡。看看，哪位總統候選人敢於放聲說：為了拚台灣經濟，我要去大陸走走。

人們將掌聲給了吳敦義

　　都說人分兩種，一種是陽光下的奔跑者，另一種就是路邊的鼓掌者。現在有許多人，內心高傲自大，明明自己沒有別人厲害卻不願意承認，不願意去誇別人，也更不願意為別人鼓掌。

　　台灣 2020 總統大選逼近，國民黨陣營風風雨雨，初選紛擾始終未歇，一度為初選機制採「五五比」、「七三比」或「全民調」爭論不休，黨內互打愈演愈烈。如今黨主席吳敦義要與表態角逐大位的「太陽」們一一會面，沒想到卻又為會面是否「公開」，雙方隔空交火，最終令「吳朱會」、「吳王會」、「吳周會」延期。藍營的「太陽」連見個面都難以達成共識，顯見互信不足，黨何談團結？

　　這一陣台灣友人，包括國民黨內黨外的，與筆者說起吳敦義，幾乎沒有一個看好他，給他掌聲。

　　人事有代謝，往來成古今。2017 年 5 月 20 日，在 47 萬有投票資格的選民中，吳敦義高票當選國民黨主席，69 歲吳敦義得票 144,408 票，佔得票率 52.2%。今天大家都忘了這個事實：那年 60 歲的韓國瑜也參選了，得 16,141 票，得票率僅 5.8%。史學家幾乎都是記

行走的風景

載「勝者為王」的故事，讀歷史學的吳敦義要揭開歷史新頁，帶領國民黨重返執政。他當選後的一星期，在他卸任副總統辦公室，筆者獨家專訪他。在百年老黨國民黨面臨風雨飄搖之際，是吳敦義勇於接任黨主席，做得好不好，或者說可以做得更好，那另當別論。

在民進黨逼迫下，國民黨黨產遭凍結導致財務困窘，日前黨中央每月仍要支出 3,700 萬元新台幣的黨工薪資、行政及業務運作等經費，財務負擔沉重。但誰能否認這兩年，正是吳敦義籌募資金而撐起這個黨，他各地跑透透，向企業界募款，更以個人名義借款，讓黨工領到薪水，讓黨能如常運作。

一年多後，2018 年 11 月 24 日，台灣「九合一大選」，國民黨大勝，「綠地」變「藍天」。選後翌日，吳敦義依然在卸任副總統辦公室，接受筆者獨家專訪。

韓國瑜新當選高雄市長。輿論都說，他空降高雄出選，是遭黨內所貶的「棄將」，任由他孤軍奮戰。其實不然，正是吳敦義欽定下，他才披甲上陣。在吳敦義卸任副總統辦公室，就在筆者坐的沙發上，韓國瑜三次坐在這裏，吳敦義和他一起分析選情。韓國瑜去了高雄，一週後回到台北，又坐在這裏，與吳敦義訴苦抱怨，想打退堂鼓，正是吳敦義鼓勵他出選高雄。韓國瑜作戰的那些網絡「空軍」也是吳敦義派去的。一個自稱「北農賣菜的菜販」，韓國瑜哪有「空軍」帶去。他與黨中央

取得默契，定下謀略，去高雄後，主打民生和經濟，淡化國民黨色彩，避談兩岸話題。

沒有功勞也有苦勞，特別是當下有意角逐總統提名的太陽們，在國民黨風雨飄搖之際，個個袖手旁觀，讓吳敦義獨自苦撐，如今曙光初露，國民黨似乎又有那麼一點機會了，太陽們又冒出頭來。

「九合一」勝選後，筆者專訪吳敦義，還是能感覺到他有意會出選 2020 年大選。前不久他卻表示，「會通盤慎重考慮，保留萬分之一的可能性」，但假如國民黨內已有合適的人，他沒必要去插一腳。吳敦義自稱「參選可能性萬分之一」，筆者覺得，這也就意味着他已經不會參選了，在當前無力回天的大背景下，他選擇了自己在國民黨的歷史定位。

吳敦義這一決定，筆者為他惋惜。因為他不僅為國民黨「九合一」選舉的大勝立下汗馬功勞，尤其是其獨具慧眼推出韓國瑜更功不可沒。在當前國民黨幾大「天王」中，吳敦義的從政經歷豐富，頭腦清醒，有大局觀。他是國民黨內以實幹起家的強勢人物，卻忽略了籌謀自己的強大班底，個性強硬，樹敵過多，大佬們都忌憚他，擔心難以駕馭。當下，幾乎沒有人對他能贏得 2020 大選有信心，多次民調支持度比蔡英文還低。最終放棄參選雖是一種遺憾，但對吳敦義本人，尤其是對於國民黨而言，未必是壞事。他已屬老牌政客，對台灣

行走的風景

新生代選民難有號召力，互聯網時代的年青人喜歡新面孔，在他們眼中，吳敦義在政壇「過氣」了。吳敦義明白，自己硬出頭勝算很小，無欲則剛，吳敦義放棄私心私利，反而有利於他心無旁騖地操盤國民黨選舉。

　　吳敦義不僅一再強調 2020 國民黨的最高目標是勝選，讓國民黨既拿回行政權也拿回立法權。他有意佈局讓韓國瑜出選是對的，朱立倫打不贏柯文哲，王金平更不用說。人們將掌聲給了吳敦義。當下，「拱韓」聲浪逐日升高，讓初選機制更添變數。這場選戰，藍營唯團結才會贏，即使國民黨最終一定要走徵召方式，仍不能用他來逼退其他太陽，為化解黨內總統初選紛擾，吳敦義啟動「非正式溝通」。「吳朱會」、「吳王會」、「吳周會」，人們普遍認為勸退或「建議」不登記將是重點之一，朱、王、周能不能顧全大局，「相忍為黨」，但願人們到時也會給予「奔跑」中的他們掌聲。

六四紀念館浴火重生

「記憶、公義、希望」，這是香港新開館的六四紀念館所體現的三大主題元素。經浴火重生，六四紀念館於「六四」事件 30 周年前夕重張旗鼓，在位於九龍旺角道藝旺商業大廈十字樓開館。策展人是建築和室內設計師「一悟」，他生於 1995 年，首次接觸「六四」事件是在中學四年級的數學課上。他說，「有一天正好是『六四』，老師特地抽一點時間播放相關影片，講解當年發生的事，從此留在心裏」。

取名「一悟」，頗有佛教蘊味，正源於他對周遭事物的思考和領悟。他說，「無論生活、工作，我所做的每一件事都蘊含我的看法和領悟，這次『六四』策展，是我對於民主自由的領悟」，「建築本身可以結合哲學，建築物有它的靈魂，就好像不同的博物館、紀念館，都投放了設計者的思想，他們對那段歷史、那個地方的感覺」。

「六四紀念館」的靈魂在於「真實」。「一悟」認為，「六四」應該是重要的公民教育課題，要盡可能運用相片、圖像、實物去呈現歷史，讓參觀者自己去感受、領悟，實物展品有王楠遇難時所戴頭盔、張健在天

行走的風景

安門廣場所中子彈。首次展出的 202 位死難者名牌，是「天安門母親」20 多年來歷盡艱辛蒐集得來，每一個名字都不容抹掉，「這兩處不可不看！」。

在紀念館，香港支聯會副主席蔡耀昌說，紀念館的第一部分是記憶，集中展現「六四」現場感，所以一進門右邊就是一個電子鐘，告訴大家「六四」距離當下是多少時間，觸動心靈的是電子鐘每一秒時間都在變化。之後這邊用一些照片講述了六四鎮壓前發生的歷史事件，用不多的文字讓大家了解這個來龍去脈。之後見到的是當年的一些文物，呈現了王楠、吳向東的遺物，比如王楠遇難時的頭盔、眼鏡。另外還有當時不是即刻死亡的，比如張健腿部的子彈等。

他說，「記憶」後的第二部分就是接着講公義，香港人怎麼去做，大陸人這麼多年怎麼做。「六四」30年，海外也發生了很多尋求公義的運動，和「六四」未必有直接關係，希望大家知道這不僅僅是個歷史，尋求公義所有人都在做。最後一個是「希望」部分。最後的區域是與「六四」相關書籍刊物的擺放，陳列多國包括英國、美國、加拿大的解密檔案文件，讓參觀者可透過這類解密文件了解「六四」真相。希望大家在這裏翻一翻書，沉思一下，是一個希望的延伸。最後有放一些香港藝術家做的紀念品，這些會經常更換新品。這是策展的總體概念，強調歷史真相，但更希望鼓勵大家尋求公

義，帶出希望，而不是一味沉浸在歷史裏。

談到與以往香港的「六四紀念館」的不同，蔡耀昌說，以前策展主要是中文敘述布展，由於經常有很多外國朋友來看，新館就強調中英對照。他說，「最初策展時發覺，擺放太多的實物，會讓參觀者覺得很擁擠。這就需要拿捏一個平衡。現在看場館仍有空間可以略加一點實物。

2019年是「六四」事件30周年，香港市民支援愛國民主運動聯合會（支聯會）幾經努力，終於成功重置「六四紀念館」，再度成為中國土地上唯一能公開說出「六四」真相的讓公眾參觀的紀念館。藝旺商業大廈是一棟43年樓齡的商業大廈，樓高14層連天台，一梯兩伙，每個單位面積約600平方呎。據悉，2019年1月，基督徒學會和支聯會簽訂買賣協議，基督徒學會以800萬港元出售物業予支聯會，支聯會購入10樓全層兩個單位。當年舊館出售後所剩600多萬港元，這次新購入的物業，還需交印花稅、裝修費，營運初期的投入，支聯會這方面的專項資金尚缺300萬港元，目前是先用支聯會其他項目的錢抵入。

香港六四紀念館於2012年4月和2013年分別在深水埗和香港城市大學設立臨時紀念館，先在香港深水埗汝州街269號2樓開幕，只維持了一個多月。之後，移師香港城市大學作臨時展出。由於社會反響熱烈，支

行走的風景

聯會一直都希望為六四紀念館尋得一個永久會址，遂於2014年在尖沙嘴柯士甸路富好中心購買一物業單位，設立永久性的六四紀念館。不過，紀念館始終遭遇大廈業主立案法團的訴訟纏擾，最後鬧上法庭，大廈管理處經常滋擾參觀者，加上紀念館受面積所限，難以舉辦講座等活動，限制了紀念館的發展和教育功能。2016年7月，紀念館閉關，後經支聯會常委會討論及在會員大會上決議通過出售物業，另覓地方重建紀念館。2017年及2018年，支聯會在維多利亞公園年宵攤位及友好團體提供的場地舉行六四紀念館專題展，籌款擴館及尋找新館址，直到2019初購得位於旺角今天的物業而重置紀念館。

六四紀念館開館前夕，即4月7日，大門鐵閘被打開，不見鐵門鎖頭，牆身十個插座、總電掣和總電掣箱被鹽水淋濕，在其他層的電梯大堂潑糞。之後，有自稱大廈業戶在大廈外抗議，對大廈業戶和附近居民構成滋擾，企圖打壓紀念館重開。大廈內的部分商戶表示受驚嚇，一旦六四紀念館開館，擔心大廈從此政治紛爭多事滋擾。確實，幾乎每天都有人來到這座大廈外抗議，有一天，10個黑衣人拿着凳子坐在大廈入口通道外⋯⋯支聯會報警求助。

支聯會預計，或明或暗的打壓會陸續有來。據蔡耀昌稱，「出於各種原因，確有一些業主對建館有意見，

但比起尖沙嘴來說這裏的問題糾葛不算大。這裏有很多教會，他們也比較理解我們。我們對發生的事情都耐心作了解釋，承諾會做好一些保安措施。大部分業主都是認可的，不會像尖沙嘴上次那樣完全沒溝通就發律師信。」蔡耀昌說，「我們會步步為營堅持走下去；無論面對多龐大的專制工具，多強大的急風暴雨，我們不會退縮，肯定會奮戰到底」。

行走的風景

買入人民幣，上中美貿易戰場

　　共和國國慶日將至。想起年青時，一腔熱血，總能背誦諸多愛國的詩詞和名句。歲月如梭，不過現在也還記得一些：「商女不知亡國恨，隔江猶唱後庭花」（杜牧）、「臣心一片磁針石，不指南方不肯休」（文天祥）、「國家是大家的，愛國是每個人的本分」（陶行知）……來到香港 20 多年，「愛國」情懷似乎漸漸淡了，因為在腳下這片島土，年年風調雨順，也沒遇上需要生死搏擊的「國家大事」。

　　前不久，聽評論家、學者阮紀宏說，法國取得足球世界盃冠軍，香榭麗舍大道塞滿了慶祝的國民。他們不分經濟階層屬性，共同喝彩國家隊的勝利。「香港人與內地同胞共同歡呼國家勝利的場面，從來沒有，將來也未必有機會在香港發生。然而，在香港歷史上，也曾出現過高漲的愛國情緒。那是抗日戰爭爆發的年代，香港學生上街宣傳抗日，學生組織服務隊到內地抗戰」。曾經是媒體人的阮紀宏感嘆道：國家危難會激起愛國熱情和行動，而今中美戰幔揭開，香港人會產生同仇敵愾的情緒嗎？

　　我聽了一愣，猛地驚醒：是啊，中美一旦真槍實彈

打仗，香港人會為保衛祖國上戰場嗎？如今，面臨百年變局，中美貿易開戰，香港人會站在自己國家這一邊而萌動反美情緒嗎？

日前，我的朋友、媒體人盧永雄說，美國如今的形象，有如他小時候看的《大力水手》卡通片中的歹角布魯圖一樣，是一個恃着自己大隻，就到處蝦蝦霸霸的惡人。他對所有貿易伙伴都這樣，把刀架在別國的頸上，然後要求締結城下之盟，逼別國向美國輸送貿易利益，「聽到美國對中國再次加徵關稅的消息⋯⋯我昨早就即時衝動，付諸行動，走入銀行，買入人民幣」。前幾年人民幣急升時，很多人在銀行開戶口日日換人民幣，但他那時沒有這樣做。他買入五萬元，不是為了投資，也明知一個人買入多少人民幣都無作用，但他想表達一種態度，不但是要支持國家，也是要對美國發起這場不義的貿易戰表示抗議。

翌日，我另一位朋友，也是香港媒體人的林芸生說，「響應盧永雄前輩的愛國行動，我也即時衝動，付諸行動，買人民幣」，「這區區一小筆人民幣，代表大家對中國戰勝的期盼，也表達炎黃子孫對美國霸權的抗議」。

我不知道林芸生究竟買入多少人民幣，十萬？百萬？錢款數字不重要，重要的是這股情緒。我也不知道在香港，身邊有多少媒體同行懷着一股愛國激情，默默

行走的風景

去銀行下單買入人民幣。正如林芸生所言，「買人民幣這一回事，也同時合乎愛國情感與理性投資的原則。受貿易戰影響，目前人民幣已跌至近年罕見低位，香港人這時買入人民幣，既表達對國家的支持，也是保本投資的好選擇。待中國適應貿易戰後，人民幣匯率定會回升……我把所有分析建立在『中國戰勝』的大前提上。身為中國人，難道不應該把自己的命運綁在國運上嗎？難道要學那些黃媒反對派盼美國打贏？這種現代漢奸的想法令人髮指」。

盧永雄、林芸生的行動，阮紀宏的質疑，令我想起1998年亞洲金融危機時，外國對沖基金狙擊韓國貨幣，國家遭遇外匯危機的最艱難時刻，韓元受衝擊貶值而對外支付的信用度下降。當時韓國外匯儲備不多，很多韓國人排隊買入韓元支持國家，很多女性變賣自己的金首飾支持本國貨幣。與太極旗一起再次騰飛，韓國民眾面對金融危機共赴國難。儘管這些做法的直接經濟價值，對於戰勝來勢兇猛的金融危機的作用有限，但象徵意義的影響卻無窮。

當下，中美貿易爭端擴大，人民幣首當其衝，匯率持續走低，2018年以來跌逾5%，在主要亞幣中僅僅比印尼盾好，為第二弱，國際上擔心人民幣匯率穩定的問題，更擔心中國為應對貿易戰而開啟貨幣戰，讓人民幣匯率劇烈貶值以沖抵貿易戰影響。不過，近日從國務院

總理李克強到人行行長易綱接連發聲，強調中國不會開啟貨幣戰，不走人民幣貶值促出口之路。如今外匯市場消化複雜因素的能力正在增強，人民幣表現淡定。

中美貿易戰已持續四個月，戰火正酣。9月24日，中國傳統佳節中秋節，美國送來一份「厚禮」：關稅戰打到兩千億級別，打響貿易戰第三槍。中國也隨即反制美國，「回禮」而徵收關稅，宣告取消中美經貿談判。兵來將擋、水來土掩。貿易戰急轉直下，更擴展到對中國軍隊機構及負責人實施制裁、網絡戰略互打，雙方對抗正螺旋向上。

中國國新辦日前發布《關於中美經貿摩擦的事實與中方立場》白皮書，36,000字，對美亮劍，指責華盛頓出爾反爾的貿易霸凌行為，中國將採取轉守為攻戰略。此刻，媒體人盧永雄、林芸生他們在行動。我這媒體人也當跟上，拿出私房錢區區數萬港元，買入人民幣，加入「愛國」行列。朋友們都在行動，那麼你會用什麼方式上中美貿易戰場呢？謹記盧永雄所言，「中國弱，香港人在國際上也沒有生存空間，所以我們要支持國家，打好這場貿易戰」。

行走的風景

行走的風景

B

從「僑民」到「脫台者」

　　「出去買點東西」，「吃什麼東西」，「手裏拿着什麼東西」……這樣的語句在日常生活中司空見慣，對於「買東西」這個說法，似乎都能聽明白是購物的意思，那麼為什麼是「買東西」而不是「買南北」呢？能詮釋「買東西」這個說法的由來，並不止一個版本，限於字數，就看看其中一個最簡單的說法。

　　說的是古時候，在很多逐水而居的區域，大部分河流由東到西為走向，大路則多南北走向。人們做買賣交易多在路邊交易，交易時路的東邊是糧食，路的西邊則以副食為主。所以人們購物時說買糧食為買東，買其他物品為買西。什麼都買，就叫買東買西，說習慣了脫口而出就是買東西，從來沒有人質疑它的用詞或搭配不當。

　　這只是學者的一種說法。在我們文字生活中，常常有用詞不當或搭配不當的現象。用詞不當，舉例說：「農民生活水準有了很大提高，農閒時還集體旅遊黃山。」這裏「旅遊」一詞不當。再看搭配不當，舉例說：「他一進教室，同學們的眼睛都集中到他身上。」「眼睛」應改成「目光」。搭配不當和用詞不當是有區別的，前

者是指某些詞語在意義上不能相互搭配，硬搭配是不合事理，違反語言習慣，而後者是對詞語理解不清。用詞和搭配不當是指句中所用的詞不符合語境，或用了詞義相反的詞。用詞不當有四種類型：詞性誤用，詞義誤用，色彩不當，關聯詞語誤用。

最近，香港社會對一些用詞也多番爭議而成為熱話題。「中國收回香港」可理解為「收回治權」，也可以理解為「收回主權」，於是不妥；「香港位於中國南方」，是在中國「境內」，還是「境外」，不夠嚴謹，於是也不妥。在台灣，綠營執政，近來台灣社會在用字用詞上引發熱議。

台灣當局已將相關行政規定用詞「華僑」改成「僑民」，聲稱這是以相對中性的字眼來包容「華族」、「台僑」等名詞。北京指責稱這只是當局的小動作，是「去中國化」的又一鐵證，獨派政府念茲在茲的，就是要把中華民國埋葬，換成台灣國，因此先把華僑去「華」，改為「台」僑或者「僑民」。蔡政府執政兩年，確已失去大半台灣人支持。海外獨派僑民對她不離不棄，既不承認自己是華人，更仇視中國人，不時要求獨派政府把他們稱之為「台僑」而不是「華僑」。蔡政府卻不敢邁步太大取「台僑」而得罪認同中華民國的「華僑」們，於是先改名為「僑民」。

近日，在台灣，「脫台者」這一新詞又引起熱議。

行走的風景

這些年，有「脫北者」之說。「脫北者」又稱「逃北者」，泛指受苦於朝鮮的政治體制和生活環境，而從該國逃亡出來的人。以前曾稱作歸順者。在華語地區也稱為「北韓難民」或「朝鮮難民」。「脫北者」本來專指從朝鮮亡命到韓國的人，現在泛指所有從朝鮮逃出來的人。

「脫台者」一詞，原是 BBC 中文網報道脫離台灣到大陸工作、生活、經商、求學，甚至取得戶籍的台灣人。不過，這只是一種簡而化之的標籤，他們原本並不是逃亡者，怎麼能用「脫台」描述之。正如上海復旦大學外國語言文學學院副院長、上海市台灣同胞聯誼會會長盧麗安所言，該名詞具有強烈的冷戰思維，實際上是對同血緣、同文化的兩岸同胞「挑撥離間」。她反問，為什麼不採用更好的詞，像「融陸者」這類詞組呢？詞組搭配真是一門學問。

從「外婆」被改為「姥姥」説起

在香港，「繁簡之爭」（繁體字與簡體字）、「普粵之爭」（普通話與粵語）持續多年，時起時伏，話題不斷。「普粵之爭」所涉及的母語之爭，其實在華語世界也時有所聞。

前不久，上海小學二年級的滬教版語文課文《打碗碗花》，被選入人民教育出版社出版的課文時，文中的「外婆」還是「外婆」。不過，到了上海版教材裏，原文中的「外婆」全部被改為「姥姥」。這篇散文作者是李天芳，説的是「我」小時候與外婆的趣事。「外婆」被改成「姥姥」，令祖祖輩輩叫慣了「外婆」的上海人不習慣了，總覺得不是味兒。上海市教委早先曾針對這一問題有過説法：「姥姥」是普通話語詞彙，而「外婆」屬於方言。指「外婆」是方言，貌似微不足道，卻激起上海人不服氣情緒，為了「外婆」而與「姥姥」展開一場爭辯。上海教育出版社在回應市民質疑時也説，《現代漢語詞典》第六版稱「姥姥」、「姥爺」是普通話語彙，而「外婆」、「外公」是方言。

需要強調的是，《打碗碗花》是一篇散文，是文學作品。作者寫自己的童年生活。隨意改動文學作品中人

行走的風景

的稱呼，是不懂文學為何物的結果。文學作品是用「外婆」還是「姥姥」，應以尊重作者、尊重原作品為準則。當然，上海人要爭的是叫「外婆」而不叫「姥姥」的權利，是替「外婆」爭得普通話語彙中的一席之地。有學者以商務印書館 1985 年版《北京方言詞典》為例，查「姥姥」詞條，發現「外婆」不是方言，而是普通話，而「姥姥」原本就是方言。

這場「外婆」和「姥姥」爭論，最終以市教委責成有關方面，將「姥姥」一詞恢復為「外婆」而結束。教育出版社也發布聲明，向社會各界及課文作者致歉，表明今後將充分考慮地域文化和語言習慣。但由此引發有關「推廣普通話」與「保護方言」二者關係的大討論。方言在中國內地的存續狀況如何？方言到底具有怎樣的意義？

語言是構成傳統文化的重要內容。漢語的豐富性之一，就是方言百花齊放。方言是一個地方的靈魂，是族群重要標誌。沒有吳文化、楚文化、客家文化、皖南文化等地域文化做支撐，中華文化便是空中樓閣。從歷史上看，漢語言是雙軌的，一面是民族共同語，一面是方言，方言也是對普通話的補充。對此，曾有學者舉例說，普通話中的「尷尬」是從吳方言中吸收的，「煤炭」是從客家方言吸收的……普通話是各地的方言共同融合的結果，從某種意義上說，今人學普通話，就是在

學各地方言，方言和普通話的關係並非彼此對立。

　　從整體趨勢而言，難以避免的是包括方言在內的大多數語言正走向消亡。聯合國 2017 年的相關報告顯示，全球現有 6,000 種語言，預計到本世紀末將有九成語言消亡。據中國語言資源保護工程提供的資料披露，在中國 130 種語言中，有 68 種使用人口在萬人以下，有 48 種使用人口在 5000 人以下，滿語、赫哲語、蘇龍語等使用人數不足百人。決定一個地區方言生命力的最主要指標是方言的使用人口，是方言地區整體經濟、政治乃至文化的強弱，影響方言使用人口的增減。粵語現象便是最具代表性的方言。方言需要大力保護，但在小學強行推動大量方言教學和訓練，甚至規定用方言寫作，則是不可行的。一個地方要重視本地方言，但不能因此就拒絕普通話。

「交接」不是「儀式」，「滴水」不是「漏水」

　　香港高鐵通車還真讓人學到許多名詞的含義。那天午夜，特區政府新聞處發出新聞稿稱，香港與廣東高官「已在高鐵西九龍總站主持內地口岸區啟用儀式」，有記者就此質疑政府沒有安排採訪，有損公眾知情權。翌日，特首林鄭月娥解釋說，新聞稿所說的「儀式」只是「工作層面的交接」。哦，明白了，「工作層面的交接」不是「儀式」。網上查知：儀式，即典禮的秩序形式。「交接」不也可以算一種「儀式」嗎？

　　日前，負責營運高鐵香港段的港鐵召開記者會，有記者問，西九龍站通車翌日就遇黃雨，竟然有 10 多處漏水，是設計還是施工有問題？港鐵車務營運總管當即糾正記者的說法，那不是「漏水」，只是「滴水」。網上查：滴水，即水成滴流下。這「滴水」還不是「漏水」嗎？

　　原本以為，香港政府高官的中文都好不到哪裏去，沒想到，還如此精於用詞。學習了，「交接」不是「儀式」，「滴水」不是「漏水」。其實，中文的字和詞確實博大精深，人們在用字用詞時，一不小心就會出錯。

在主流媒體，也有一些常見的錯誤：時有「訴諸於」的用法，其實，「諸」本身便是「之於」的意思；常說「凱旋歸來」，其實，「凱旋」已含「歸來」……

再說幾個在社會上有影響而激起網民激議的語文差錯。「故宮」是香港人熱議話題，想起北京故宮的「捍撼事件」。故宮送給北京公安局一面錦旗上，把讚美詞「捍祖國強盛」錯成「撼祖國強盛」，「捍」誤為「撼」，輿論譁然。「捍」是保衛、防禦的意思；「撼」是搖動的意思。故宮「撼」事令人遺憾。

再說一例。港珠澳大橋通車在即，媒體人在報道工程建設時常見的詞語錯誤是將「合龍」誤為「合攏」。傳說天上的龍有吐水本領，故人們把大壩未合龍時的流水口比作龍口，把修築堤壩或橋樑從兩端施工，最後在中間接合，叫「合龍」，「合攏」只是靠攏在一起，與「合龍」是兩回事。

一字之差，意思不同。中國人的用詞極為豐富。多年前的一天，曾聽香港中聯辦一位學者高官趣說「年齡文化」，這是中國人獨特的文化現象。他說，中國人給不同年齡賦予西方人所沒有的林林總總的稱謂。例如：人初生叫嬰兒，不滿周歲稱襁褓，2 至 3 歲稱孩提；女孩 7 歲稱髫年，12 歲稱金釵之年，13 歲稱豆蔻年華，15 歲稱及笄之年，16 歲稱碧玉年華，20 歲稱桃李年華，24 歲稱花信年華，出嫁年齡稱摽梅之年；男孩 7 歲稱

齠年，10 歲以下稱黃口，13 歲至 15 歲稱舞勺之年，15 歲至 20 歲稱舞象之年，20 歲稱弱冠，再延伸：30 歲稱而立，40 歲稱不惑，50 歲稱知天命，60 歲稱花甲耳順，70 歲稱古稀，80 歲稱杖朝，80 至 90 歲耄耋，100 歲為期頤之年……

　　文字是有特定意義的。我最近學的一個字是「恁」，常駐於「心」上的「他」，讀音 tān（攤），此字是北京人對長輩、上司等第三人稱「他」的敬稱。這是一個與「您」同樣厚重的字眼。網絡上曾炸裂一時的「慫」、「懟」……早已了然於胸的那麼多心字底，心字旁的象形字，令人別有滋味。讀書貴在活讀，文字是活的。上述那位學者官員歸納的「年齡文化」，令人驚歎，了不得的中文字詞，了不得的中華文化。我想，並不重視中文的香港特區政府官員，在中文領域能不能如此具備真才實學，正是人們所期待的。

「大陸用語」登陸台灣是「去大陸化」解藥

一個台語詞，近日在上海流行：「麭」（包，漢語拼音：piang），這是一個創意字，在台語中，與日本、法國、意大利等國的「麵包」發音相似。事緣吳寶春麵包店剛在上海落戶開張，是「台獨麵包」還是「九二麵包」（指九二共識），在兩岸成了熱議話題。台商吳寶春是世界級麵包大師，30年麵包人生與靈魂結為一體。政治素人的他一時成了新聞熱點人物。位於上海淮海路新天地廣場地下，「吳寶春麭（麵包）店」的人流絡繹不絕，買麵包要排隊，麵包店採用開放式廚房，顧客透過玻璃欣賞廚房裏師傅們揉麵、烘焙的全過程，路人紛紛收住腳步拍照。於是，這台灣詞「麭（麵包）店」，在素來熱衷外來語的上海人口中流傳。

其實，這些年大陸簡體字和「大陸用語」登陸寶島台灣，已經成為一種新現象。今日台灣小學生已習慣說「穿體能服」，不再說「體育服」了。台灣網絡平台常常出現「信息」、「走心」、「靠譜」、「小姐姐」、「嚇死寶寶」等台灣網民以往很少用的大陸詞語，如今頻頻出現。在台灣很多新聞主播和藝人已習慣將「影片」

行走的風景

改稱「視頻」，把「網路」稱為「互聯網」。早些年，台灣最初把手機稱為「行動電話」，現在也跟着大陸人叫「手機」。有網民發貼說，一位曾在北京工作過的年青女子，回到台中老家，說話都是「我覺得今天特別開心」、「這碗湯味道特別棒」、「這樣肯定挺麻煩」……她嘴邊經常掛着大陸習慣的詞，她身邊的台中同事和家人也不覺得有什麼異樣的感覺。

像「土豪」、「網紅」、「靠譜」、「小鮮肉」、「高富帥」、「高顏值」等，早年大陸流行的網絡詞語，已完全融入台灣人生活，在兩岸都有認同度。隨着兩岸交流的日益熱絡，大陸、台灣的時髦用語愈來愈趨同。如「山寨」、「雷人」等詞彙，都被高頻率運用，台灣的網絡族群都不陌生。據台灣媒體報道說，台灣民眾對大陸網友票選、排名前三位的流行語都很熟悉，排名第一的「山寨」一詞，早已被島內熟知而流行。

這些年，大陸影視劇在台灣頗受歡迎，台灣人愈來愈愛追看大陸影視劇。由此，逐步看懂屏幕上的簡體字，漸漸適應使用「大陸用語」。《延禧攻略》在台灣受到熱捧。這部精緻歷史劇是「去大陸化」的解藥。大陸用語因發音琅琅上口，形容事物又貼肉到位，於是在台灣流行，融入台灣人生活。流行語是一種廣為流傳的通俗語言，具有溝通性與感染力。對於它的風行，島內曾出現不同聲音，有學者認為影響了文化的正統性，但

如今輿論的態度愈趨開放。

隨着現如今人類科技的不斷發展，手機、電腦已是古人口中的「千里眼」、「順風耳」了，這為人們生活交流提供了最為便利的方式。碩大地球成了一個「村」，人與人之間的交往也愈來愈密切。語言是橋，也是歷史記憶的倉庫，文化習慣和思維邏輯都以一種不明言的方式沉澱在其中，因而也就保障了最低限度溝通理解的可能，文化認同是聯繫兩岸同胞的重要紐帶。

在台灣，確實有「反對大陸用語派」，其實，語言本來就是活的，文化不會只局限在一個地區，台灣人說話中有那麼多來自歐美日韓地區的外來語，為什麼大陸用語就不能用？政治人物為了自己價值取向，會推動「去大陸化」，但在民間是「去」不了的。

行走的風景

哈羅棄「繁」就「簡」
又被妖魔化

　　還記得曾經讀到這麼一個真實笑話：中國書畫研究院名譽院長趙清海，贈送給台灣一位著名演員一張條幅，上書兩個大字「影後」。這位大文人自以為玩了一下高雅，卻露出文化淺陋的底色。在大陸通用的簡體字裏，確實已將「後」字簡化為「后」字，但作為繁體字，此「后」非彼「後」，是不可混淆的兩個字。「王后」、「皇后」的「后」字，與「先後」、「前後」的「後」字，是兩個字。與「影帝」相對應的理應是「影后」，不宜寫成「後」字。「影后」在趙大文人筆下卻成了「影後」，可謂斯文掃地。

　　簡體字與繁體字誤用，常常鬧出笑話而成為話題。這一陣，關於簡體繁體字的話題又成香港熱議焦點。緣起在香港創辦 6 年的「貴族學校」哈羅香港國際學校知會家長，擬從 2019 年 8 月新學年起，向小學部中文科一至五年級學生只提供簡體中文課程，停用繁體字，以簡體字上課取代現在簡繁並行的課程；六年級及以上的學生因早前使用繁體字學中文，需逐步過渡，暫時保留簡繁混用。哈羅公學在英國有 400 年歷史，被視為「英

國首相搖籃」。哈羅香港目前有 1,200 名學生，其中來自香港的僅 1/3。

哈羅校方此舉非「空穴來風」，國際認可的 IB 考試（國際通用預科文憑）當局早前已宣布，自 2020 年起，中文科試卷改用簡體字，哈羅學生不考香港高考考 IB，此舉迎合作配也就可以理解了。校方通報稱，改用簡體中文是出諸學生未來升學就業前途的考量，「並非涉及政治考慮」。對這一決定，學生家長有支持，有反對，褒貶不一，這也可以理解。但有個別香港媒體，竟將之扯上「一國兩制」，將問題政治化；也有專欄時評者以「保衛繁體字」為名而鼓吹偽「本土」，妖魔化校方決定；也有網民更視之為「大陸中文」、「洗腦赤化」……言論顯示這些香港人不是狂妄自大，便是井底之蛙。

中國正在崛起，未來要和中國內地發生關聯，不諳簡體字，難免吃虧。當下，學習簡體中文已成為世界一股趨勢，港人學習簡體字能促使融入國際社會，也有利於在內地發展。正如有評論認為，「具國際視野的教育機構已無不為這一主流大勢作好準備，培訓學生的普通話和簡體字能力」。對此，沒必要大驚小怪，對十三億人口大國的通用語言和文字，視而不見、聽而不聞，更是愚昧無知了。

還記得，那個綽號「四眼哥哥」的鄭錦滿在臉書上

行走的風景

上載視頻，教網民如何銷毀圖書館裏的簡體字書，取出可丟進垃圾桶，或藏於消防工具櫃。還記得，無線電視普通話節目的字幕和圖表改用簡體字，竟引發一些團體前往抗議，認為是「清洗香港本土文化」。也還記得，有人撰文《推動「殘體字」害國害民》，將簡體字稱為「殘體字」，「殘的語言加上殘的文字，把香港下一代變成『雙殘』，最終是『腦殘』」……

聰慧的港人是既識繁體字，也懂簡體文。文字演進，一言以蔽之，就是一個求區別、求簡易的過程。求區別是為了提高文字表達的準確率，求簡易是為了提高文字使用效率，達到「易學、易記、易用」三者和諧統一的境界。漢字的形聲會意和「望文生義」是精妙絕倫的創造。中文簡體字不可不學，但繁體字絕不可丟。香港學生使用簡體字，原本是一個很現實而屬於功能性的考慮，與表達政治理念無關。繁簡無爭，兼善為優。

重名現象：從人名到書名

　　台灣「九合一」選舉在即，台灣政治人物姓名成了選舉期間的趣話。在台灣，很多百姓和政治人物或歷史名人重名。據說，名字叫「中正」的最火，多達 545 人；叫「中山」的有 425 人；叫「經國」的有 224 人。在台灣，至少有 4 人叫「陳水扁」，最年青的一個是「90後」。叫「蔡英文」的，除了總統外，中研院研究員蔡英文是男的，他曾與前行政院長江宜樺合寫過書；還記得，那年桃園有一男子酒後睡地板凍死，此人也叫「蔡英文」。

　　其實，在中國大陸，重名現象更嚴重。據國家公安部全國公民身分號碼查詢服務中心提供資料，有 29 萬人叫「張偉」，28 萬人叫「王偉」。據《中國姓氏大辭典》一書講述，有 2,3813 個姓氏，其中常見的單字姓 6,931 個，複姓和雙字姓 9,012 個。全國 14 億人，取名只能在如此小的範圍內挑選，直接導致中國人姓名重複率特別高。有統計說，過去一年初生嬰兒熱名榜，男寶寶為：浩然、子軒、皓軒；女寶寶為：梓萱、梓涵、詩涵。由於某些字寓意好，搭配聽着洋氣，諧音字多，男女通用，父母便將其「排列組合」，其中「子涵」特

別受偏愛，全國有 10,032 個張子涵，1,2190 個王子涵，6,826 個李子涵……

在中國社會，重名是老生常談的話題，書名、影視名的重名現象，時不時又成了熱議話題。在圖書市場居然有以同一書名呈現的兩本書，作者都是大前研一，《低願望社會》。以色列作家尤瓦爾‧赫拉利（Yuval Noal Harari）的《人類簡史》名噪一時，市面上很快呈現署名「亞特伍德」的同名《人類簡史》，許多讀者奔着「人類簡史」的名望而來，卻買錯書本。

搭順風車而「撞臉」，令「多胞胎」書名頻現。當年，《誰動了我的乳酪》引入中文版，不到三個月發行量高達百萬冊，隨之是爭相呈現的《我的乳酪誰動了》、《我動了誰的乳酪》、《誰的乳酪動了我》、《誰和我一同動乳酪》、《誰敢動我的乳酪》……令人目不暇接；到後來更出現多種「衍生品」：《誰動了我的稀飯》、《誰動了我的肉包子》等。

近年來，跟風「搭便車」、「蹭熱門」現象，在圖書市場層出不窮，「多胞胎」書名頻現。早年，王山的《第三隻眼睛看中國》火了，就湧現《第三隻眼睛看世界》、《第三隻眼睛看水滸》、《第三隻眼睛看東北》等，令人啼笑皆非；紀錄片《舌尖上的中國》一炮打響，圖書界很快誕生巨大的「舌尖宗族」：《舌尖上的江南》、《舌尖上的故土》、《舌尖上的城市風味》、

《舌尖上的餐飲店》等蜂擁而至，讓人哭笑不得。還有「那些事兒體」：《明朝那些事兒》、《老北京那些事兒》、《水滸那些事兒》、《幼稚園那些事兒》；「那些年體」：《那些年，咱們一同追的女孩》、《那些年，咱們一同彈的鋼琴》、《那些年，咱們一同追的男人》；「好媽媽體」：《好媽媽勝過好教師》、《好媽媽勝過好醫生》、《好媽媽就是好醫生》等。

　　歌名同樣有重名，影視劇也同樣有重名。取名，對一本書、一部影視劇而言當然重要，既需要吸引觀眾，也需要對劇情做概括。有很多電視劇，從備案到播出，會多次改名，原因之一便是要與同名小說或有相似名字的其他劇集相區別。一本書熱銷了，欲在市場上分一杯羹，是不少跟風書的原始動力，但「偽書」亂象，擾亂了出版秩序，混雜了讀者耳目，警覺啊，這種編造速食背面的浮躁心態。

行走的風景

從兩張請假條看「新式文言回潮」

　　網上正熱傳一張學生請假條和老師的回覆。貴州師範大學求是學院理學系大一學生江磊，用文言文寫了一張請假條，其中幾句說：「念去去，往返時間狹，唯有申請假；但恐師尊怒，特此書一封，望師特允，周六安然回」。假條引經據典，邏輯清晰，理由充分，不失禮貌，盡顯古風文采。學生文筆厲害，老師當然不認輸，也同樣用古風文體回覆：「回鄉祭祖，乃大孝之行，仁義之道……念汝情真意切……吾反復思量，暫且應允，下不為例，望言而有信，安然歸來」。有同學說，看了這請假條，沒點文化都不敢請假了。

　　網上還熱傳另一張某大學生寫的「古風」請假條，才氣同樣令人讚歎：「余前日夜讀，不慎邪風中表。延至今日，微熱惡寒，支節強幾，胸脅苦滿，涕泠乾嘔……」。假條的遣詞造句相當講究，不少文字出自《傷寒論》、《黃帝內經》，不熟知典籍而文采不出眾者，恐怕難以寫就。難怪有人打趣說：「現在的孩子『套路』太深，生病寫請假條都能寫出一篇亮眼古文。」

　　當下學界視這一現象為「新式文言回潮」，特別是年青人用文言文寫辭職信、自薦信、作文等現代文本。

「文言回潮」現象是當下多元化社會語境的結果，也表明傳統文化之美正融入人心，人們熱衷追隨傳統文化。現代社會，人們對於文體的接受和欣賞是多元的，小眾的不等於不受歡迎，不等於不流行。語言是一種符號系統，更是一種文化系統。文言文不符合現當代人口語習慣，遭遇遠離是歷史必然。不過，古代漢語和現代漢語雖語言形式不同，但兩者文化內核一致。

記得我們小時候，父母都會捧着繪本教唸唐詩。「鵝鵝鵝，曲項向天歌，白毛浮綠水，紅掌撥清波」；「春眠不覺曉，處處聞啼鳥」……這些朗朗上口的韻律，攜帶獨特的古典美感，貫穿童年記憶。今天，那些唯美到心碎的「古風」句，仍時在口中：待浮花浪蕊俱盡，伴君幽獨；天不老，情難絕，心似雙絲網，中有千千結……

今天的中小學生，雖不再需要像古人一樣滿口「之乎者也」，但家庭、學校、社會的教育始終強調傳統文化薰陶，品讀而浸潤在簡潔典雅、意境悠遠的文言作品中，對學習現代漢語是一種滋養，兩種語言交相輝映，能豐富年青人的思想和表達。

自文化運動以來，白話文已取代文言文成為人們書面語言。「古風」回潮，當注意的是文言寫作的適用界限，首要的是區分文學性文本與實用性文本。在實用性文本，尤其是公文、信函中，至今仍有一些文言成分，

行走的風景

如介紹信中的「請予接洽是荷」，書信中的「頌安」、「敬祺」等；莊嚴的書面場合，如法律文件、法庭判詞「之」字用法；創作怡情表意的文學性文本也可使用文言，很多古典作品中的語句、典故，在時間淘洗中漸漸融入現代日常用語，或演化為成語、俚語，這些都能賦予文字新奇的審美感受。不過，語言的使用也存在層次之分，須根據不同場合、不同用途區別對待。只是口頭語少用文言，別像孔乙己那樣掉書袋。

文言文的一個重要特點就是簡練，對事件的描述，惜墨如金。這種語言方式是有其合理性的。文言文的底子無形中對文風通順、簡練，以及有助於遣詞造句的推敲。「古風」的寫作手法，值得潛下心來認真學習，願莘莘學子能傳承中華古典文化，潛心研究。

四字成語始終是熱議話題

　　當下，四字成語始終是熱議話題。最早，是在華語廣告圈，利用成語諧音作新解，以圖宣傳。以短小精悍的宣傳語抓人眼球，是廣告人的一門學問。「『咳』不容緩」（藥品廣告）、「默默無『蚊』」（驅蚊器廣告）、「『騎』樂無窮」（單車廣告）、「一『網』情深」（網吧廣告）等廣告文案一出，這種成語新解的方式迅速成為一種解題思路。接着，明星的演出宣傳、專輯名稱也開始將名字嵌套在成語中作出新解。與之相伴，各種諧音的綜藝節目名稱也如雨後春筍般興起。

　　應該說，這種形式的創意盛行，固然有其優勢：既朗朗上口，簡明易記，一看就明白，又透出文化趣味，在雅致和含蓄中點明主題。現今，網絡時代的信息洪流中，粉絲為擴大偶像影響力，大量採用這種模式擴大宣傳。漸漸的，原有語詞有了眾多新解。於是，早期偶爾為之的諧音諧趣，演變成了高頻率的改動。

　　不過，娛樂宣傳常常會病毒式行銷，最終泛濫成災。如此大批量亂改成語，令成語失去最初豐富的本意，給人以一種胡亂搬用、牽強附會的感覺，讓其目標受眾受諸多不良影響，也是對傳統文化的褻瀆。很多中

行走的風景

小學生看多了這些廣告，視線和判斷能力會被誤導，在作文、默寫時，誤以為成語原本就是這樣，常常會混淆正誤，不但寫了錯字、白字，更影響對成語的正確理解和使用。於是，廣電總局下發通知，要求各類廣播電視節目和廣告，嚴格按照規範寫法和標準含義使用國家通用語言文字的字、詞、短語、成語等，不得隨意更換文字、變動結構或曲解內涵。即使在偶爾使用中，也應該以引號標示被更改的漢字，以示區別。

說起中小學生誤讀成語，很自然想起兩個多月前，中國「第一學府」北京大學在校慶 120 周年慶典活動現場，校長林建華的致詞卻意外砸了北大招牌，他頻頻唸錯中文成語讀音，將「鴻鵠（音同胡）之志」讀成「鴻浩之志」，將「莘莘（音同辛）學子」唸作「斤斤學子」等，引起中國網友一面倒恥笑，冷嘲熱諷，指稱北大匯聚中國百年文化精粹，堂堂校長卻連初中課本的詞語都不會讀。

月前，古裝宮廷劇《宮心計 2 深宮計》播出。《深宮計》的台詞，在網絡上引發爭議。劇中每一個角色都變成「四字狂魔」，一開口台詞就是成語、或押韻排比句，人人出口成章，被觀眾戲稱為「劇組是揣了一本成語字典拍戲嗎？」；有網友吐槽：「看《深宮計》，都能讓我回憶起當年語文課上背古文的恐懼」。或許是為了更加貼近古人的說話習慣，要聽懂《深宮計》的台

詞，沒點文化還真不行。舉例說，劇中王蓁道：燈不撥不亮，理不辯不明。章尚宮十六入宮，現已六十，經歷七朝，為人耿直不阿，處事大公無私，對上規行矩步，對下賞罰分明……不認真一點聽，還真不明白說了啥。

劇組創作者坦承，做成「成語字典」就是他們想要的特色，古裝劇要與時裝劇不同。劇中有四字詞、有成語，就是想營造古裝劇特色。說了成語台詞後，後面的對白緊接着就解釋前面的成語，希望這種台詞能成為古裝劇一個潮流。在動態中維護語言系統生態，在使用中保持成語俗語的標準闡釋，打牢了漢語基礎，才能談語言的創新。中華文明之所以五千年不斷，正是因為漢語一方面與時俱進，另一方面勾連古今，今人才能比較容易地識讀古人留下的作品。

行走的風景

歲尾年初，「錦鯉」再度成為網絡熱詞

歲尾年初，「錦鯉」再度成為網絡熱詞。新的一年，不少年青人欲求得好運而實現夢想的途徑，就是轉發「錦鯉」圖片。「錦鯉」以吉祥物形象出現，在粉絲眼中近似圖騰。有人說，最近朋友圈就分成兩類人：轉發錦鯉的和不轉發錦鯉的。

「錦鯉」，歸屬鯉魚科，在中國傳統文化中代表愛情合歡、家族繁衍和名望財富等美好。中國自古有「鯉魚跳龍門」的說法。象徵富裕和力量的「錦鯉」，在神話中具有轉化為龍的潛力。傳說鯉魚在黃河中逆流前進，跳過山西省河津市禹門口的「龍門」，就會幻變成龍，比喻人考取功名而飛黃騰達，如今「錦鯉」成為新世代的另類標籤。

在中國互聯網上，「錦鯉」的新含義是一個憑藉絕佳運氣而成功的人，在小概率事件中運氣極佳的人。日前，多個機構評選 2018 年十大網絡流行語，「錦鯉」都入選，且不是位列第一，就是第二。權威雜誌《咬文嚼字》編輯部公布的 2018 年十大流行語是「命運共同體」、「錦鯉」、「店小二」、「教科書式」、「官宣」

等。內地熱詞多來自微博、微信等社交媒體上活躍的議題。「錦鯉」雖是一個舊詞，但其流行語義卻是嶄新的。

2 個多月前，一篇名為《在這個從小躺贏到大的女人面前，楊超越真的不算錦鯉》的文章在微信朋友圈流傳。文中這名「90 後」女生從小就有「錦鯉素質」。據媒體報道，她買飲料「再來一瓶」竟然連中 8 次；升中學考試考 301 分，剛好符合學校 300 分以上者學費全免的規定；聯考前一天複習某首古詩，隔天的試題剛好就有這詩的題目；考公務員面試時，筆試成績排在她前一名的人遲到，她竟然幸運因此被保送到北京市……真是令人咋舌的經歷。

「天上掉餡餅」在文章作者身上不是夢，似乎不用努力卻能心想事成。從文章看，作者幾乎是「從小躺贏到大」，究竟是真是假，誰都沒有追究，大家就是選擇相信了，從「躺贏」到「錦鯉」，給年青人帶來「人生能贏，全靠運氣」的假像，短短數日，這篇文章閱讀量超過千萬。不少人為求好運，紛紛轉發分享該貼文，傳說轉發「錦鯉」照片就能實現夢想，於是興起「錦鯉膜拜」。轉發錦鯉成為商業行為，還是幾個月前支付寶推出的活動。前不久，支付寶全球大獎「中國錦鯉」的中獎者網友「信小呆」一夜爆紅，總價值估計超過 300 萬元人民幣的大獎公布，普通人「信小呆」瞬間被捧為「中國第一錦鯉」。如今，網絡上還流傳「大學錦鯉」、

行走的風景

「南京錦鯉」等各種跟風的不知真假的「錦鯉」。「錦鯉」已是時下年青人族群的流行文化符號，也成為商業行銷的代名詞。

據心理學分析，具外控型人格的人會認為事情的結果是外界力量所造成，透過自己努力是無法解決的，由此產生焦慮，藉由分享鯉魚圖，減低對未來的無助感。有些人藉此希望有神奇的例子，說服自己不用那麼辛苦。這種心理上的「安慰劑效應」可以理解，但如果因此把「錦鯉」作為偶像，希望透過轉發錦鯉圖片、把自己微信頭像換成「錦鯉」，期待會帶來好運，能開啟「躺贏」模式，這就離譜了。

人生最重要，愛拚才會贏，是面對困難的堅韌與堅持，鯉魚之所以跳龍門，是因為在黃河裏逆流而上，如果是一條不奮鬥的鯉魚，最後它到達的不會是龍門，而是砧板。務必記住：少壯不努力，老大便轉發「錦鯉」。

從范冰冰的道歉信看錯字錯句

范冰冰「陰陽合同」案，早已有結果，她被責令繳納稅款和罰款，她在微博上就此發布致歉信。沒想到，這封致歉信竟然又火了。杭州第二中學高中語文邱老師，無意中讀了這篇致歉信，他正好在給學生複習基礎知識，對中文標點、語病等比較敏感。他一眼就看出信中 10 處錯誤。他便把這封信作為一道改錯題帶到課堂中，讓學生「橫挑鼻子豎挑眼」。他一亮出題目，學生們起先有點意外，很快便興奮了，因為大家事先都在網上讀過這封信。沒花幾分鐘，邱老師事先發現的 10 處錯誤，就都被學生們找了出來，

范冰冰的道歉信中的錯誤，主要是句子成分殘缺、用詞不當、次序顛倒、概念模糊。道歉信第一段用了「反思、反省」，可既然是「致歉信」，那再用「反思」就顯得多餘了，應該刪除「反思」，保留「反省」；「擺正國家利益、社會利益和個人利益的關係」和「出現利用『拆分合同』等逃稅問題」是搭配不當；「我誠懇地向社會、向愛護關心我的朋友，以及大眾，向國家稅務機關道歉」是邏輯關係混亂；「沒有人民群眾的愛護，就沒有范冰冰」不合邏輯；「向關愛我的朋友家

行走的風景

人」中「朋友家人」有歧義⋯⋯此外，還有標點錯誤和錯別字。

邱老師認為，病句在日常的口語或隨筆中存在，問題還不大，但一旦病句出現在像應用文這樣運用於正式場合的文章中就不妥了。在娛樂圈，寫錯字可能變成娛樂事件；在新聞界、出版界，寫錯字會影響生計；在法律文書上，寫錯字則關乎命運前途。

記得，范冰冰發微博也時有不小心發了錯別字，不過，事後不久，她還會特意轉發自己微博改正，這態度值得點讚。大多數明星覺得發微博微信有錯別字是小事，錯了便錯了，並不會因此而刻意改正。

明星道歉信錯字錯句引發話題，柯震東也算一個。他曾在微博上發了一張向粉絲道歉的圖片，短短 11 個字就有 2 個錯別子，「對」和「起」都寫錯了，道個歉都成了笑柄。楊冪微博上的錯別字也不少，隨手撿一條，她把代金券的「券」寫成了「卷」。謝娜在白紙上寫「撐同志，反歧視」六個大字，字跡娟秀，不過讓人尷尬的是把歧視的「歧」寫成了「岐」。趙麗穎的微博，短短一段話竟然有兩個錯別字，「溫文爾雅」的「爾」寫成了「而」，「不驕不躁」的「躁」寫成了「燥」。鄧超的微博也時見錯別字，把「金榜題名」寫成「金榜提名」，看來這些明星的語文是數學老師教的。

很多粉絲覺得何必對明星要求太苛刻。換一個角度

來看，他們作為公眾人物，如果不加強自身的文化功底，何以給他們的粉絲做榜樣呢？一般而言，寫錯別字有兩個原因：一是不小心的筆誤；二是自己的認知原本是錯的，把錯別字當作正確的字寫。整個社會的浮躁而功利，是漢字使用不規範、錯誤蔓延的主因。再說，過於依賴鍵盤的當代年青人，已漸漸喪失對漢字的敬畏感，電子輸入中的拼音等輸入法的出錯而造成錯別字大增，年青人用筆書寫漢字的機會愈來愈少，由此出現提筆忘字、漢字書寫不熟練、字迹難看等普遍現象已是社會問題。

推薦一本書：四川辭書出版社 2017 年出版的《消滅錯別字與病句》，作者花了 47 年寫成此書。書中把錯別字分為六大類型，指出六種病句類型，還介紹了辨析語病的 5 種常用方法，明星們不妨抽空讀讀。

行走的風景

花哨風、模仿風和「飆蹄黨」

　　香港書展前夕，自己要出兩本書，一是微博微信選，一是隨筆散文選，一度為想書名犯愁。深信好的書名能點石成金，書名往往是一部作品給讀者的第一印象，創作者在給作品取名的時候總是傾注心思。記得，日本推理小說作家松本清張寫過一部長篇小說《球形的荒野》，這是一部剖析日本二戰心態的懸疑小說，出版後暢銷，改編電影獲多個獎項。中國黃河文藝出版社引進該書而以原書名出版，銷量卻相當慘淡。多年後，江蘇文藝購得該書版權，把書名改成《一個背叛日本的日本人》，一上市旋即上了暢銷榜。

　　出版界颳起的一股「花哨風」，把名家名作冠以一個長長的言情書名，「小學雞文學」般的金句書名鋪天蓋地襲來，匯聚成「美文風」，這股風有一兩年了，至今仍不見消退。梁實秋的名著《罵人的藝術》，改名為《會說話的人，人生不會太差》出版。朱光潛名著《美學散步》，改名為《你要做的，不過是發現生活之美》出版。誰能想像，這是沈從文的書名：《我就這樣一面看水，一面想你》、《遇見你之前，我以為我受得了寂寞》、《我們相愛一生，一生還是太短》、《想牽着

你的手，在青山綠水間》、《我只愛過一個正當年齡的你》……《哇哈！這些老頭真有趣》竟然是豐子愷、魯迅、老舍等名家的散文合集，《哇哦！這些姑娘好有才》則是林徽因、冰心、張愛玲等女作家散文合集。

在書名裏，有第二人稱「你」，往往能調動讀者情緒而容易共鳴，不過，一多就爛了：《你若不勇敢，誰替你堅強》、《你的忍耐，終將成就非凡的自己》……在一家網上書店主頁上鍵入「別讓」二字，竟然會跳出四五十個書名：《別讓不懂幽默害了你》、《別讓任性害了你》、《別讓糾結害了你》、《別讓拖延症害了你》、《別讓壞情緒害了你》、《別讓不懂法害了你》等。標題中，能讓讀者產生閱讀衝動的，除了「你」、「別讓」之外，還有「為什麼」、「全世界」、「99%」這類敏感熱詞。

從書名想到影視片名，一個流傳甚廣而影響力頗深的取名，是創作者智慧成果的結晶。模仿、照搬是一股歪風。在影視領域，這種照搬他人創作的片名，例子同樣比比皆是。陳可辛執導了電影《如果·愛》，於是有人模仿推出電視劇《如果，愛》。電影與電視劇情故事完全不同，劇名只是中間的標點符號有異外，其他相同。有電影《說好不分手》，後來又有情節完全不相干的電視劇《說好不分手》。有電影《道士下山》，就有網劇《道士上山》；有電影《港囧》，就有了電影《巷

行走的風景

囧》……影視圈如此模仿、照搬，是法律規定的缺失，還是職業操守的失範，當作反思。

其實，好的書名、影視片名，當然不必正襟危坐，有的憑懸念吸引人，有的靠人文關懷贏取共鳴，有的用創新思維獲得青睞。這些年，網絡上文章的「標題黨」成了一話題，最近，「標題黨」已流行被稱「飆蹄黨」。

標題黨是指在以互聯網為代表的論壇或媒體上，製作引人注目的標題來吸引受眾注意力，點擊進去發現與標題落差很大而又合情合理，以達到增加點擊量或知名度。當然，良性標題黨就有很強的幽默性和娛樂性。網際網絡時代，商業網站、社交媒體、智能應用都在各自發聲。行業需要制約，不間斷地自我校正，不能一味放任惡俗「標題黨」。

日爾曼、英格蘭和白羅斯

　　衛冕冠軍隊德國隊，兵敗而不敵韓國隊，爆出大冷門。4 年間不乏冒起新星的「日耳曼戰車」黯然出局。德國，是德意志簡寫，德意志是從德語中德國（Deutschland）音譯而來。但在英語中，德國是日爾曼（Germany）。那麼，德意志和日爾曼又有什麼關係呢？有學者解釋說，日爾曼是民族概念，比如中國的漢族；德意志是地理稱謂，相當於中國。

　　又問：為何在英語中，要用日爾曼來指代德國呢？有學者解釋說，英語、德語同屬日爾曼語系，之所以會出現差別，是因為這兩個詞語的來源不同。德意志來源於日爾曼語，英語中的德國（Germany）則來源於拉丁語，人們用 Germania 指代德國，而 Germany 就來源於此。

　　看看進入 16 強的英格蘭隊。有學者說，英吉利是英格蘭（England）的音譯，是國家名稱翻譯美化的結果。最早期，中國人用「英吉利」來稱呼英國。類似的還有法國（法蘭西）、德國（德意志）、美國（美利堅）等。英國的正式英文名字直譯則是「大不列顛及北愛爾蘭聯合王國」。

行走的風景

再看看失意預選賽，未能入圍 32 強的老牌勁旅荷蘭隊，球迷無緣欣賞到激情四射的橙色風暴。荷蘭的全稱是「尼德蘭王國」（the Kingdom of the Netherlands），簡稱尼德蘭（the Netherlands）。有學者分析，荷蘭（Holland）一詞，其實來源於該國兩個省的名字，分別是南荷蘭省和北荷蘭省，它們位於荷蘭西海岸，是該國人口稠密而經濟發達地區，人們習慣用「荷蘭」指代整個國家。

　　世界盃足球開賽前夕，白俄羅斯共和國駐華大使館透過官方微信號發布消息稱，「白俄羅斯」是錯誤的國名，導致很多中國人搞不清楚白俄羅斯與俄羅斯的關係，因此即日起使用「白羅斯」正確名稱。此舉令中國人一頭霧水，自前蘇聯解體以來，20 餘年來中國人始終以「白俄羅斯」稱呼之。「白羅斯」、「白俄羅斯」、「俄羅斯」，這些「羅斯」之間究竟什麼關聯？有學者說，「羅斯」一詞的來源相當複雜，學界至今也沒有統一定論。

　　看世界盃足球賽，引發疑問的，除了國名，還有人名，如果人在香港、內地、台灣兩岸三地穿梭，困擾的往往是同一個球員的名字的不同翻譯。世界盃賽上小組賽遭淘汰的韓國隊隊員的名字，常令華文記者翻譯時犯難。

　　有個記者朋友，從事體育採訪 15 年，他說體育記

者生涯中，翻譯外國人名絕對是迴避不了的環節。絕大多數語言的人名都採取音譯，但韓國、日本大為不同，國民姓名大多有漢字的對應寫法，如果只是音譯，難免誤譯。韓國人名都用韓語拼寫，韓文是表音的，類似中文拼音，一個音對應近百漢字，而韓國人一般取漢字名的居多，除非你知道他準確漢字名，否則光憑韓文名字翻譯成漢字是無法與他取的漢字名一一對應。問記者、問教練都未必能得到正確答案，除非直接詢問選手本人。

在韓國，用於人名的漢字數量實在太多，早在上世紀九十年代初，韓國國會就公布 2,854 個人名用漢字，後經幾次擴充，如今已增至 5,000 多個。當年韓國名將柳想鐵，一直被誤譯為「柳相鐵」。同音字本就較難翻譯，而中韓兩國文化差異會催生更多誤解。這屆俄羅斯世界盃的韓國隊中，就有幾位球員名字被誤譯，號稱「亞洲第一球星」的孫興慜，不叫「孫興民」；隊長奇誠庸則被誤寫成「奇承庸」。可見，翻譯國名、人名的學問可大了。看世界盃足球賽事，想想這些國名、人名引發的話題，感悟到生活中每一個角落，都充斥着深奧學問。

行走的風景

年青人成為中國紀錄片發展推動者

「事情，是情。每件事總離不開情，一段段真人真事，真摯感情，一刻觸動，改變一生」。香港國際社會服務社天水圍（北）綜合家庭服務中心，兩年前開始，籌謀居民參與紀錄片創作，用手機拍攝，從構思、拍攝、訪談、配音、剪輯，都由街坊一手包辦。這部《天水圍．情》，七段真人真事，以新的角度回味自己腳下的這片社區。此片在香港各社區巡迴放映，掀起不小波瀾。

紀錄片創作在香港不算冷門藝術，在中國內地更是頻傳熱點。紀錄片講述百姓自己的故事，由新媒體傳播，這正是當今中國紀錄片的兩大亮點。前不久，北京師範大學紀錄片研究中心等多機構，推出攜手調研、撰寫的《中國紀錄片發展研究報告 2018》。這一報告梳理 2017 年中國紀錄片的整體樣貌。

報告稱，2017 年世界紀錄電影缺少現象級作品。不過，過去一年中國紀錄片表現不俗，已形成以專業紀錄頻道、衛視綜合頻道為主力，以新媒體為重要支撐的基本格局。2017 年紀錄電影《二十二》斬獲 1.7 億元

人民幣票房，成為年度紀錄片票房冠軍，開啟中國紀錄片新世紀的院線時代。《習近平治國方略：中國這五年》（3集）的播出，無疑是里程碑式事件，2017年10月在探索頻道亞太電視網首播，覆蓋37個國家和地區的逾兩億收視戶。這是國際主流媒體首次播出系統解讀習近平新思想的節目。

　　未來紀錄片的發展，要務是讓年青人成為紀錄片的觀看者、參與者，甚至是發展的推動者。「紀實＋」產業群漸見雛型；愛奇藝、騰訊視頻、優酷的活躍用戶規模，保持「三足鼎立」格局，開發IP市場成為新媒體紀錄片發展趨勢，自製紀錄片異軍突起，短視頻發力，騰訊視頻成立「企鵝影視紀錄片工作室」，優酷致力打造紀實院線。

　　近五、六年來，講述中國政治經濟社會發展的紀錄大片，有6集《輝煌中國》、10集《我們這五年》等，後者就是透過記錄幾十個普通中國人的故事，突出「中國夢也是每個中國人的夢」的主題。以央視或各地衛視播放紀錄片的情況來看，講述百姓故事的大型紀錄片大批湧現，弘揚着紀錄片「俯拾即是，不取諸鄰」的創作精神，其中有表現普通人生活的紀錄片《中國人活法》系列，有牽動中國家長神經的高考題材紀錄片《我是藝考生》，有關注民生話題的醫療紀錄片《人間世》等，這些片子的聲畫承載了更多生活地氣和現實感性。

行走的風景

新媒體是傳播紀錄片的重要媒介，年青觀眾愈來愈多，有近八成透過行動端收看。為迎合年青網友喜歡看短片的習性，文化紀錄片走向「短小精美」的製作格局。如果想讓這類文化紀錄片走近年青人，每集幾分鐘的內容就不能走說教老路。廣東省文物局、南方＋用戶端聯合推出《寶覽南粵》，每集 6 分鐘，除公開廣東各人博物館珍貴的「鎮館之寶」，也記錄以往隱身在幕後，為珍貴文物默默付出的「南粵護寶人」。5 月底預告片才釋出，旋即驚艷朋友圈。6 月 11 日首播，單集播放量達 300 萬。

　　中國紀錄片著名導演周兵正在拍攝《千年國醫》。他說，當下年青人對紀錄片的審美到達非常高的要求和層面，對影像的表達，不管是畫面、包裝、音樂、剪輯上都有高要求。紀錄片會成為代表性的主流文化之一，整個國民素質在提高，媒體愈來愈分眾化，紀錄片無疑是一種很好的傳播方式。

紀錄片正向「網生代」審美靠攏

　　一個國家沒有紀錄片，就像一個家庭沒有相冊。智利紀錄片導演古茲曼（Patricio Guzman）的這一名言，在台灣第 55 屆金馬獎最佳紀錄片獎評選時，多次被提起。不過，那位獲獎者在頒獎典禮上刻意玩「台獨」，旋即在兩岸掀起政治波瀾，那部獲獎紀錄片有沒有藝術亮點，已沒多少人關注。其實，同時入圍的那部大陸紀錄片《四個春天》雖未獲獎，卻是讓我頗為感動的一部，片子在金馬獎頒獎活動前就在香港播映過。此片是 45 歲導演陸慶屹拍攝的關於他自己家庭的故事，從 2013 年春天一直橫跨到 2016 年春天，拍了四年，都在春天之際拍攝，於是就有了這個片名，全片簡單、純淨、溫情，感染力頗強。

　　前往台北參賽現場的一位北京影視人說，《四個春天》拍攝對象不像其他入圍的紀錄片那樣，瞄準的是著名運動員、政治家、社運主導者，而是拍攝一對退休後的老夫妻的平日生活常態。他說：「當下有太多的中國獨立紀錄片，把鏡頭對準社會負面或黑暗的一面，貪腐、污染、賣淫、拆遷等社會議題，《四個春天》卻完全不同，片中這對老夫婦的生活，充滿笑聲和音樂，對

行走的風景

大自然的愛，對家人的關懷，都體現兩位老人生活中每天體現的那種『哲學』，這就是我所想學的。」敲開觀眾心門的永遠是創作者的真誠。

《四個春天》尚未公映，不過，在「秒拍」等平台上的推介片早已被網民刷爆。上世紀九十年代，紀錄片憑藉真實、生動、鄉土氣息十足的呈現，將紀錄片拉回百姓身邊，形成收視熱潮。一個感人的故事、一段難忘的經歷，一瞬間的共鳴、一輩子的回味，紀錄片這種表現形式總能真實抵達人們心靈深處。

當下，中國紀錄片正向「網生代」審美靠攏。今天的中國年青人，尤其是「90後」，幾乎就是伴隨互聯網誕生的一代人。過去20年，電視是當之無愧的第一媒介。如今，無論是平均每天使用時間，還是廣告吸收能力，或是社會輿論的形成方式，互聯網都已替代原有電視而成為第一媒介，電視業已不再是「得大媽者得天下」，伴隨互聯網長大的「網生代」成了收視主體。他們不僅是用網主體，也是電視觀眾主體，互聯網已成為人們觀看紀實節目的首選。

美食探索紀錄片《風味人間》近期收穫開門紅；首檔聚焦故宮博物院的文化創新類真人秀節目《上新了·故宮》，在獨播網絡平台上關注度不輸熱門電視劇；亞洲首部治癒系匠心微紀錄片《了不起的匠人》，將鏡頭對準極具匠心的匠人手藝生活……這些帶着互聯網基

因的文化紀實節目，憑藉「快節奏、強密度」精緻化內容呈現，俘獲大批粉絲。原創紀錄片已成為一種在年青人群中流行的文化時尚。網絡已具備製造現象級傳播的能力，重塑紀錄片的內容生產樣態。從選題到表達，紀錄片都在向「網生代」的審美靠攏。輕美學觀正在形成，與過去家國一體的觀念有所差異。這一代年青人價值觀，更多建立在個體基礎之上，過於沉重的東西愈來愈難以被接受，觀眾傾向於輕鬆幽默，追求體驗感。

為了追求視覺體驗上的極致感，超微觀攝影、顯微拍攝、動畫再現、互動式攝影控制系統等影像語言紛紛被啟用。高度精緻的細節，讓作品經得起片段式的切割呈現，而這又符合互聯網的「碎片化」傳播規律，一批關注平凡人生與傳統文化，製作精良的網生紀錄片正在走紅。

行走的風景

閱讀的兩種意義

——每個人都有自己的興趣愛好，我的興趣愛好就是閱讀。在我眼裏，書是另一個世界，能令我忘掉現實世界的一些煩惱。那個世界可能是夢幻的天堂，可能是腦洞大開的黑洞，也可能是科幻的星球。每個世界都激發了我的想像力，讓我廢寢忘食。《大偵探福爾摩斯》是我第一本接觸的偵探小說。雖然這些故事的背景都不是真實的，但經過作者的神來之筆變得栩栩如生。（廖梓琳，潮陽百欣小學）

——天鵝，有黑有白。書，有好看的，也有無聊的。有的書幽默搞笑，有的書令人淚流滿面。令我印象深刻的那本書名叫《黑天鵝紫水晶》。紫水晶，是一隻痛失丈夫的黑天鵝……讀完之後，我淚流滿面。原來，書不僅僅只是用眼睛去看，也要用心感受它的內容。書，是視網膜的好伙伴；書，是我書包中不可缺少的寶貝；書，帶給我喜怒哀樂，悲歡離愁別緒。這些都是我為什麼愛閱讀的原因。（歐陽宛兒，香港青年協會李兆基小學）

……

以上摘自剛剛出版的《少年：閱讀書心》（香港日月出版社）一書，是小學組「我愛閱讀」作文題中兩位

學生的作文。此書是香港書展「我們一起閱讀的日子」活動的產物，2018 年，1,000 名兒童參與的閱讀活動步入第六年，首次邀請來自台灣和貴州的學生一起來香港書展。全書 11 萬多字，收錄 161 篇中小學生優秀作文，以及 151 篇好作文片段。作者主要是香港本土的學生，來自台灣的 16 位中學生，其中有 12 位作文入選，分別收錄 6 篇優秀作文和 6 篇作文片段；來自貴州的 30 名中學生中，有 11 位作文入選，其中是 7 篇優秀作文和 4 篇作文片段。

書展期間，為期兩天的兒童閱讀活動，安排兩岸三地兒童文學作家講作文課，午餐後由義工帶領學生逛書展，主辦方給予每位學生 150 港元購書，逛了書展再回到活動場地，每人即場寫作文。寫作分小學組、中學組，小學組的作文題是「我愛閱讀」、「我最喜歡的中國歷史人物」、「香港是我家」；中學組的作文題是「發現香港的美」、「假如我是（歷史人物）」、「我的精神樂園──閱讀」。8 個月後的今天，作文編選出書，舉行新書發布會。

這一讀書活動已先後出版 5 部學生作品集：《悅讀，從這一天開始》、《我們一起閱讀的日子》、《閱讀，從少年起步》、《少年：閱讀，悅讀》、《少年：閱讀書心》。這 5 本書的書名，都有「閱讀」兩字。參加這一兒童閱讀活動的學生，有兩種身分，即讀者和作者。

行走的風景

從讀者的角度看，成長需要閱讀，童年需要閱讀，閱讀是一種全方位、多維度的智力體操。有諺語說，「一位了不起的領袖，必然是一位了不起的讀者。」「我們一起悅讀的日子」活動就是鼓勵少兒讀書，閱讀在本質上是一種生活方式。閱讀與不閱讀區別兩種截然不同的人生方式，這中間是一道屏障，兩邊完全是不一樣的風景，一面是草長鶯飛，繁花似錦；一面則是一望無盡的荒涼。

　　從作者角度看，閱讀還有另一種意義。書有自己的命運，要視讀者接受的情況而定。閱讀是文學的生存之道，離了讀者的閱讀，文學就沒了活命之路。作家寫出來或者印在刊物上，只是有了潛在的生命。倘若文學作品得不到閱讀，就好比仍然在娘肚子裏沒有出世的孩子，過了時候，那就憋死在肚子裏了。那樣的文學是名副其實的「死文學」。只有作家寫出來了，讀者閱讀了，作品才算有了生命。

在台灣，深閱讀還流行嗎？

　　沒想到吧，台灣作家林奕含生前創作的《房思琪的初戀樂園》，竟然成了大陸最受歡迎的 6 本書之一。草長鶯飛四月天，在第 24 個世界讀書日前夕，中國內地圖書電商發布最新報告，書海浩瀚，2018 年國人閱讀市場上有 6 本書最受歡迎：《追風箏的人》、《房思琪的初戀樂園》（下稱《房思琪》）、《解憂雜貨店》等。《房思琪》位居第二，可謂風靡兩岸。

　　大約兩年前，台灣青年作家林奕含選擇結束自己的生命，小說《房思琪》實為林奕含 16、17 歲時遭補習名師誘姦的親身故事，頓時引起兩岸三地譁然。她去世後，遺作一度賣到缺貨，簡體中文版也於 2018 年 1 月在大陸出版發售。步入 2019 年 3 月，台灣又一本暢銷書面世。台灣誠品等各大書店排行榜前三位，始終少不了《我不是「呷教」的和尚》，這是星雲大師的新書。高齡 93 歲，出家 81 年，手術後靜養兩年，星雲大師奇蹟病癒後推出首本新書。「呷教」，就是靠佛教吃飯。星雲大師說，「我希望佛教靠我，我不要靠佛教，也就是我不要做一個『呷教』的和尚」。

　　高雄市長韓國瑜為此書作推介序言。他談到讀書。

行走的風景

他說，「我常常鼓勵人讀書。在家中，要我的兒女大量閱讀，養成讀書習慣；在台北農產運銷公司服務時，我每個月親自選書發給六百個員工，撰寫讀書心得還會加發獎金，期勉同仁透過閱讀改變氣質；現在擔任高雄市市長，我依然每月推薦一本好書，也為市民舉辦讀後心得徵文活動，就是希望藉由推動閱讀，增厚高雄的文化底蘊、散播書香。主要自己就是透過廣泛讀書，改變人生視野，也因書中哲理佳言，度過許多困頓與挫折」。

有諺語云：「一位了不起的領袖，必然是一位了不起的讀者。」韓市長就是這樣的領袖這樣的讀者。閱讀是人類獨有的實踐活動，是構成重要精神活動的一種文化現象。在台灣，「深閱讀」依舊流行。最新的調查資料顯示，台灣民眾對圖書館、書店依舊熱情不減，借閱、購買的圖書種類包羅萬象，顯示強大閱讀力。

前幾天，台灣圖書館公布一項調查報告，總人口2,300萬台灣人，2018年在公立圖書館的借閱人次、借書冊數、進館人數都較2017年增加，2018年全台卻有9,198萬人次走入各縣市公共圖書館，借閱達2,167萬人次，並有高達7,791萬冊的圖書被借閱。雖身處網絡時代，台灣民眾對進圖書館依舊熱情不減。35歲至44歲的青壯年是閱讀主力軍，他們的借閱冊數達2,027萬冊，佔年度總借閱量26%。值得注意的是，2018年全台灣電子書的借閱人數增長顯著，達30.8%，電子書

閱讀人數持續上升至 174 萬人次，較 2017 年增加逾 41 萬人次，顯示出電子閱讀的趨勢不容小覷。

　　不過，2019 年 3 月，台灣《聯合報》的一項調查卻又顯得台灣人似乎很不愛看書。有四成台灣人一整年都沒有看過書，其中 40% 的人是因為沒時間，21% 是本身不喜歡閱讀。台灣不只部分縣市圖書館買書預算愈來愈少，看到出版業的總產值，2010 年有 365 億元新台幣，2015 年減少到 192 億，到 2018 年只剩 190 億元。

　　台灣圖書館的調查與《聯合報》的調查結果相反，沒必要懷疑調查的真偽。台灣的閱讀文化，肯定有它閃亮的一面，也有它灰暗的一面。不妨正反兩面都成為激勵自己的因素。重要的是，台灣書海泛舟，曾經擁有華文出版王國、華人教育重鎮雙重閃亮招牌，台灣的軟實力不應該流失。

行走的風景

從台灣阿嬤到貴州婆婆

台灣導演吳念真剛出了一部新書《念念時光真味》，原本請他 7 月來香港書展參與「名作家講座」，他最初也答應了。前幾天卻回覆說，7 月那段日子要安排舞台劇演出，沒法來香港了。真遺憾。這幾天他的舞台劇《她與她生命中的男人們》正在演出。在台灣他被譽為「最懂女人心的男人」。這部《她與她生命中的男人們》，是他的代表作「人間條件」系列第 2 集，是他「向台灣女性致敬」的一部戲。

一段淡水河畔的往事，讓她緊守老宅子的一切；一個溫柔閃亮的眼神，是她堅韌一輩子的依靠。台灣阿嬤信守 50 年的道義承諾，再艱苦，也要讓老天笑出聲音來。此劇睽違多年再度演出，一股「人間條件」旋風再起，戲迷爭相搶票，從台北演到台中再演到台南。

綠光劇團的這齣舞台劇講述台灣二二八事件爆發時，淡水河飄來幾具浮屍，一女子和她母親，還有家中長工、女傭等人，合力撈起屍體，為他們穿衣服，悄悄安葬在家中土地裏，多少年過去，女子成了阿嬤，但她始終守住這個秘密，沒對任何人提起。

在她即將要離開這個世界前夕，她終於同意兒子將

淡水河畔的老宅改建，由此，堅守了一輩子的秘密才被打開，讓這則往事浮現。守住承諾彷彿守住孤室裏的一盞枯燈，燈芯還在燃燒，油卻快盡了。室外總是有狂風呼嘯而過，看着自己拚命的去守護那盞枯燈所燃燒的火，那點渺茫的希望，自己清清楚楚知道，它將會熄滅。

劇中阿嬤是家中千金小姐，聽從父命嫁了一個她不愛的男人。婚後卻始終以夫為天，當丈夫外遇對象找上門來，她仍百般吞忍；當衰老丈夫中風，她也不離不棄。劇情呈現了庶民生活裏的真情，也道出台灣女人心。

一句承諾一世情，一生守候一顆心。劇中的阿嬤能保守秘密一輩子，情操高尚，重情重義。一個人要默默堅守一份情誼和道德，多不容易。據吳念真說，劇情是他在台北橋頭聽到的真實故事。五十多年過去，無論發生什麼事情，阿嬤都堅持履行道義承諾，她守着老宅不願離開。她守着的是一種精神，一種做人的道理。承諾，可以一生，也可以一瞬。辦不到的承諾，就成了枷鎖，違背承諾終究會帶來痛苦。

從台灣阿嬤，令我想起多年前在貴州採訪過的另一位老婆婆，當年 106 歲的金繼芬。在貴州通州鎮黨振村，金繼芬與 109 歲的楊勝忠，已經攜手走過 90 年光陰，結婚 50 年為金婚，60 年則為鑽石婚，那麼 90 年呢？跨越了兩個世紀，當年他們的年齡加在一起已經

行走的風景

215 歲。還記得金繼芬說過，「和他一起慢慢變老，這是我對他的承諾」。守住一句承諾，也許要用一輩子時間，有些人花了一輩子卻守不住一句承諾。

這詩一般的浪漫語句，出自山鄉老婆婆的嘴裏，我當時心靈一震，從此始終難以忘懷。問起年青時的事情，金婆婆總是說「記不到了」，不過她對自己的婚姻記得很清楚。據她回憶，他倆尚在繈褓之時，雙方父母便經媒人介紹訂下當地俗稱的「背帶親」，也即「娃娃親」。金繼芬 17 歲時，依約嫁給了大她 3 歲的楊勝忠。承諾由此開始。

吳念真的《念念時光真味》書裏，從寫白菜滷憶起父親的背影，寫姨婆的綠竹筍乾表露對母親的不捨……吳念真以食物為引，寫下生命中難以忘懷的 24 個故事。他說，這是他好多年前對觀眾和讀者許下的承諾，寫下這些故事，寫出食物裏的人生況味。

睜眼說瞎話：
書展沒有請來具分量的作家？

說大話，善瞎編、能造假，憑空捏造、無中生有、顛倒黑白……把芝麻說成西瓜，讓蒼蠅扮成雄鷹。想起這些三字句、四字句，常常是讀了香港一些時評文時，最想表述的一種情緒發洩。其實，說瞎話不可怕，可怕的是瞪着眼說瞎話；瞪着眼說瞎話也不可怕，可怕的是瞪着眼說瞎話時，卻還不知道自己是在說瞎話。第 29 屆香港書展早已落幕，關於書展話題的議論，至今依然餘波漣漪，其中就有人睜眼說瞎話。

8 月 3 日《明報》上，一個叫羅永生的香港嶺南大學文化研究系客席副教授，寫了一篇長文《文學最黑暗的一屆書展》，說今年書展「主辦者沒有請來真正具分量的作家……發表重要演講」。

先看看這屆為期 7 天的書展，共 104 萬人次入場，書展匯聚 39 個國家及地區、共 680 家參展商參與，舉辦 310 場老少咸宜的文化活動，規模創下歷史之最。香港書展，全球指標性華文書展，是一場文化盛宴，折射多元化光譜。就連這位副教授也不得不承認：今年書展「又一次打破入場人次」，不過，他說，此外「可說

行走的風景

乏善足陳」。

我不說別的講座系列，僅僅「名作家講座系列」就請來龍應台、北島、芒克、李歐梵、張抗抗、李長聲、馬家輝、駱以軍、野夫、戴小華、阿乙、胡晴舫、李昕、李戡、余秀華、痞子蔡、幾米等。這裏再挑撥一下，上述的作家們，你們都屬於「沒有分量」的。不知道這個所謂「文化學者」心目中，「真正有分量的作家」是誰，就請他報幾個作家名來聽聽啊。從網上搜索，看不到這位副教授寫過什麼文學作品。很多朋友傳來他的與「佔中」、與「雨傘」、與「本土」有關聯的多篇評論，更有網友戲稱，他心目中「真正有分量的作家」，莫非是那個出過兩本書的「香港眾志」的黃之鋒？

香港書展主辦方貿易發展局，與《亞洲週刊》和明報合辦的「名作家講座系列」共 21 場熱爆書展。截至書展第三天，講座網上報名依然超爆，龍應台 3,501 人，兩天前已停止報名，場內坐不下了，22 日那天下午，短髮白衣亮相的龍應台，為新書《天長地久》舉辦讀書會，主會場會議廳 1,800 人坐滿，邊上視頻直播現場兩個演講廳 1,000 人坐滿；北島和芒克網上報名 1,707 人，演講現場，最大演講廳坐了千餘人，爆滿了，在邊上加設視頻現場房；馬家輝和陳慎芝 1,373 人，幾米 1,266 人，余秀華和野夫 1,037 人，劉以鬯百歲紀念專場 949 人……就說湖北作家野夫，他的許多作品在內地

是「禁書」，2017 年，書展主辦方邀請他來香港演講，被當局禁止出境，今次他的講題是「一個自由作家的十年」。但在這個副教授眼裏，書展「降格為出版物的散貨場」，難道他和他同路人舉辦的講座，往往僅有三、五十人聽，這才是「重要演講」？再說，文學不是高處不勝寒，書展不局限於文學研討會，讓普羅大眾親近文學才是更深遠意義。

不知這個羅姓副教授有沒有走進書展。他長文一再糾纏的「村上春樹淫審」事件、「東野圭吾警察好壞」事件，與書展主辦方原本就沒有直接關連，何談書展兩大「醜聞」？再度領教香港一些大學教師，就是這麼「佔領」講壇的，難怪有那麼一些青年學子，走上社會就「把芝麻說成西瓜，讓蒼蠅扮成雄鷹」。據說，這類人最容易祭起言論自由大旗，在此先說明：說這頭鹿漂亮不漂亮，這是言論自由；說這頭鹿是一匹馬，這不叫言論自由。

書香滋養：
京滬實體書店多元業態融合

　　人們常說，書店是人的精神寄託，是不可或缺的生活方式。試問，你有多久沒走進書店？這是一個輕點滑鼠，就能買到書的年代；這是一個沒有紙張，也能讀書的時代。現在人的生活節奏快，壓力大，網絡又發達，網上書店方便快速，逛書店的人愈來愈少。

　　北京日前發布了一份新聞出版廣電發展報告。報告提及，2020 年北京對大型書店、特色書店、社區書店有新佈局。其實，4 個月前，北京的實體書店經營者收到「大禮包」，市政府發布《支持實體書店發展的實施意見》，實實在在的扶持政策，對實體書店經營者和讀者都是利好消息。

　　到 2020 年，一區一書城，北京市所屬 16 區，每區有一家具綜合文化服務功能的大型書城；建 200 家特色書店，提高扶持資金，鼓勵發展 24 小時書店；以社區書店為重點：謀建 15 分鐘公共閱讀服務體系，讓市民能在 15 分鐘內找到一家實體書店。此外，倡導書店利用互聯網、物聯網等新技術手段創新經營業態，推進數碼化升級改造為新一代「智能書城」。

這些年，各類書店始終在「情懷與生存」之間掙扎，特別是實體校園書店，經營更不易，成本難回收，各界都關注校園書店的「生存狀況」，大學出版社或一些企業紛紛投入資金參與運作。今年，上海實體書店開始回歸大學校園，華東理工大學梅隴路上的隴上書店、同濟大學周邊赤峰路上的同濟書店……已有 5 家校園書店接連開業，目前，滬上高校校園已擁有 31 家實體書店，或新開張，或轉型升級優化。

　　這類校園書店，大都由大學、大學出版社、實體書店融合，成為書香人文地標。據悉，上海要在三年內實現 60 多家高校實體書店全城覆蓋。相較一般的實體書店，高校書店的一大優勢在於，大學出版社往往是實體書店的主要運營方之一，除了投入資金運作，在書店定位、圖書篩選、作者人脈等方面更具專業優勢。2018 年 5 月新開的同濟書店，店內有圖書近 5,000 種，以設計、科技、人文、藝術類圖書為主，總計萬多冊。其中，依託同濟優勢學科的建築學、德語教育等領域書籍，更是書店亮點。

　　實體書店的優勢在於以策展思路推薦好書、策劃閱讀活動，讓讀者不經意間在書店裏與心儀的圖書邂逅。未來實體書店業的一大趨勢，便是以文化消費為核心，完成網上線下一體化的智能共用平台轉型，以技術應用和大數據驅動為支撐。一些新開的實體書店突破「大而

行走的風景

全」的傳統模式，精心營造某一領域的「小而美」閱讀空間。那家新開張的西西弗書店，坐落於遊客如織的南京東路，是第一家旅行主題書店，在人文旅行圖書領域啟動「說走就走的旅行」。書店整體設計思路是以「座標」、「方向」為關鍵字，將旅遊與生活概念融合整個空間，店內約 2 萬種、五六萬冊圖書中，大半與旅行相關。無論是店內大型熱氣球模型，豐富的世界行者藏品，還是以「候車站」形象招徠讀者的咖啡區、模擬地鐵路線圖的導航延伸等，處處表露「旅行」元素。

在實體書店每一個角落，都有書的故事，每一個故事，都能找到你需要的聲音。在書海裏漫步，猶如一條遨游在大海裏的小魚，是那樣的渺小，看不見頭頂的藍天，探不到海洋的深淺，讀過再多的書，仍會覺得自己知識匱乏。在書店裏，放下喧囂和浮躁，由書香來滋養。正是：一家書店，能溫暖一座城。

古代書畫再掀新一波熱潮

　　國寶級古畫《鵲華秋色圖》，10月初至年底將登陸台北故宮博物院的「國寶再現——書畫菁華特展」，特展展品件件俱為美術史中聲名赫赫的一時之選，無疑是 2018 年院慶期間最吸睛的藝術展演。這一國寶當下引發諸多話題。

　　這幅作品是一幅文人畫風式青綠設色山水，描繪的是山東省濟南北郊鵲山和華不注山一帶的風景。1295年，元代書畫家趙孟頫回故鄉浙江，為好友周密畫下這幅《鵲華秋色圖》。周密原籍山東，卻從未到過山東。趙孟頫曾任職山東多年，便以這幅畫相贈，解友人思鄉之苦。這幅作品畫心寬度尚不足一米，今呈現人們眼前的畫卷卻寬 5 米，畫心以外，全是題跋鈐印，僅乾隆就在這幅圖卷上留下題跋 9 則，印章 26 個。

　　這幅作品是當下在華人圈走紅的電視劇《延禧攻略》中的道具。劇中，純貴妃曾向乾隆討要這幅作品，乾隆沒捨得給。乾隆卻為了哄劇中女主角魏瓔珞歡心，忍痛割愛，將自己珍藏已久的《鵲華秋色圖》主動賞賜。不想，它卻又被瓔珞轉手送給了太后……最近熱播的多部清宮影視劇中，都出現多幅中國古代書畫的蹤

行走的風景

影。劇中藏着的這些書畫故事片段，引發觀眾探知與解讀的興趣，不期開啟了新一波古代書畫熱。在學者看來，隨着國產古裝劇步入美學新時代，形成了對中國傳統文化的一次頗具價值的傳播。

中國影視劇埋下書畫故事並不鮮見。乾隆熱衷書法、畫畫、寫詩、鑒賞古玩，大清宮中珍藏的各種珍貴字畫，都是乾隆最愛。早在十幾年前的《鐵齒銅牙紀曉嵐》系列電視劇中，乾隆常常在名書畫上蓋章的怪癖被多次調侃，劇中也多次出現書畫道具。近一個時期來，隨着國產古裝劇在製作上愈來愈精緻，古代日常生活中的書畫作品，在劇中頻頻露臉，為觀眾展現傳統文化精髓。

從陸機的《平復帖》，到王羲之的《快雪時晴帖》；從劉松年的《四景山水圖》，到趙孟頫的《鵲華秋色圖》……都在電視劇《延禧攻略》中出現。熱播影視劇中涉及古代書畫的那些橋段，雖有真假，但以此傳播中國傳統文化、經典美學，無疑是有價值的嘗試。這些年《詩詞大會》、《國家寶藏》這類傳統文化綜藝類節目，為影視劇文化審美傳播打下基礎。《延禧攻略》、《如懿傳》以劇中書畫作品牽扯出的背後故事，也令觀眾津津樂道。

《鵲華秋色圖》曾於明清兩代被藏於民間，清朝時收入皇宮。近年，隨着自媒體興起，眾多尋寶收藏節目

火熱。記得北京收藏家馬未都 10 年前就說過,中國歷史上收藏熱有五次,北宋,晚明,康熙盛世,晚清到民國初年,當代 1980 年代至今,這是「歷史上形成收藏熱有 5 次之說」。也有學者認為,中國歷史上,包括當代形成收藏熱共有 6 次,最早一次是唐至北宋的奇石收藏熱。

如今的書畫市場,拍出天價的字畫已經不是什麼奇事,除去炒作成分,這些天價字畫貴也有貴的原因,其中大家名畫數不勝數。以 2016 年為例,古代書畫的表現搶眼,中外拍賣場上共 13 件過億拍品中,古代書畫佔 4 件。縱觀當今中國收藏市場,古代書畫與近現代書畫一直是市場主力資金追逐的焦點。古代書畫因其無比珍貴的史料價值與藝術價值,以及資源幾近匱乏的稀缺性,使之在收藏價格上一直穩居鼇頭,不論市場如何波動,古代書畫的行情始終處於相對穩定的上升態勢。

行走的風景

「把博物館帶回家」成了一種時尚

　　有朋友去蘇州博物館，帶了一盒「文徵明手植紫藤種子」回到香港。賣種籽，25 元人民幣一盒，自 5 年前紫藤盛花期推出後，迅速走紅，年年「一盒難求」。蘇州博物館內有一株大紫藤，這「紫藤種籽」講述的是一個文脈相傳的故事，當年吳中才子文徵明為朋友王獻臣所植的紫藤，雅稱「文藤」。他倆與一幫朋友常在仲春時節，藤飛花放時，設宴雅集，把酒言歡。蘇州博物館每年採集「文藤」種籽，限量發行，一千來盒。「文藤」代表蘇州文脈的延續，種下這顆種子，看到它發芽、抽葉，會有一種思接千古的感覺。

　　有朋友去南京博物院，帶了「西漢金獸」橡皮擦回到香港。這文創產品來自壓箱底的「鎮院之寶」。盱眙的「西漢金獸」是 1982 年農民挖水渠時發現的，是迄今為止考古發掘出的最重的金器，重達 9,100 克，含金量九成九，其模樣憨態、工藝精良，贏得眾多粉絲。金獸變身小小橡皮，頭枕於前腿上、頭大尾長、身材短粗、全身佈滿斑紋的小傢伙，上揚的嘴角，露出一抹「蠢萌」笑的氣息，讓粉絲愛不釋手。

　　身邊愈來愈多的人，喜歡購買和分享博物館的文創

產品，從北京故宮的五彩琺瑯膠帶紙到大英博物館的羅塞塔石碑拼圖……「把文化帶回家」、「把博物館帶回家」成了一種時尚。帶回的文創產品是與國寶文物有關的筆記本、便簽本、手機殼、滑鼠墊、收納袋、明信片、保溫杯、充電寶、旅行箱、帆布包、T恤等文創產品，目不暇接。每一件產品都是在挖掘歷史文化資源基礎上，經創新設計，推出歷史性、藝術性、趣味性、實用性相融合的文化創意精品。

每去一家博物館，我也願意花些時間在博物館商店停留，看着琳琅滿目的產品，體會時光錯落。就說北京故宮，3年前，故宮在紅牆外的東長房區域，開設故宮博物院的「最後一個展廳」，即文化創意體驗館，包括絲綢館、服飾館、生活館、影像館、木藝館、陶瓷館、展示館和紫禁書苑等8間展廳，展示和銷售故宮博物院研發的各類文創產品，讓參觀遊客「把故宮文化帶回家」。

歷史是由活着的人為了活着的人重建的死者生活。博物館就是這樣一個神奇的地方，透過不同展品，讓人們窺見曾經的生活。從上世紀八十年代開始，世界各地博物館開啟一場變革：不再僅僅視文物為中心，而是開始強調對人的關懷，注重參觀者的體驗。2016年，中國發布《關於推動文化文物單位文化創意產品開發的若干意見》，鼓勵支持各級各類博物館、美術館、圖書館

行走的風景

等文化文物單位，依託館藏文化資源，採取合作、授權、獨立開發等方式，拓展文化創意產品開發。隨後，國家文物局遴選 92 家單位，作為全國博物館文化創意產品開發試點單位。

當今時代的年青人往往「拒絕記憶」，對歷史漠不關心。博物館文創產品的亮點正是獨特的歷史「故事」，讓年青人喜歡，獨特設計、獨特創意、獨特出品……「獨特」才是核心。歷史正是由一個個「故事」組成的，推動社會發展的也是「故事」本身。故宮的一卷卷的膠帶紙，上面印着「千里江山圖」，印着青銅紋飾、燙金魚紋、青花紋，歷史的故事就近在眼前。獨特創意往往根植於對場景故事的深入挖掘，情懷同樣也需要好的故事展現。博物館的文創衍生品，正是博物館專業的延伸，也是博物館走向社會的延伸。

網絡文學有長歪的枝丫該不該剔除？

　　唐家三少（張威）是網絡作家中唯一一名全國政協委員。2019年2月，是38歲的他從事網文創作第15年，有統計稱他碼了40,00多萬字，出版了20餘部長篇小說。他的小說《為了你我願意熱愛整個世界》被改編成同名電視劇，2018年播出後反響不錯。《斗羅大陸》被改編成動畫，正持續更新播出。他說他每天只想做一件事，讓讀者天天都看到他的作品。用他的話說，「這是對網絡文學最真摯的告白」。

　　這位北京市作協副主席，在剛剛閉幕的全國政協會上有個與網絡寫作有關的提案：《關於規範網絡文學類產品審核標準的提案》。他認為，網絡文學作品現在急需出台統一審核細則，加大違規處置力度。當下，網絡圈有亂象：一些微信公眾號和網站，會推送吸引人的標題網文，抓取讀者獵奇心理，以此吸引流量，然後再賣廣告變現，實際上打着色情暴力的擦邊球。讓三少擔憂的是，網絡文學規範了20年，正處於良性成長階段。但網絡文學還是一株小樹，有了長歪的枝丫，就要剔除掉才能茁壯成長。

此話一出，掀起網絡輿論場上軒然大波。一時間，三少陷入前所未有的爭議中。不少網友直斥他「端起碗吃飯，放下碗殺媽」、「自己發財了，砸別人飯碗」⋯⋯

面對爭議，他再度作解釋：「我的提案是針對網站、APP、閱讀類公眾號的，不是針對網文作品的。網絡文學界出現一個特殊情況，無意中點開一些網站、公眾號，就會彈出一些題文不符的故事內容。這些內容以打擦邊球為主，借助讀者的獵奇心態來增加自己流量。如果有家長看到自己的孩子在看《一男人和九個空姐流落荒島生育 59 個孩子》這故事，會如何看待網絡文學？」他說，今天已擁有超過 4 億讀者，來之不易。當政府意識到其危害時，大棒子打下來，受傷的是整個行業，有登記記錄的正規網站首當其衝。這就是劣幣驅逐良幣。

2018 年優秀網絡文學原創作品推介活動入選作品，日前在北京發布，《摯野》、《零點》等 24 部作品作者集中亮相。這一活動由國家新聞出版署、中國作家協會共同主辦。一批反映創新創業、精準脫貧、志願支教等生活領域的現實題材網絡文學作品脫穎而出。當下，網絡文學的現實題材創作呈「整體性崛起」現象。部分原先專事玄幻等題材創作的網絡作家，紛紛嘗試現實題材創作。網絡玄幻作家唐家三少創作的現實題材長篇小說《擁抱謊言擁抱你》、《為了你我願意熱愛整個世界》；網絡懸疑推理作家丁墨創作的《摯野》⋯⋯都將

視角投向現實領域。問三少為何轉向現實領域？他自認希望透過創作更多去承擔一份社會責任感」。

中國的網絡文學現在已經可以和美國荷里活、日本動漫、韓國電視劇並稱為世界四大文化現象。2019年兩會，民進中央遞交《關於支持網絡文學持續良性發展的提案》，從網文作家引導、平台管理、打擊盜版三方面對網絡文學的發展提出建議。據統計，2018年，網絡作者總數突破 1,500 萬人。截至 2017 年年底，45 家主要文學網站的原創作品總量超過 1,646 萬種，年新增作品超過 233 萬部。不過，民進中央調研結果也顯示，業內很多網站都是以點擊率高低評判一部作品的優劣，在客觀上造成作者普遍浮躁的不良取向，整體原創文學精品偏少，良莠並存的問題突出，新的盜版方式出現，盜版問題愈發嚴重。

網絡作家：影視編劇新陣營

　　一對已婚男女同車墜湖而殉情自殺，以為可以結束這一切。卻不料悲劇才剛剛開始，他倆各自的愛人，鋼琴家耿墨池和電台女主播白考兒，在葬禮上邂逅相識。共同經歷婚姻破滅。面對同樣的背叛，他們選擇報復但又愛上彼此，從互相敵視到絕不放手的愛情故事，想真心擁有彼此時，老天已不給他們機會，耿墨池身患不治之症注定要離去，而這時候白考兒亡夫的哥哥祁樹禮出現了，糾結在兩個男人之間，最終一個走向婚禮，一個走向葬禮。

　　這是 46 集都市情感劇《如果可以這樣愛》劇情，跌宕起伏。這部正在湖南衛視金鷹獨播劇場首播的電視劇，同時在愛奇藝、騰訊視頻、優酷、搜狐視頻、芒果 TV、樂視視頻同步熱播。熱播引發熱議。此劇被指劇情離奇而狗血、台詞抒情而肉麻，編導主創則稱這部劇就是要做到極致，「想做一個簡單而純粹的愛情故事」。

　　《如果可以這樣愛》是千尋千尋以自己的同名小說改編的電視劇。千尋千尋專職寫作之前任職會計。2005 年，她的處女作《如果可以這樣愛》全稿完成，

在朋友建議下，她將全文發布在網絡上，從此走向職業寫作之路。千尋千尋的創作與一般意義上的網絡寫作有所不同，她的小說大多是全部完稿並簽訂出版合同後，才開始在網絡連載，與邊寫邊連載的網絡作家有異。千尋千尋的作品以浪漫特點為主，有《愛‧盛開》等。

千尋千尋既是小說原著作者，又是電視劇編劇。在當下中國影視行業中，相對投資方與演員，編劇始終不太起眼。不過，網絡作家每天都在網上面對讀者評價，深知觀眾喜歡什麼，期待什麼，需要什麼，於是也孕育了一大批優秀的 IP 寶藏。

最近，被譽為「網絡歷史小說第一人」、「網絡歷史小說之王」的月關擔任編劇，將自己新作《大宋北斗司》搬上熒屏。《大宋北斗司》講述的是宋真宗年間四個天賦異稟、身懷絕技的少年匯聚北斗司，攜手攻破連環燒腦奇案，守護大宋的熱血故事。愈來愈多的網絡作家擔任編劇，網絡小說改編成電視劇成了熱門，讓人看到劇本為王的曙光。

影視劇取材於網絡小說成了一種文化現象。2015年之後的影視劇市場，更被網文改編劇所佔領。幾乎所有的熱播衛視正劇無一不脫胎於網絡小說。坊間口碑盛讚的十大電視劇都來源於網絡小說：天下霸唱的懸疑類型網路小說《鬼吹燈》，施定柔的都市言情小說《瀝川往事》，天蠶土豆的《武動乾坤》，唐七公子的《三生

行走的風景

三世十里桃花》，還有《誅仙》、《極品家丁》、《夜天子》、《琅琊榜》、《花千骨》、《後宮·如懿傳》。

　　網絡作家走進編劇這一行當，會感覺編劇是最無力的一種存在，他要不斷迎合投資方與演員的各種要求，唯有他們認同了劇本，編劇才有飯吃。投資方需要的是投資回報率，請流量藝人令收視率有保障，但劇本愈簡單愈好，特效愈少愈好，能降低成本。劇本要遷就那些流量藝人，最好不要有過多複雜台詞，更不要有什麼增加演技難度的情節。於是劇本一改再改，要在觀眾、投資方、演員方、製作方之間取得平衡。

　　劇本是「一劇之本」。網絡文學和劇本是兩種體裁。作為一個網絡作家，每天只要在網上一更新，三、二分鐘後，書評區就有讀者發言評論，作家便與他們溝通交流。改編劇本的經驗會反哺作家創作，寫小說時迎合影視化。

《流浪地球》標誌中國科幻電影元年？

　　春節假期，11 部電影紮堆上映鬧新春，被視為「史上最激烈春節檔期」，票房爭奪戰打響，其中，有兩部科幻電影上陣對決。由郭帆導演的《流浪地球》，改編自劉慈欣原著的《流浪地球》，被視為「國產第一科幻大片」，是中國「硬科幻電影」的里程碑之作。有趣的巧合，寧浩導演的《瘋狂的外星人》，是一部帶有科幻元素的喜劇，劇本同樣改編自劉慈欣的小說《鄉村教師》。由一位作家的兩部作品改編的不同電影「同場競技」，在中國影壇和文壇可謂前所未有，頗令原著迷們期待。

　　步入 2019 年，影壇、文壇和書壇都以「科幻」為熱點。7 月香港書展步入第 30 屆，據說今屆主題也與科幻小說有關。這一年，正是「中國科幻電影元年」。1 月末，《流浪地球》在北京舉行首映禮，輿論認為，這意味着「中國科幻電影開始啟航」。

　　想想也是，中國有能力在月球背面着陸了，這可是人類絕對沒幹過的事，科幻還能不熱嗎？曾聽郭帆導演說，他小時候納悶，為什麼看的都是國外的科幻影片，

行走的風景

沒有一部是中國的。現在自己在拍攝過程中才明白，創作科幻片是需要多方面支撐的，如果你的國家不夠強大，觀眾怎麼能自信你在影片中說中國去解救世界危機，只有你的國家達到一定程度的強大時，你才有可能去拍這類片子，然後再去解決一些美學問題。

中國內地觀眾所熟悉的科幻片，或許是《銀翼殺手》（*Blade Runner*）、《駭客帝國》（*The Matrix*）等外國科幻片。早在 1902 年法國電影先驅梅里愛（Georges Méliès）的《月球旅行記》（*A Trip to the Moon*），可稱具備探索科幻電影的基本特徵。1963 年，中國誕生第一部真正意義的兒童科幻短片，片長僅 34 分鐘的《小太陽》，接着有《魔表》、《隱身博士》、《珊瑚島上的死光》等。香港也在探索香港的本土科幻電影，1977 年的《生死搏鬥》……都是具有科幻元素和概念的力作，但與外國科幻片相比，中國科幻電影好像總缺些什麼。

劉慈欣憑藉《三體》獲第 73 屆世界科幻大會頒發的雨果獎最佳長篇小說獎，獲第 6 屆全球華語科幻文學最高成就獎等。《流浪地球》是劉慈欣在 2000 年發表的小說，獲得中國科幻銀河獎特別獎。劉慈欣說：「我一直認為，好的科幻片是把最瘋狂的幻想描述成新聞報道般的真實，影片《流浪地球》所創造的充滿厚重史詩質感的場景做到了這一點。」記得早在 2011 年，香港

書展就請劉慈欣來「名作家講座系列」演講，他演講的主題是「用科幻的眼睛看現實」。他當時開場白就說，香港聽眾對內地科幻作品不太熟悉，因此或許對內地科幻創作不太感興趣。

《流浪地球》從立項開始，影片籌備歷經了四年之久。郭帆組建 300 人的美術團隊，歷時 15 個月，繪製了 3,000 張概念圖和 8,000 多張分鏡圖，不時修改，不斷打磨，力圖將小說語言完美地過渡到電影語言，還邀請四位中科院科學家一同解決劇情中關於物理和天體的專業問題。

郭帆曾說，「中國的科幻電影，文化內核和美學呈現必須是中國的，這樣觀眾才會認同並產生共鳴」。不過，對於「中國科幻電影元年」的提法，郭帆卻持保留態度，「『元年』的提法，應該像現在的好萊塢一樣，我們每年都有若干部科幻巨片一部一部推出，過了很多年後再往回看，原來是從這個點開始的，那時候才能回頭稱那一年是『元年』，現在這樣提，是不是為時尚早」。

行走的風景

「消費落魄」、「販賣憂傷」成了文壇一種流行

王占黑半年前在北京得了個文學大獎，文學圈中人開始注意她。短篇小說集《空響炮》是她的小說處女作。該獎項由閻連科、金宇澄、唐諾、許子東、高曉松五位名人評委共同選出，5個人中4個是我好友，我相信他們的判斷。他們的頒獎詞如此講述：「年青作家努力銜接和延續自契訶夫、沈從文以來的寫實主義傳統，樸實、自然，方言入文，依靠細節推進小說，寫城市平民的現狀，但不哀其不幸，也不怒其不爭」。

王占黑生於1991年，任職中學班主任。她給自己起了一個男孩氣的網名「占黑小伙」。《空響炮》收錄的八個短篇小說，主人公都是上一輩「半新不舊」的「邊緣人」。王占黑的創作起點是廣闊的街道空間和平民社會，特色正是她寫這些人物不同於上一代作家，不背負沉重包袱，沒有訴說苦痛，但在那些人物表面的調侃、詼諧之下，過去的經歷已蘊含其中，這構成王占黑的創作標籤。剛出版的她第二部小說集《街道江湖》，寫的盡是社區熟人社會，馬路邊補衣修鞋的夫妻，協管雜務的社區保安……書中的這些「凡人英雄」，以生老

病死、各自執守的方式，賦予生活尊嚴和韌性。

除王占黑以外，馬金蓮、蕭江虹、紀紅建都是獲得魯迅文學獎的新一代青年作家，他們的作品展現處在深刻變革中的鄉村變化和百姓生活。「80後」回族青年女作家馬金蓮，在以年代為標題的《1986年的自行車》、《1987年的漿水和酸菜》、《1990年的親戚》、《1992年的春乏》系列小說裏，講述的時代是大時代，描述的變遷是小變遷，但馬金蓮說，「一個人內心的經歷是浮塵般微小，可是我常常耽於一個人的小變遷，這種變遷更直接，更讓我糾結」。馬金蓮就是在老老實實地刻寫一個老對象、一位舊人。

不過，與上述這批青年作家相對應的，是沉迷書寫「失敗者」的另一批青年作家。時下，中國內地不少文學期刊裏，對於失敗者的書寫成了一種流行。他們筆下的主人公們時常有着相似的身影：一次次艱難攀爬，又一次次被打落塵埃；孤獨地徘徊在各個群落邊緣，融不進城市，回不去故鄉；在愛情、工作、生活中被欺騙、被踐踏，沮喪、疲憊……小人物在困境中的頹唐形象在他們筆下頻頻出現。

這些作品以進城務工、職場焦慮、情感掙扎的題材居多，「出走」和「逃離」是此類小說中常見的主題，有的寫城市打拼者，人物卻過於扁平化，遭遇的困境和命運的書寫走向總是套路痕迹明顯；有的寫因父母關係

行走的風景

破裂造成童年陰影、被情侶拋棄，誇大情節戲劇性，將精神障礙、性格偏執安置於角色身上；有的作品寫「落魄者」、「失敗者」、「遊離者」，一味將自我封閉在內心世界裏，將慵懶、頹喪與無所事事，視為一種對抗壓力的方式……在他們筆下，許多主人公總覺得自己的工作、生活庸碌而無意義，只想找個地方躲起來，放空自己，虛擲光陰。

　　文學既指認生命的寂寥，也擁抱着生活的壯闊，對於「失敗者」人物的書寫，本是文學創作的母題之一。但文學書寫日常，又不止於此，優秀作品能賦予讀者靈魂上升的力量，看到凡俗人生背後的莊嚴和美好。一味「消費落魄」，甚而「販賣憂傷」，缺了對「疼痛」、「失敗」更深刻本質的反思，創作之路就會愈走愈窄，當下青年文學應該從千篇一律的沉沉暮氣中走出來。

陰謀論熱炒「三中商」話題

都說香港人健忘，還說香港人對新聞的熱度只是三分鐘，香港人對舊聞不感興趣。這看來不對了。三年前的一條舊聞，在沒有任何新的內容下，重新包裝「揭秘式」推出，製造話題，竟然在社會上被熱炒熱議。

事緣前不久老牌節目《鏗鏘集》拋出陰謀論，重新熱炒「三中商」（三聯書店、中華書局、商務印書館）三大書局和出版社所隸屬的聯合出版集團，「幕後大老闆」是香港中聯辦全資擁有，即中聯辦透過內地公司「廣東新文化事業發展」，再間接控制「三中商」。其實，三年前香港《壹週刊》就有相同報道。另有媒體稱該集團共有五十二間門市，聯合轄下擁有多間書籍出版、發行、印刷及零售公司，佔整體市場八成。

《鏗鏘集》這檔香港電台電視部製作的新聞紀錄片電視節目熱炒舊聞，自然有它的用意，指「這些文化機構幕後操盤人是中聯辦，紅色之手已悄悄伸入香港文化界」，從而散播中央插手香港文化的白色恐怖，要揭露「中聯辦一手控制香港最大書商的出版、物流和門市」，用「中聯辦書店」為「三中商」冠上新標籤。有媒體仿效便利店廣告口吻，以「紅色書店，總有一間

行走的風景

喺左近（在附近）」妖魔化，大商場和機場客運大樓有「三中商」書店書局是「犯了滲透罪」⋯⋯一些網絡媒體和專欄作家隨即跟風熱評。奇怪的是，一條舊聞就這麼鬧得風生水起；同樣令我生奇的是，十多天過去了，「三中商」竟然沒有一紙表態反駁。

隨手選一篇發表在日報上的評論《中聯辦書店》，作者是香港一所大學新聞系的呂姓高級講師，他在文中引述稱，在「一九九六年至二零零四年曾任職至三聯書店總編輯的李昕，寫過《我在香港做出版》一文，披露了『黨交付工作』的一些細節」。

退休後身在北京的李昕，當天就讀到這位講師的文章，翌日就跟筆者表明：

> 「我從來沒有講『黨交付工作』。老實說，我在香港工作八年，從來沒有接到過上級（聯合出版集團和中聯辦）的什麼指示，要我們出什麼書，或者批評我們什麼書出版得不對之類。香港是有充分出版自由的，包括我們『三中商』這些中資企業，出什麼書，不出什麼書，從來不受政治干預。我們是充分市場化的企業，上級也從來不給我們撥款，一切都由我們自負盈虧，自己決定出版項目。至於我文章裏面說，三聯出書要『旗幟鮮明』傳達中方立場，這是我本人作為中企出版企業負責人必須具有的自我要求，並沒有上級

部門命令我們必須這樣做。三聯作為一間有歷史傳統的中資出版機構,從來都以自覺承擔社會責任為己任。我在香港三聯八年,確實沒有按照什麼人的指示出版過什麼書,一本都沒有。我們也出版了一些《香港特別行政區知多少》、《鄧小平論「一國兩制」》等介紹國家對港政策的書,那也是因為社會和市場有這種需要,我們根據需要自己策劃出版的。」

好了,李昕說,他根本沒有寫過那位講師所引用的文字「黨交付工作」。作為傳媒學的一個教師,如此「引用」而撰文是令人可怕的。這樣的講師卻在香港教授一批批新聞系學生怎麼採寫新聞,還在培養諸多中學生如何當「小記者」。

121 歲的商務,106 歲的中華,86 歲的三聯,都是響噹噹的歷史悠久的品牌。從聯合出版集團,就聯想到華潤、中銀,沒有人會追根究底,他們幕後是誰。以華潤為例:今年 80 歲的華潤,前身是於 1938 年在香港成立的「聯和行」,華潤公司隸屬關係曾由中共中央辦公廳、中央貿易部、商務部、外經貿部、國務院國資委直接監管,如此國有重點骨幹企業在香港發展,你能質疑它的生存、發展是「恐怖」的嗎?你能指控「紅色之手已悄悄伸入香港金融貿易界」?你怎麼就不揭露它們如何完成「黨交付工作」?

一位區姓的前傳媒工作者竟然撰文說，每次走進「三中商」他就「會感到心寒」。他可以選擇不入，香港有那麼多二樓書店，更是報攤滿街，尖沙咀一條海防道就有兩三家，醒目處都是揭批中共領導人的所謂「黑幕」，這些胡編亂造的書沒令他心寒，頗具文化品牌的「三中商」卻令他「心寒」。香港有行動自由，他的腳可以選擇去哪不去哪。

　　同樣，香港不是也享有出版自由的嗎？只要不違法，出版什麼書，銷售什麼書，原本就是由出版社、書店決定的，他們的政治理念當然決定了什麼書可以出版，什麼書不願意發行。如果美國在香港巨額投資，成立比聯合出版集團更大的出版發行商，你會對他不滿而指責是「滲透」嗎？如果美國一些所謂民主基金會資助出書，受資助方會出版歌頌中共唱好中國的書籍嗎？港獨的書、佔中的書賣不好而沒有市場，能怪罪是「三中商」的書賣得太好，是一種「封殺」、「打壓」嗎？

跟泛民主派玩數字遊戲

　　學文科的我，卻對數字敏感。職業寫新聞，常常會用實實在在的數字表述觀點。最近這些日子，有一個數字常常被人引用，那就是「13萬」人，還有即將來到的6月9日的「30萬」人。

　　這「13萬」成了一個指標。被視為「香港民主之父」的資深大律師李柱明說，「民陣第二次發起反修訂《逃犯條例》遊行，有多達13萬人參與。然而署理特首張建宗竟指……」（5月7日）。香港大學法律學院教授陳文敏說，「儘管有13萬人上街遊行，政府依然一意孤行」（5月8日）。新民主同盟立法會議員范國威認為，「13萬人上街代表民意，對修例的關注及憂慮」（5月22日）……

　　立法會審議《2019年逃犯即刑事事宜相互法律協助法例（修訂）條例草案》（即《逃犯條例》），民間人權陣線（民陣）於2019年4月28日發起第二次反修訂《逃犯條例》遊行，民陣宣佈遊行人數達13萬人，而警方則稱高峰時段只有22,000人。民陣召集人岑子杰日前透露，有意在修例於立法會恢復二讀前，即6月9日，發起第三次大型反修例遊行，希望動員30萬人

行走的風景

上街。這「30萬」，就是以「13萬」為基礎而作的預估。

那這「13萬」人數的依據何在？日前，我聽好友雷公作過一番分析。這位香港科技大學榮譽大學院士、科大經濟系前系主任雷鼎鳴教授說，計算遊行人數的關鍵是估計人龍有多長。從起點東角道到終點政府總部，共約 3,000 米，供遊行示威人士走的路寬 10 米。帶領龍頭的人共走了 120 分鐘，於 5 點半到達終點。當龍頭人到終點時，龍尾在哪裏？5 點半這一刻的龍尾示威者要多走 100 分鐘才到終點。既然龍頭要走 120 分鐘才走完 3,000 米，那麼龍尾 100 分鐘約可走到 2,500米，也就是說，龍頭與龍尾的距離應約 2,500 米，即 5時 30 分這一刻，示威人士佔有的總面積是 2,500 米乘以路寬 10 米，即 25,000 平方米。

雷公繼續說，這塊地可容納多少人？如果是 13 萬人，這便意味每一平方米要容納 130000÷25000=5.2人。唯有人人都如沙甸魚般擠在一小型電梯中，這才勉強可能。示威時要行走，舞動手腳，從以往示威可見，平均一平方米一個人也會嫌擁擠，每平方米假設站一人已經是高估的，5.2 人則是太離譜。如果每平方米一人，總人數便是 25,000 人，警方的數字明顯可靠得多。用點常識，便可看出誰在造數。

雷公說，「我已查過一些資料，整條軒尼詩道才1.86 公里長，計算中用的 3 公里大致準確。示威隊伍

用一邊的路，3 車道的規格是 10 米寬，軒尼詩道有部分 3 車道，有部分是 2 車道。我的估算不可能完全準確，但一定比民陣所說的 13 萬人接近事實得多」。每一次遊行示威，舉辦方和官方各說各話，所說的人數相差特大，媒體和一些政治人物卻喜歡引用毫無根據的主辦方聲稱的數字。現在有了無人飛機，其實人們可直接在空中點算人頭，把不同地段的人頭密度抽樣數一數，便不難推算出結果。

過去十多年來，反對派一直試圖用「遊行人數」代表「主流民意」。以 2013 年「元旦遊行」為例，民陣當時稱人數有 13 萬，警方數字則是 2.6 萬。2003 年七一遊行，依然是民陣籌辦，主要是反對《基本法》第 23 條立法，主辦機構說 50 萬人參加遊行。民陣主張，16 年後的今天，只要遊行人數達 30 萬，就有望阻止通過《逃犯條例》修訂。其實，當年 50 萬人上街的背景是經濟衰退，社會不安，樓價暴跌，怨氣頗重，市民負資產後紛紛對政府不滿，並非都衝着 23 條立法，相當一部分是為了「倒董（時任特首董建華）」。純粹為反 23 條立法而上街的人確實不少，但不是 50 萬人。何況，當年政府最終終止立法程序，主要是法案表決前，自由黨和工商界一些議員突然「倒戈」而改變立場所致。

泛民主派在玩「數字遊戲」。據玩數字遊戲的朋友說，「2048」、「數字 10」、「數字消除」、「數字

行走的風景

解密」等都是經典的數字遊戲，在 APP 商店可以下載。「數字遊戲」又稱第九藝術，相對於傳統遊戲，別具跨媒介特性。這裏，我們不妨也穿越時空，跨越領域，看看其他一些數字。

——兩個多月前，一年一度的維園年宵市場，多個泛民政黨都藉此吸金，籌款數字明顯較上一年下跌。香港眾志籌得 48 萬港元，較上一年人跌四成；支聯會排第二位，籌得 35 萬港元，下跌 7%……能不能說，泛民主派在市民心目中的分量，出現走下坡的趨勢？

——4 月中旬，香港「護港安全撐修例大聯盟」推動的聯署支持修例活動，截至 5 月 10 日，有 24 萬市民聯署；5 月 19 日破 36 萬人；5 月 24 日破 43 萬人。這數字的增長，是否展示支持修例的主流民意？

……數字還有更多，限於篇幅，無法都拿來「遊戲」。看看 6 月 9 日上街遊行的那 30 萬人，主辦方民陣又會怎麼「遊戲」操弄，拭目以待。

行走的風景

C

星雲大師：
我不是「呷教」的和尚

　　4月上旬，圖書銷售排行榜。《我不是「呷教」的和尚》，台灣誠品書店，位居第一名；香港天地圖書門市部，位居第一名；新加坡大眾書局，位居第三名……《我不是「呷教」的和尚》（佛光文化和天下文化共同出版）是星雲大師新著。高齡93歲，出家81年，因病靜養2年，星雲大師病癒後推出首本新書。「呷教」，就是靠佛教吃飯。星雲大師說「我希望佛教靠我，我不要靠佛教，也就是我不要做一個『呷教』的和尚」。

　　星雲大師說：「台灣才光復的時候，由於過去在日本人的統治壓制之下，生活清苦。有些宗教會給你一些奶粉，給你一些衣物用品，但是你要來信仰他的教。大家為了要生活吃飯，就改變了信仰。所以有人說，這些都是『呷教』（吃教）的。呷教，就是靠佛教吃飯。自我懂得佛教以後，我就希望佛教靠我。」

　　70年前，即1949年，塵空法師從浙江普陀山託煮雲法師帶給星雲一封信，這封信洋洋灑灑寫了數千言。星雲和塵空法師是師生關係，塵空是老師，星雲是學生。信中說：「現在我們佛教青年，要讓『佛教靠我』，

不要有『我靠佛教』的想法。」他的這句話，深深影響了星雲，成為他心中一盞明燈，從此發願，「我要給人，不希望人家給我」，以「給人」為一生實踐，做一個能為世間增添美好、犧牲奉獻的報恩人。

2016 年歲末，星雲大師因勞累過度以致腦部出血開刀。2019 年初，星雲大師在新書的「自序」中寫道，「世間因緣和合，老病死生是自然的現象，物質的肉體也會有故障需要維修的時候」，「這一生我以病為友、以忍為力，我並不感覺有什麼痛苦，只是有些不方便而已。我心無罣礙，自由自在，只有歡喜快樂」。

在休養期間，弟子們告訴他，《星雲大師全集》一出版就廣受讀者喜愛，已經三刷了，但總計一套 365 本書的量體實在太龐大，不知道要從哪一本讀起。徒眾說，可否以星雲大師自己的經歷為主軸，從中選出數篇文章編輯成冊，作為他們行佛的依據準則。星雲說，「我一生說給別人聽的，寫給別人看的，也是我在做的，假如能夠對大眾有利益、對佛教有幫助，我自是樂見其成。」對收入的文章，他幾乎每篇都作了增補修改。

2019 年 3 月 7 日，農曆二月初一，是佛光山開山星雲大師的出家紀念日，近二千名護法信眾齊聚佛光山如來殿大會堂，參加一年一度的信徒香會。《我不是「呷教」的和尚》新書發布，也頒獎表揚四十四位「佛

行走的風景

光菩薩」，現場洋溢濃濃的書香法味和堅毅不退轉的菩薩願心。大師蒞臨現場，勉勵佛光人精進奮發。

本書主編蔡孟樺告訴我，2016 年初着手編輯《星雲大師全集》，共 12 大類，365 本書，3,000 多萬字。同年 10 月，大師因為腦溢血開刀治療，復元情形非常順利。大師關心國家社會，民心所需，陸續在《聯合報》、《中國時報》發表《敵人——激發我們潛能，可當朋友不可怕》、《我可以稱台灣中國人》、《我不是「呷教」的和尚》等文。這幾篇文章引起媒體和民眾熱烈討論，海內外讀者紛紛來信請求出書。於是《我不是「呷教」的和尚》這本書，有了和讀者見面的因緣。

編輯小組經反覆討論，決定以《我不是「呷教」的和尚》為軸心，為僧俗二眾的行者，以及有緣的社會大眾，編選一本「佛說的，人要的，淨化的，善美的」法要。全書由 10 篇文章組成，以大師的成長、信仰、發心、弘法、證道為核心，分為「為了佛教」、「信仰歷程」、「本地風光」三個單元，細述大師百年生命歷程，推動人間佛教。

書中有台灣遠見・天下文化事業群創辦人高希均、高雄市長韓國瑜兩位名人推薦。韓國瑜說，大師「一生歷經萬般風霜，所淬練出來的智慧精華。因此書中的每句話，都不斷與我的心靈產生共鳴」。他認為大師新書《我不是「呷教」的和尚》中的核心價值，就是「點亮

自己、照亮人間、慈悲喜捨、犧牲奉獻」。

　　台北、高雄舉辦了星雲新著的讀書分享會，據說還會繼續辦。在大師康復休養期間，我多次上佛光山拜見大師，不過最近的一次也有6、7個月了。每次見到星雲大師，都是感受他人間「三好」理念：身做好事、口說好話、心存好念的操守準則。日前，主編蔡孟樺告訴我，這只是大師病癒後的第一本書，還會有第二、第三本。期待。

行走的風景

萍兒：相信一場雪的天真

　　與萍兒（羅光萍）相識快有 16、17 年了。最初沒注意到她喜歡寫詩，讀她的詩集還是第一次，以前只是在微信朋友圈裏時不時讀到她的幾句短詩。據說，她 16 歲就開始寫詩，發表的處女作是《別》。這部詩集《相信一場雪的天真》，所收的 106 首詩，是最近 7、8 年創作的。

　　讀她的詩作，我常常會閃過一個念頭，誰和萍兒談戀愛一定會很不容易，因為她的詩特別講究詩意，她的人生也一定會講究詩意。詩意應該是超乎尋常的。寫詩，必須有情。詩人比一般人敏感，也比一般人多情。敏感的女人，多情的女人，愛上這般女人的男人會付出更多。

　　說到詩意，那是一種非常個人化的情緒，詩人沉浸其中，獨自吟詠。通俗說，詩意就是詩的內容和意境，是詩人用一種藝術方式，對於現實或想像的描述，是自我感覺的表達，把情感編織成一首詩。只有情感專注了，才會想到去寫它，於是，情感昇華為詩歌。

　　讀萍兒的詩句，「一支筆與一張紙對峙 / 艱難寫下一顰一笑」，「黑夜擅長顛覆 / 猶如秋天擅長俘虜」、

「你說／生命的歡愉／總是／太瘦」……可見，詩意是描述人性幽微的美妙，是充滿想像空間的。比如，對日常世俗的超越，奇特的細節，微妙的氛圍，生活的脫軌，靈魂的出竅；比如，來自自然的一縷芳香，強烈的感受，讓詩人反覆回味，積蓄着突然爆發；比如，某天你突然看到一幕，與你平時不一樣，你就感覺到一種新的感受，不經意的發現而產生新的情緒；比如，是腦筋急轉彎，或有點類似「禪」的頓悟，觀念的轉變，思維的轉換……這些就是詩意，就是情轉化的意。

讀萍兒的詩，常常會讀到「我」字。打開這部詩集，第一首，「月月年年／你的目視／始終／讓我無比堅毅」；第三首，「我看到黑夜／看到昏黃的路燈／看到了茫／就是看不到你」；第四首，「我承認／我從來不善於讚美春天」；第五首，「我忍着疼痛睡了／我並不想／把自己變成一首憂鬱而煩亂的詩」……寫詩有個「我」，一般被認為是詩歌的主體。早前我聽一位北京詩人說過，「主動地生活，被動地寫詩」，才會真正具有詩歌的價值。其實，萍兒的詩，無論「有我」還是「無我」，「我」都在那裏，萬物由「我」而生。這個「我」，不是空空蕩蕩的我，不是無血無肉的我。「我」，實實在在、可觸可摸、有魂有靈。

過了四、五十歲的人，往往會回顧人生很多的節點。那天十多個媒體圈中人聚餐，萍兒拿出這部新書簽

行走的風景

名送贈好友。無意中聽到有人說，萍兒有的詩還真沒看懂。萍兒在代後記中說，她始終認同，「詩歌不必要你懂，而是要你感覺⋯⋯真正好詩，在『懂』之前，已被感動」。詩歌很美妙，有時詩歌又很讓人糾結：懂或者不懂，是難以說清道明的問題。參加過一些詩歌研討會或詩歌論壇，發現一個有趣現象，只要談論起詩歌，最後總有人繞到懂或者不懂的問題上。可以斷定：懂和不懂的辯論是沒有結果的。

「詩歌升溫」、「詩歌回暖」成為持續討論的熱點話題，詩歌與日常生活、公共世界、社會文化空間的關係，愈來愈密切是不爭的事實。讀萍兒的詩，我有時會有一種誤讀錯讀。我總覺得，詩是一種大關懷，一種大情懷。當代社會正在巨變，詩人應該投身這種生活，把這種改變描述下來，詩歌精神對我們的靈魂還能構成多大的衝擊力，成為當代漢語詩歌寫作的普遍性焦慮。我的誤讀在於，覺得萍兒的詩多的是「密室獨語」和「精英隱喻」。如果只是專注於個人內心的一點小感受、小情緒，格局是不是顯得有點小。我承認，這是錯讀，不能狹隘地理解為小情小感，它也可能是情緒，或情景，或情調，或情懷。大時代確實需要大詩人，但人們也需要「小詩人」。這才是完美的生活，才是完整的社會。

屈穎妍：既是紅底又如何？

　　不只是在香港、內地、台灣、澳門，還包括馬來西亞、日本，可以這麼說，在華人圈，香港專欄作家屈穎妍的時評政論短文，擁有大批「鐵粉」。她的文風，犀利尖刻，一針見血，語言直觀，句句到肉。有讀者說，只需用一個字描述讀後感，那就是：爽。用屈穎妍的話說，「如果，佔中是一場顏色革命；我想，我的文章，是希望推動一回沉默革命。他們用的是暴力、磚頭、竹枝、粗言、恐嚇⋯⋯無所不用其極；我們訴諸的是文字、道理、事實、例證，兵不刃血、罵不以粗，文明人本該如此，法治社會更該如是」。這是屈穎妍的第一本時評結集《既是紅底又如何》（HKGPAO.COM Limited）的自序中的一段話。

　　這部新書，70 篇文章，60,000 字，收錄兩家網絡新媒體 2017 年以來的博客文章，全書分四章：《中國人》、《香港心》、《一劍封喉》、《解毒傳媒》。作者以她獨有的尖銳筆觸，道盡家事港事國事，暢談時事政治，抒發「中國香港人」情懷。

　　屈穎妍自稱是一個「N 無人士」，無權、無勢、無錢、無背景、無財團、無政黨、無後台⋯⋯她說：「很

行走的風景

多同路人問過我一個相同問題：『你背後是不是有個團隊？』沒有。『兩、三個人幫你做資料蒐集都有啩？』都沒有。反對派不會問，他們會直接說：『她收錢的，收梁振英錢、收共產黨錢。』真的，信不信由你，我這些年，只是一個人、一支筆，路見不平，不吐不快，僅此而已。我沒有團隊，也養不起一個團隊；我沒有後台，強人的國家就是我後台；我沒有金主，收黑金的人才會認為人人有金主。我只是一個普通市民、三女之母。每朝起牀弄完早餐送別上學的女兒，就坐在電腦前筆耕，看報、找資料、查證消息一腳踢。我的優勢是當過傳媒、教過新聞系，懂得一點點查找印證方法。」

　　她在回應提問「為什麼要選編這本書」時說，「有次女兒要做閱讀報告，拿回來一張學校指定書單，問我哪本書好看好寫，我一瞥，心發毛，書單中竟然有不少『雨傘運動』的書籍，連陳雲鼓吹獨立的《城邦論》也是選項。我忽然明白，出版戰場原來不在書店，而是在學校；出書賺蝕是其次，攻心才是重點。再翻看每年香港教協與香港公共圖書館合辦的『中學生好書龍虎榜』，上年被選上的十大好書表面正常，有小說有科幻有哲學有趣味，但細心一閱，10 本書的 10 位作者，一個是『佔領中環』時在金鐘街頭開壇講課的中大政治行政系教授周保松；一個是『佔領中環』十死士之一的作家陳慧；一個是最受反對派年青人歡迎的「100 毛」

和「毛記電視」創辦人林日曦。十居其三是『黃傘兵』的思想領頭人，加上主辦單位是『傘兵』教育基地教協，洗腦戰場，原來早被佔據。『好書龍虎榜』之外，學校圖書館也會根據香港電台每年舉辦的『香港書獎』為學生選書，上年得獎書目中，除了也有上面提及周保松作品，還有一套《坐看雲起時——一本香港人的教協史》，好書的定義，基本上已由政治取向決定了。我想起六七、六四，這兩段歷史的資料，圖書館裏鋪天蓋地是同一種角度、同一個觀點，可以想像，30 年後如果有人想看看 2014 年金鐘發生了甚麼事，那些傘運黃書，就是他們唯一的參考。於是我想，我們不能再丟失歷史的話語權，這些年香港社會發生的事、大部分沉默香港人的聲音，一定要留下來，做個歷史紀錄，讓後世人回望時，知道今日香港並非只得黃色」。

6 月 12 日下午，香港彌敦道，書香飄逸的中華書局油麻地分局，出版方舉行屈穎妍新書發布會。HKG報行政總裁周融在闡述《既是紅底又如何？》書本命名的用意時說：「身為中國人，一片丹心，無論國內或國外，紅已經是值得驕傲的顏色，所以說，《既是紅底又如何？》。」

全國政協副主席、前特首梁振英前去屈穎妍新書發布會「撐場」，他回顧自己在愛國路上經歷的風風雨雨，本着愛國、無私、奉獻的精神，為國家改革開放做

行走的風景

了一些事。他說，「如果我將來要出書，我的書名大概會說《我是英皇仔又如何？》」。梁振英說，「屈穎妍的文章實事求是，不閃避，不吞吞吐吐。我讀政論文章，最怕一些溫吞水的文章，因為寫了等於沒寫，讀了等於沒讀。屈穎妍有時寫出大多數人的心聲，有時從理不從眾。社會上往往大多數人對事物的認識是片面的，甚至也出現過大多數人對事物認識是錯誤的情況。所以在社會上，討論社會的時事，討論政治問題時，希望能實事求是，不是用聲浪壓倒事實。香港習非成是的事情很多，需要大家更多、更理性的發聲，香港需要更多的屈穎妍」。

馬星原：如果漫畫是小說，水墨畫便是一首詩

　　畫是靜默的詩，詩是語言的畫。2018 年 5 月 10 日，商務印書館尖沙咀圖書中心展覽廳展出的馬星原水墨畫中，藏着千百年的「靜默」。

　　雲低雨急，一白髮老人盤膝獨坐於草廬下。風吹、雨打、溪流，任憑萬物皆動，唯有老人神態索然，心如止水，波瀾不驚。黑灰色和墨藍色的構圖，盡顯蕭索，襯出老人家淒涼的心境。這是馬龍的新畫作《聽雨僧廬下》，卻讓宋末詞人蔣捷的《虞美人‧聽雨》中那兩句「而今聽雨僧廬下，鬢已星星也。悲歡離合總無情，一任階前點滴到天明」一覽無遺。

　　馬龍介紹說：「這首詞寫的是人生中少年、壯年和晚年三個境界，而這幅畫是我現在這個年紀嚮往的心境。雨落下來，人坐在這裏，他沒有用眼睛看眼前這個環境，而是用他的心去看的，人心是安靜的。這是我嚮往的一種平靜的生活狀態。所以畫中我注重的是一個『靜』字。」

　　是次展出的 25 幅畫中未見太多顏色，又不囿於傳統水墨畫的單一色調，「我一開始就不想用太多的色，

行走的風景

顏色太多會令畫面混濁不清，但是如果沒有顏色我又覺得不夠，於是每幅圖都會加入一點顏色。比如這幅《聽雨僧廬下》就加入了藍色，因為這是一個雨景，這樣畫面更濕潤。」

看畫可觀其人。另一幅《忽逢桃花林》足見馬星原一貫的樂觀意趣——流水潺潺，漁人立於船尾，雙腿微開，左腳尖輕輕點地，左手向旁側微微翹起，右手扶長篙，果然有「漁人甚異之」之感。順着漁人目光所及，灼灼桃花挨挨擠擠，粉色水墨滴由遠及近，像極了被風吹落的花瓣雨。當下人們「久在樊籠裏」，生活也加速忙碌，人人都希望有一個桃花源，馬星原用寫意的手法表現桃花，又因他鍾情於漫畫的筆法，所以十分注重身體語言，單是這漁人的背影身段，雖不能直接看到其面部表情，亦是留白給觀者去猜想。這也是和傳統國畫不同的地方，傳統國畫畫山水、人文，是沒有這麼多細節出現的。

這是馬星原在香港的第三次畫展。這次的題目為《攬古浮光》，畫作主題是擷取古詩詞之意境。畫中有些會寫上該詩情詞意，有些則故意留白，讓觀者有無限想像。有很多詩詞意境，騷人墨客的想像都是共通的，任憑觀者思緒連篇。「當我捧着唐詩宋詞，再三思量畫中意境之際，與古人神交已是一大樂趣！寫成作品能夠在此與觀者交流，更是感恩！」水墨畫的筆法飄逸靈

動，注重寫意，而漫畫則更加寫實細膩。如果漫畫是笑說，那麼水墨畫便是一首詩。雖然兩者風格不同，馬星原卻讓漫畫與水墨畫碰撞出了新的藝術火花。

此次畫展的靈感來源於馬星原與方舒眉編繪的《趣味學古文》系列叢書。這是古代歷史的系列讀物，收錄香港中學文憑考試中國語文科的 12 篇文言範文，從先秦、兩漢，到唐宋元明清，漫畫成語、唐詩等，以莊諧並重的手法，白話和漫畫雙管齊下，作為課堂輔助讀物，讓年青學生通過圖像學習歷史，親近古人的思想和智慧。

馬星原十分重視香港中小學生的傳統文化教育，他認為當下兒童心智未成熟，理應多接觸古文，學習古人智慧為先，才能在各種政治思潮的衝擊下，不被偏激的言論和思想侵蝕，於是從 2015 年開始編繪此書。「畫這本書的時候，我總結了一些最有意境的詩詞，很多詩句的畫面當時立即呈現在我的腦海中，比如這幅《烏衣巷口夕陽斜》，出自劉禹錫的《烏衣巷》，我不單是畫了夕陽下的烏衣巷口，還畫了一隻燕，『舊時王謝堂前燕』，所以一幅畫可以表達出整首詩詞的意境。」

畫家自 1984 年開始以馬龍為筆名於報章上繪畫漫畫，並在報章及雜誌歷任美術及創作總監等職。後以馬星原為筆名，與方舒眉共同創作《白貓黑貓》兒童益智漫畫叢書。因其興趣多，故創作範圍極廣，於時事漫

行走的風景

畫、歷史漫畫、傳記漫畫、禪漫畫、幽默生活漫畫及兒童益智漫畫等等皆有涉獵，今次用淋漓水墨攬古浮光，是另一個新嘗試。

問及馬星原最喜歡的詩詞人是誰？他不假思索說出「蘇東坡」，「我最喜歡蘇東坡，書法、畫畫、寫詩、寫詞、做人、做飯，都很好。」《攬古浮光——馬星原水墨畫展》於 2018 年 5 月 10 日至 6 月 4 日在商務印書館尖沙咀圖書中心展覽廳展出，並於 12 月，應邀往澳洲悉尼南天寺佛光緣美術館舉辦個展。

毛俊輝：當生命有限，如何活得更有意義

　　走進荃灣西站地鐵，赫然看到好友毛俊輝的巨幅演出廣告，特邀主演話劇《父親》。這位香港戲劇大師、香港話劇團「桂冠導演」，朋友們稱之為「舞台劇教父」。他生於上海，10 歲來香港，今年 72 歲。約 17 年前，他患了癌症，動過胃部手術，重拾生命。看他近來似乎愈來愈忙，忙的事情也愈來愈繁重。不過，他說：「當生命有限，如何善用生命，在有限日子，追尋每個人餘生的最大意義，是人生更高的目標」。這無疑是一種活法。「你悠着點，年紀一大把了」，「讓年青人去做，你就在旁指點指點」，「你活得不累嗎？圖啥？」……他身邊朋友的規勸也不少吧。不過，在我心目中，那是一種「健康」活法：做自己喜歡做的，做自己想做的。

　　3 個多月前，在銅鑼灣怡東酒店，相約毛俊輝採訪。幾十年來，毛俊輝做了很多事，拿了很多獎，得了很多讚譽，但在他自己看來，這一生只做了一件事，那就是戲劇。這位帶有滬語口音、語速緩慢、語氣溫和的香港導演，唯獨遇上與戲劇相關的事情時，總以

行走的風景

「嚴厲」著稱。

我們在酒店咖啡廳訪談。怡東開業45年，2019年3月停業，未來改建為商業中心。戀舊的香港人依依不捨，紛紛來酒店拍照、吃喝，作最後告別。常說，「舊的不去，新的不來」，舊的怎麼去呢？毛俊輝很自然聯想到他的本行。

2019年3月香港藝術節上，全新粵劇經典《百花亭贈劍》再度重演，此劇是毛俊輝策劃及執導的創新嘗試，在一年前香港藝術節上，三場演出均告滿座，在文化藝術界掀起一陣熱話。《百花亭贈劍》是唐滌生1958年為麗聲劇團編撰的劇目，取材自崑劇《百花贈劍》折子戲，風行數十年。2019年10月末11月初，上海國際藝術節，《百花亭贈劍》展演，傳統戲劇經改編而創新，看看審美嚴苛的上海觀眾是否能接受；11月末會在廣州演出；去粵港澳大灣區的巡演正在籌謀中。

這之前，毛俊輝的不少作品都在上海演出過。2012年夏，《情話紫釵》在上海演出三場，並未因粵語語言上的障礙而影響上海觀眾的觀賞。這些年他致力於開創中國戲曲的現代化道路，強調以現代手法演繹戲曲。他說：「香港的粵劇基本上是保守的，覺得留下的東西都是最好的，但其實這些和現代觀眾是脫節的。我當然支持很多人繼承粵劇傳統，但過去十多年，我和內地、

台灣的同行都有接觸，內地很多年青人很大膽，什麼都敢嘗試，有成功也有失敗，但試下來總會找到一些新東西，台灣也一樣。香港卻一直在重複自己，很難擁有新觀眾。」

他說，「年青人為什麼不看粵劇，一來太長，二來太吵，三來說看不懂。時代不同了，以前的粵劇是普羅大眾在悠閒的時間裏欣賞，所以時間長達三四小時。但現在的觀眾，很少會花這麼多時間去看演出，以前的人喜歡『慢慢嘆』，與今日的生活節奏很不同。還有個問題是表演太規矩了，前人的動作重複再重複，欠缺自己創作的過程，這是很危險的。以前京劇的梅蘭芳、周信芳，粵劇的薛覺先都是在傳統基礎上找出自己的門路」。

毛俊輝最看重「創新」。17年前，上海話劇藝術中心與香港話劇團合作話劇《求證》演出，就是一種藝術上的創新突破。那年，毛俊輝拿到劇本翌日被查出患上癌症。這對於未婚妻胡美儀而言宛若晴天霹靂，他們原本打算半年後在拉斯加斯註冊結婚。胡美儀曾獲舞台劇界影后，參與過無數影視劇創作，在電台主持節目，在世界各地舉行過逾百場演唱會。突如其來的變故令婚期往後延，胡美儀始終沒有離開他，陪着他度過人生最艱難的日子。

演藝朋友圈都傳說當年那一幕。危急時刻，毛俊輝

行走的風景

大口吐血，神志不清，任憑胡美儀叫什麼都沒反應。胡美儀絕望中聲嘶力竭喊「你的戲劇理想呢」，「你還沒有完成的藝術事業呢」，「你受的教育就這樣白費了嗎」……他似乎受了刺激，慢慢睜開眼睛。胡美儀悉心照顧，毛俊輝重拾生命。這對恩愛夫妻，一起經歷風風雨雨。還是那句，「舊的」過去，「新的」才來。雨過天青，共享人生。

李振盛：諸神默默，讓照片説話

　　50 年前的 1968 年，中國大陸正值「文化大革命」時期。時任《黑龍江日報》攝影記者李振盛曾拍攝一組槍斃「反革命集團主犯」巫炳源、王永增的照片。巫、王是黑龍江省哈爾濱電錶儀器廠技術員，那年 1 月 1 日，他倆在街頭散發、張貼一批傳單，當年流行的用臘紙刻鋼版油印的 16 開小報，名曰《向北方》。當年的中共黨報，報眼位置都會印毛主席語錄，他倆油印的《向北方》小報也照此辦理，在報眼處印了一段毛主席語錄：「領導我們事業的核心力量是中國共產黨，指導我們思想的理論基礎是馬克思列寧主義。」不過，在語錄下邊，他們又添加兩句話：「這是顛撲不破的真理，不允許任何人篡改和代替。」就這樣，他倆闖下大禍。黑龍江省和哈爾濱市革命委員會認為，這話的矛頭是指向毛主席的，遂把此事定為全省重大反革命案，發動群眾限期破案。

　　案件很快告破。黑龍江省和哈爾濱市革命委員會召開數萬人參加的宣判大會，當場宣布巫、王是反革命集團案主犯，判處死刑，立即執行。李振盛說，其實，這張小報從刻鋼版到油印，再到街頭散發張貼，只他們兩

行走的風景

199

人，不存在任何從犯。兩人怎麼能定為集團案？而且還都是主犯，全判死刑？當聽到「判處死刑，立即執行」時，巫炳源仰天長嘆，大喊一聲：「這個世道太黑暗了！」隨後便緊緊閉上眼睛，直至押赴刑場被槍斃，巫炳源再沒睜眼。

李振盛說，那天共槍斃 8 人，其他 6 人是刑事犯。8 人脖子上都掛着大牌子，押上卡車，穿過市區，開赴哈爾濱西北郊黃山火葬場附近的一片空地。到了刑場，8 人一字排開，雙手反捆，被按跪下。8 名軍人持槍站在 10 多米外，從腦後開槍將他們擊斃。行刑者退下後，幾個負責檢驗的人立即上前，扯着屍體的雙腳向後拖，擺成整齊的一排，一一檢查每個犯人是否斃命。

那年，李振盛 27 歲，報紙對這類新聞只發文字消息，不會發表刑場照片。出於新聞攝影的職業好奇心，凡有這類事件，他都想前往拍照。那天，軍管會的攝影通訊幹事到報社攝影組，說他們將一次處決八名犯人，問想不想前去採訪。李振盛所在攝影組的另外 4 位資深記者都說，這類照片不能見報，拍了也沒用。李振盛心裏很想去，但嘴上不敢說。送這位公安攝影通訊員出門時，李振盛悄悄對他說：「我想去，到時候請把車停在報社對面的交警崗亭接我一下。」他背着報社領導和攝影組同仁，自作主張，隨軍管會的車隊到了刑場，從頭到尾完整拍攝了幾十張行刑槍決的連續性畫面，還忍

着，近距離拍了剛剛失去鮮活生命的屍體的特寫。他使用的是萊卡 M3 相機，只有 35 毫米的一支廣角鏡頭，必須靠得很近很近才行，能聞到槍斃後腦漿崩裂的濃烈血腥刺鼻氣味。

他從刑場回到報社，沒敢馬上沖洗膠捲，怕同事看到這些底片會背地裏向主管攝影組的總編室副主任打小報告，說李振盛又去拍沒有用的照片，浪費公家的膠捲。他們當中有的人，每看到他拍那些給文化大革命抹黑的沒有用的照片，就會找他談話批評。李振盛回憶當年的事，說：「我拍這些照片是在記錄歷史，我要讓人們知道，他們是被冤枉的。」

都說李振盛的《紅色新聞兵》是研讀文革史的必備參考書。在這部書的中文版封底上，標註着這麼一段話：香港《亞洲週刊》指：「李振盛所擁有的大量文革紀實照片，濃縮了那個特殊年代眾多人物的命運。黑白照片的質感，更能反映火紅年代的驚心動魄。一張好的照片。勝過千言萬語。」這期《亞洲週刊》是 1996 年 5 月 26 日那期，內文刊登「文革 30 周年」專題。當年我作為記者赴京城，在李振盛家裏獨家專訪他，而後以《文革現場的獨家鏡頭》為標題發表。李振盛日前如此評價：「這是最早報道他的文革故事」。

2018 年 10 月下旬，李振盛從美國來到香港，中文大學出版社剛剛推出他中文版《紅色新聞兵》，舉辦新

行走的風景

書發布會和講座《一個攝影記者密藏菲林中的文革故事》。相隔 22 年的今天，我再訪李振盛。半世紀前的「文革」時期，他任《黑龍江日報》攝影記者尚不到 3 年。文革 10 年裏，他拍攝了近 10 萬張照片底片，主要是為報紙發表需要而拍攝照片，當時他稱為「有用的照片」；同時還拍了許多絕不可能見報的照片，稱為「沒用的照片」。每當拍了給文革「抹黑」的沒有用的照片，他要等同事都下班後，獨自鑽進暗房裏沖洗這些「冒犯政治不正確」的危險的底片，烘乾後把「負面」底片剪下來收好，藏在他的資料櫃或辦公桌抽屜自己設計的暗層裏。

1968 年春，黑龍江省最高領導人潘復生發動一場反右傾運動，他預感自己不久將被殺進報社的「支左小將」打倒，便陸續將「負面」底片轉移家中。為防抄家時被發現，遂在平房木地板上鋸了一個洞口，擔心鄰居聽到動靜，由妻子祖瑩俠站在窗口望風，用了一個多星期才完成。之後，他將「文革」最激烈的頭 3 年裏拍攝的約兩萬張「負面」底片藏在地板下，再壓上桌子。這地板下藏底片的辦法，讓他在是年年底遭批鬥且被抄家時躲過一劫。今天人們才能看到這些完整記錄文革歷史的照片。

李振盛說，如今距離文革已經過去 50 多年，這本《紅色新聞兵》書中的場景和氛圍並不太遙遠，向後看

是為了向前看。記錄苦難是為了不讓苦難再度發生，記錄歷史是為了不讓歷史悲劇重演。李振盛說起書封面的照片背後的故事。1966 年 7 月 16 日，毛澤東在長江游了一次泳，之後他想利用自己漂流長江，體現自己身體健康，足以領導文化大革命。翌年開始，全國各地的大江小河都在慶祝毛主席暢遊長江的周年紀念日，他一直拍到十周年。他說：「游泳健兒下水前必須讀一段毛澤東語錄，不然下到水裏會迷失方向，令人哭笑不得。」

李振盛說：「我的攝影生涯受東西方兩位攝影大師的深刻影響：一是曾在延安為毛澤東等共產黨領導人拍照的吳印咸大師，他在當年為我們講課時說『攝影記者不僅僅是歷史的見證人，還應當是歷史的記錄者』。二是法國亨利‧卡蒂埃─布列松（Henri Cartier-Bresson）大師，1960 年中國對他的攝影理論和作品展開大批判，但我從中受到啟迪，並以『逆向思維』領悟他的攝影真諦且實踐之。正是這兩位東西方的大師讓我有了記錄歷史的使命感，拍下歷史場景，留待後人去評說」。

諸神默默，讓照片說話。《紅色新聞兵》於 2003 年由英國菲頓出版社以英、法、德、意、西、日六種語言出版，榮獲多項國際大獎。多年來，李振盛內心始終掛念的是，能盡快讓中國同胞及全球華人看到這份屬於

行走的風景

國人的歷史記錄。中文版《紅色新聞兵》的出版，竟是在英文版面世 15 年之後。其間有多家兩岸三地出版社與李振盛聯繫，但在他心中，希望交由一家學術性強的機構出版。2017 年 5 月，香港中文大學出版社開始與他接洽，雙方凝聚共識，在英文版基礎上，做一本給中國人閱讀的影像歷史書。

香港中文人學副校長張妙清教授說，「我留意到一個有意思的時間巧合，就是李先生埋藏底片的時間是 1968 年 10 月，距離今天整整 50 年。50 年前的那個年青人，一定想不到多年以後，他會成為享譽世界的攝影師，會成為有攝影界奧斯卡獎之稱的『露西獎』（The Lucie Award）的首位華人得主，全球會有 60 多個國家和城市為他舉辦攝影展，中國會有一座他的攝影博物館……這一切，就是歷史給尊重歷史的人的回報和獎賞」。張教授說，聽說李振盛對書的出版要求相當高，對這部書最後呈現的效果也相當滿意，祝賀大學出版社出版了這樣一本記錄歷史的好書。

香港中文大學出版社社長甘琦說，這本書英文版的封面使用的是毛語錄的塑膠皮，編輯林驍就跟設計師說看看能不能有新的想法，設計師想到的概念是用當年文革紅袖章的紅布。印廠提供了布，但李振盛覺得那個布的紅色和當年的紅色有差異，於是編輯專程去東莞的布廠尋覓。中文版的圖片增加和替換了 50 多張，文字部

分也添加了會令國人有感觸的細節。甘琦說:「這本書對於我們而言意味着三本書。第一,是一本記錄『文革』這段歷史的影像史料書;第二,是一個專業的新聞攝影的傳世之作;第三,除了銅版紙印的圖片內容,還有普通書紙的文字講述攝影師從小到大的成長故事,既是歷史見證,也是一本成長書。」

行走的風景

張平：書寫別樣的靈魂「反腐」

在延門市委常委會上，「省裏最年青的市委書記」魏宏剛被紀委帶走，引發全市軒然大波。他最終因腐敗落馬，現實生活中各種棘手難題接踵而至。他家庭和親屬的生活由此發生劇變。故事圍繞姐姐魏宏枝、姐夫武祥一家的遭遇展開，一家人冰火兩重天。原在市重點中學讀書的女兒綿綿突遭失學危機，正直律己的魏宏枝接受組織調查，魏宏剛的兒子丁丁輟學失蹤，魏宏枝的老母親一病不起，苦心經營的小家面臨野蠻拆遷……一群身分微妙的角色從無意識的「權力特享人員」，轉變為毫無標籤的普通人。這是長篇小說《重新生活》講述的故事。

《重新生活》塑造了一系列全新的具典型意義的人物形象，魏宏枝面對各種利益拉攏引誘，始終堅守為人的清白坦蕩底線；武祥以慈父良夫的堅持隱忍，呵護着千瘡百孔的家庭；綿綿和丁丁以成長中少年的尊嚴，守護着善惡涇渭；司機劉本和以及醫院副院長李翔龍，以知恩圖報和忠誠善良的人性高貴，踐行着民間道義的人文倫理……小說書寫的是一種別樣的靈魂「反腐」。這樣的特殊群體交織了情與理、個體與整體、人性與法治

的多重難題。讀者會發現，恰如書名所暗示的，原來需要「重建」的不僅是一個家族、一群人，更是當代每個個體的生活。

《重新生活》由在北京的作家出版社出版，推出兩個多月廣受矚目，出版社編輯對《亞洲週刊》披露：首印25萬冊，40集電視劇改編版權被迅速簽下。茅盾文學獎得主張平繼《抉擇》、《十面埋伏》、《天網》、《國家幹部》等作品後，時隔14年，又拿出這部現實主義長篇力作。作品剛推出，即獲中國編輯學會與中國出版協會文學藝術出版工作委員會頒發的「文工委」2018年度中國文學好書獎。

在文學界，張平的作品被視為當局「主旋律小說」的領軍人物之一，貼有「反腐作家」標籤，他是「反腐敗」這個題材領域裏最重要的作家。他的作品《法撼汾西》、《天網》、《抉擇》、《十面埋伏》、《國家幹部》等，曾獲趙樹理文學獎、莊重文文學獎、茅盾文學獎、中宣部「五個一工程獎」等。他的長篇新作《重新生活》並不直接表現腐敗者的墮落心路，而是把筆力集中在官員家庭的生活狀態變化對比上，描寫普通人在這一過程中的遭遇，由此折射紛繁複雜的世間百態，小說在故事結構和敘事走向方面都別具一格。

張平聚焦現實，貼近民意，力求反映百姓心聲，在主題開掘和敘事探索上，都埋下新嘗試的可能，這部小

行走的風景

說可以說是張平近年來文學積累和生活積累的又一次爆發。用張平的話說，「這是我擱筆十多年後的一部新作品。仍然是現實題材，仍然是近距離地描寫現實，仍然是重大的社會和政治題材。也許，這才是我的一部真正的反腐作品，通篇都是腐敗對人與社會的毀傷」。

「反腐」是張平最得心應手的創作主題，但由於題材上的種種限制，一些作品對大眾閱讀口味的遷就，近年來數量眾多的「反腐小說」藝術創新明顯不足，暴露出「模式化」的傾向。張平一改通常「反腐」思路，這部新作不直接表現腐敗官員的墮落心路，也不揭露那些腐敗黑幕，而是從當前政治生活中的「反腐」事件入手，容納了令人眼花繚亂的社會現象，涵蓋了反腐鬥爭、教育改革、醫療改革、城市改造等百姓最為關心的話題。小說所關注的不僅是反腐力量和腐敗官員激烈交鋒的主戰場，而是將目光投向鬥爭的側面，關注腐敗官員家屬在反腐中的種種遭際。

《重新生活》獨闢蹊徑，並沒有設置正面人物獨戰群邪這一常見的情節模式，而是從一開始便安排腐敗分子魏宏剛被宣布嚴重違紀違法，接受組織審查，「雙規」已成定論。這個小說中最大的反派自始自終都沒有真正現身，他的形象就如一幅拼圖，是透過親屬、朋友、同事、司機乃至紀委對其出身、仕途、劣迹的回憶、描述和控訴來逐漸完成的。

張平說，這個小說的構思在七、八年前就有了。家庭和親屬是每個落馬官員繞不過去的一道重坎，當這些官員沉陷時，他們的家庭也會一同沉陷。談到創作心態，張平直言：「《重新生活》或許是我的一部真正的反腐作品。」《重新生活》從「反腐」事件入手，最終卻以極具彈性的質地，容納了多元豐富的社會現象，涵蓋了教育改革、醫療改革、城市改造等百姓最關心的話題，這令《重新生活》具有豐富的時代內涵，民生色彩濃鬱，也拓展了反腐題材的寫作疆域。

《重新生活》對人物心靈的高強度關注，讓評論家賀紹俊發覺，「通篇小說完全由密不透風的心理動機剖析編織而成。我不敢說張平的這種寫法非常成功，因為這種密不透風的剖析，也會造成敘事節奏的過度緊張，但他的嘗試無疑是獨特的」。北京大學教授陳曉明注意到，張平寫反腐駕輕就熟，但這次卻「虛晃一槍」，把重心更多放在了民心上。北京評論家白燁認為，《重新生活》是 2018 年的重要作品，尤其現在強調加強現實題材的情況下，這個作品提出了很多可以借鑒的地方。

北京評論家吳義勤認為，在張平的小說中，「人民」是重要元素，是他一直著力塑造和表現的對象之一。從早期的「家庭苦情小說」《祭妻》、《姐姐》中的妻子、姐姐等家庭成員，到後來一系列反腐小說中的各色受害人，具有「人民」屬性的基層民眾從未缺席。

行走的風景

《重新生活》中，張平將「人民」真正推到小說的中心位置，將人民性灌注到小說之中。以魏宏枝、武祥為代表的小說主角，不僅沒有捲入腐敗的漩渦，還牢牢將精神根基深植於人民的沃土之中，他們家族雖有「一人得道」，但並未「雞犬升天」。他們既作為反腐的對象存在於反腐鬥爭的內部，又作為「人民」的代表脫離了反腐對象這一身分，甚至他們還因身分的特殊而成了反腐的正面力量。

文在寅：願為江水，與君重逢

　　當下的韓國總統文在寅，在外交和內政的一舉一動，都引發世人關注：他是韓國政壇改革前鋒，是東北亞半島局勢熱點人物，也是世界秩序的新角色。文在寅第一部親筆自傳《命運：文在寅自傳》中文版，1月剛在北京出版，旋即登上暢銷書排行榜。此書出版，亮點頻頻：文在寅傳記中文版官方授權，兩國外交部直接推動；《命運》的中文譯本是文在寅授權的第一個外文譯本；此書是月前文在寅訪華官方指定國禮；文在寅為中文版特別撰寫序言，感動中國讀者；驚曝總統私藏照片60餘幅；G20峰會期間習近平和文在寅的「習文會」，這部傳記是他倆的「暖場話題」；中韓兩國高度關注此書出版，向中韓建交25周年致敬。

　　據韓國出版界人士透露，於2011年出版的《命運》原版書，在韓國本土銷量火爆達百萬冊。用文在寅的話說，「當時一股有違歷史發展的風颳得正盛，給韓國政治帶來驚濤駭浪。我看到國民在希望與絕望之間艱難地尋求出路。我的書在當時就是想告訴讀者們，大韓民國經歷了一段多麼不尋常的歷史，我想喚醒他們內心的自傲與自信，讓他們能經受時代考驗，繼續奮勇向前」。

行走的風景

2018 年 1 月 11 日下午，這部新書發布會在北京的駐華韓國文化院舉辦。韓國駐華大使盧英敏強調說，讀懂這本書就是讀懂文在寅個人的經歷和政治、經濟飛躍發展的韓國歷史。盧大使表示自己在讀這本書的時候產生強烈共鳴。他說，中韓兩國地理位置毗鄰，語言相似，文化起源相同，幾千年的相依相伴和人與人的關係相同，為活躍兩國關係，文化交流是重要一環。

　　文在寅在《命運》中回憶了自己前半生的經歷。書中對他與包括盧武鉉等在內的許多關鍵人物的相遇相知、家庭與社會、個體與國家之間的因緣際會、沉浮交疊，都有詳實記述。文在寅生於韓國慶尚南道巨濟郡的貧寒家庭，畢業於慶熙大學法學院。書中描述了他的逆襲人生，從朝鮮失鄉者、寒門之子、囚徒到特種兵、人權律師、市民活動家，再到盧武鉉幕僚等跌宕起伏的人生經歷和政治命運。書中講述了他父母在貧困中掙扎，他感謝父親在苦難中給予他思想上的影響。他講述自己讀了九年大學的始末緣由，與讀者分享他與妻子相遇相戀的經過。他重情義，愛家庭，昵稱「月亮大人」（文的英語是 moon）。他曾是特戰司令部士兵，有過極為艱苦的軍旅生涯，退伍後，與盧武鉉合作開律師事務所，隨後兩人成為密友。他倆曾為很多底層人士辯護，為民請命，成為韓國有影響力的律師。

　　文在寅曾以盧武鉉政府青瓦台民政首席、市民社會

首席秘書官和秘書長的身分，三次進入青瓦台，成了盧政府主要幕僚，從此開啟從未想過的人生和事業，來到他命運的轉捩點。他做人「乾乾淨淨」，被譽為韓國政壇「清道夫」。他力圖迴避權力，最終卻登頂韓國政治高峰。2012 年 6 月，文在寅宣布競選總統，主張增加社會福利開支和多接觸朝鮮，後以微弱劣勢敗選。2017 年 5 月，文在寅卻在韓國第 19 屆總統選舉中獲勝。

　　有學者認為，這本自傳不僅僅是文在寅的個人史，更講述了近代韓國的國情與政治史。文在寅在書中着重介紹自己對韓國政府和社會的看法，力圖給讀者還原一個真實的韓國社會。本書的時間跨度有 50 年，讀這本書，能了解韓國幾十年社會變革，見證韓國發展的一次次陣痛。在自傳裏，文在寅還表達了對韓朝、中韓、韓美等國際關係的看法。

　　2017 年 11 月，被視為「扛起半部韓國現代史」的文在寅，特地為中文版寫了代序《致中國讀者》。他在序中寫道：「中國與韓國，山水相鄰，有許多不同點，但也有很多相似的地方。幾千年文化上的相連，讓我們兩國結下了不解之緣，難分難捨，這就好比人與人、鄰居與鄰居的的相依相伴，彼此共同生活在一起。愈是親近，愈是覺得自己了解對方，可這也往往會造成彼此意想不到的誤會與矛盾。所以，只有常走動，多對話，才能讓彼此的關係保持健康成長，向前發展。」

行走的風景

他說，「我知道有很多中國朋友都希望增進對韓國的了解，認識一個真正的韓國。我希望我這本書能起到這個作用，它好比是我向中國朋友發出的一封邀請函，又好比是一葉扁舟，穿行於中韓兩國的友誼之河上。《命運》中講的是『人活着的故事』，『命運』讓我與很多人的人生交織在一起……韓國的近現代史是一部充滿挑戰的歷史。這段歷史，不僅有殖民與分裂的恥辱，也有戰爭與貧困的痛苦，更有發展經濟與追求民主的澎湃浪潮。歷史浪潮的創造者是人，力挽狂瀾的也是人」。

2017 年 12 月中旬，在朝核陰影下，文在寅開啟首次訪華行程。他攜史上最大規模經貿代表團訪華。文在寅在書中寫道，「中國與韓國都走過了驚心動魄的近代與現代，取得了舉世矚目的發展成就。就像奔流向海的江河終究要匯聚到一起，我們要創造一個和平與和諧發展的世界，這一共同挑戰與課題正擺在我們兩國面前。我希望這本書能為鞏固中韓兩國友誼，加深彼此互信，並一起挽手奔向我們共同嚮往的大海做出貢獻」。

文在寅在《命運》的後記《願為江水，與君重逢》中寫道，「在盧武鉉總統去世兩周年到來前，有人勸我寫書紀念，這是有緣故的。總統生前沒有留下自傳或回憶錄。總統說：記錄最基本的要素就是坦率與真誠，我還沒有自信能夠做到這點，而且自己寫也會力不從心。

於是，他邀請了曾一起工作過的朋友共同執筆，提議寫一部『共同回憶錄』。他要我們每個人都記錄下共同走過的那個時代，最後他來統籌。他提出了這個號召後，我們都積極響應。結果，他與我們還沒來得及開始動筆，突然就陰陽兩隔了。那麼，現在最重要的作業顯然就是記錄下與總統在一起的日子。我跟總統在一起的時間算是比較久的，現在又擔任『盧武鉉財團』理事長一職，所有人都說應該由我來開這個頭。但着實難以下筆。此前我一直想着未來該怎麼做，並沒有對過去的事忠實地做過記錄。我們一起經歷了那麼多事情，如果不查看資料，我的記憶也是斷斷續續的」。

文在寅說，「我依然決定要寫下這本書，理由只有一條：又一屆政府即將結束任期了，國民想要一個希望，他們祈求那段令人絕望的歲月不要再上演。如果說李明博總統與李明博政府已經成了反面教材，那麼為了讓盧武鉉與參與政府成為他山之石，我認為有必要留下不同的聲音，讓它們為歷史做證。我們這些人與盧武鉉總統一起走過那個時代，與盧武鉉總統一起打造了參與政府，現在，首要的任務就是為自己親眼所見、親身經歷、親自為之奮鬥的事業留下證詞，將其記錄在歷史，使之成為下一個時代的訓誡與參考」。

他說，「我整理了過去的資料，才發現自己真是跟盧武鉉同行了很久。他是我平生所遇到的人中最溫暖、

行走的風景

最炙熱的一位。他和我都出身窮苦家庭，又都用溫暖的目光凝視這個世界，用溫暖的心對待世人。我們也曾想一同改變世界，一起打造希望，並為此付出了努力。帶着這份熱切的希望，參與政府揚帆起航。我們實現了很多願望，也有很多理想未盡。雖說我們一直都在努力，但還是留下了很多遺憾、很多悔恨。有些人與我們政見不同漸行漸遠，『進步、改革陣營』內部很多『老朋友』與我們也多少產生了隔閡。為此，『進步、改革陣營』內部也留下了傷痕與遺憾。但盧武鉉總統的去世為我們帶來了新的契機。為了迎接下一個時代的到來，我們需要齊心，因為只有齊心，才能協力」。

文在寅在書中說，他與盧武鉉總統就像兩股溪水，「相識於小小的支流，一起流過了艱險的漫漫長路」，「雖然現在我們已陰陽兩隔，但在精神上、價值觀上我與他還會在一條河流裏靜靜流淌。愈是接近大海，河流愈是要匯聚在一起。也可以說正是因為河流的匯聚，才有了大海。哪種說法都不錯。希望這片土地上的人們也能如此，如同江水，再次相逢⋯⋯不是有句話叫長江後浪推前浪嗎？歷史的後浪就應該把『盧武鉉參與政府』這朵前浪推開。源遠流長的歷史洪流，才是世間的真理。我的這份記錄雖然有很多瑕疵，但是若能對讀者有所裨益，我也就別無他求了」。

《命運》由江蘇鳳凰文藝出版社出版，譯者王萌。

1 月 11 日的新書發布會由北京鳳凰聯動文化傳媒有限公司主辦。出席的嘉賓除了韓國駐華大使館盧英敏大使外，還有韓國作家高道遠，半島問題論壇主任、北大教授金景一，鳳凰聯動總經理于一爽，鳳凰聯動常務總編輯章曉明以及王萌。

在會上，盧英敏和高道遠都強調此書對活躍兩國關係，加強兩國文化交流的重要性，希望中國讀者可透過這本書更了解韓國的文化和政治，希望這本書「像一葉扁舟穿行於中韓兩國的小河上」，推動中韓兩國的文化交流。高道遠特別表示，希望這本名為《命運》的書，也可以改變眾人的命運；透過讀懂這本書，改變自己的人生。

會上，該書責任編輯申丹丹主持了金景一和王萌的對談環節。金與王分別談到文在寅在自己心中的印象，都強調總統是個淡泊名利的人，重義氣且富有正義感，靠自己的奮鬥改變命運。文在寅的人生用「命運」來形容非常合適。自傳中，他也對自己曾經的從政經歷作了反思，更貼近人民，更關心民主，令他獲得更多民眾支持。2017 年 5 月，文在寅當選韓國總統，正式踏上盧武鉉留下的未完課題。他上台後，一切都在改革。韓國人這樣評價文在寅：謙恭、平和、堅毅、寬容，不戀棧權力。如今韓國國民對他充滿期待，願意給他一些時間，等待他為國家帶來變化。

行走的風景

正如文在寅在自傳《命運》中所寫：「盧武鉉總統與我就像兩股溪水，我們相識於小小的支流，一起流過了艱險的漫漫長路，途中有很多激流險灘，但我們始終在一起。現在我們的肉身雖然分離，但今後在精神上、價值觀上我與他還會在一條河流裏共同流淌。正是因為水流與水流走到了一起，才有了大海。」

克林頓：
寫政治懸疑小說曝白宮內幕

　　美國前總統比爾・克林頓（Bill Clinton）與友人詹姆斯・派特森（James Patterson）攜手創作的一部政治懸疑小說，令全球出版界沸騰，引致美國、英國、中國、捷克、丹麥、芬蘭、法國、德國、俄羅斯、西班牙等 23 個國家爭相出版，CBS 重金奪得電視劇版權。中國大陸唯一正版授權的簡體中文版，6 月與全球同步上市。目前，世界各大傳媒正欲透過各種途徑打探全書內容、作品細節。筆者已率先獨家獲得此書的中文版全稿。

　　江蘇鳳凰文藝出版社推出的這部 22 萬字《失蹤的總統》（*The President is Missing*），是克林頓首部長篇小說，被視為 2018 年震撼全球的政治懸疑小說。北京鳳凰聯動文化傳媒有限公司總裁、多部影視劇出品人、城市詩派代表人物之一張小波對筆者說，美國總統這個職位，從本質上講就是「懸疑」的，比爾・克林頓就更是如此了。所以他們退休後如果要選擇一種文學表達，懸疑小說無疑是最佳方式。一起離奇的總統失聯案，其背後浮出國際恐怖組織暗襲美國的驚天陰謀，美

國總統知道的秘密，全在這書裏揭示。小說是兩個特殊作者，原版兩家出版商又是長期的競爭對手，從寫作到出版，都是一個很不尋常的組合。

據悉，鳳凰聯動是大陸一家集出版及影視出品於一身的民營機構，這次花了重金引進了這本《失蹤的總統》，拿到這部小說的簡體中文版權，很不容易，經歷多番周折，起印數達 20 萬冊，他們還聯手極有影響的脫口秀視頻節目《曉說》高曉松團隊，專程赴美採訪克林頓，向其了解此書的緣起及創作過程。

《失蹤的總統》揭秘白宮權力走廊背後的政治，只有總統才知道的秘密。小說內容涉及美國外交關係，華盛頓政府的運作模式，以及白宮內部的權力鬥爭，同時呈現一個總統的日常生活以及在緊要關頭面臨抉擇時複雜矛盾的情感。如此全面細緻的描寫，只有當過總統的人，才能了解得如此詳盡而透徹。書中透出講述了多個世界重大事件的真相，令人震撼，小說暗含克林頓被彈劾、「九·一一」事件、馬航370客機失聯、《查理週刊》恐襲、沙漠風暴、格魯吉亞戰爭、烏克蘭危機、阿爾及利亞 AH5017 航班空難等事件⋯⋯精彩故事和事件真相，讓各國編輯深感不可思議。美國出版商將這部小說作品視為「一個獨特混合物，結合陰謀、懸疑，以及最高權力幕後的全球戲碼」。

卸任多年的克林頓對白宮仍念念不忘，創作驚悚小

說，講述白宮內幕。小說故事以白宮為背景。「總統先生，您到底有沒有用電話同世界頭號通緝恐怖分子聯繫過？」小說講述了由總統失蹤引出的國際恐怖組織、白宮權力角逐以及世界局勢變換交織的驚天陰謀，內容影射多個真實歷史事件。這本書將集合懸疑與白宮幕後秘辛，負責在英國出版此書的企鵝出版社編輯說，「只有一個美國總統才知道的內幕細節」，為讀者帶來獨一無二的閱讀經驗。

1,400 萬人失去水源，數億民眾的電子設備遭受病毒侵略……當美國正面臨史無前例的生存危機時，總統卻離奇失聯。與此同時，白宮外槍戰四起，是恐怖分子慘無人道的爆炸式襲擊，還是白宮內奸野心勃勃的悉心部署？總統失聯狀態下的美國將在重重迷霧中何去何從？克林頓試圖透過本書，展現總統這一身分需要面臨的艱難抉擇以及美國政治全貌。

克林頓從小就愛讀神秘小說、驚慄小說。1992 年當選美國第 42 任總統，一直任職到 2001 年。在離開白宮後，他建立了克林頓基金會，幫助改善全球健康狀況，為女童和婦女創造更多機會，減少兒童肥胖和可預防疾病，創造經濟機會，促進經濟增長，並解決氣候變化的影響。他創作了許多非小說作品，包括國際暢銷書《我的一生》。《失蹤的總統》是他第一部小說。有輿論認為，「在全球頗具影響力的克林頓，作為第一位出

行走的風景

版小說的國家領導人，意義非凡」。克林頓說：「撰寫一本現任總統的書，描述我所熟悉的工作、白宮生活和華盛頓的運作方式，這是非常有趣的事，與派特森合作也非常棒，我已經『粉』他好長時間了。」

2016 年克林頓開始與派特森合作創作《消失的總統》。詹姆斯·派特森是美國驚悚推理小說天王、全球頂級暢銷書作家，曾獲得國家圖書基金會頒發的美國文學界傑出服務文學獎、國際驚險犯罪小說愛倫坡獎、國際年度驚悚小說獎。派特森說，與前總統克林頓一起工作「是我職業生涯的亮點」，透過克林頓的洞察力，將使讀者「以更深入的角度看到一個總統究竟會做些什麼」，「這是一個罕有的組合，讀者固然會被拉進懸疑氣氛，但他們也會從故事局中人的角度，看看一個總統是怎麼當的」。

由於派特森在寫作發行上與很多出版社有廣泛合作，所以派特森在出版界內有小型工廠的聲響，也使他成為全球其中一名最多產的作家。他說：「我是那個說故事的人，但克林頓總統的見解讓我們能說出一個非常有趣的與眾不同的故事」，「能夠接觸前總統的第一手經驗，使寫作過程獲得獨特而充足的資訊」。

派特森作品經常位於《紐約時報》暢銷書排行榜首位，擁有《紐約時報》最暢銷書籍的健力士世界紀錄，他的書在世界範圍內已賣出超過 3.75 億本。派特森多

部小說被改編成影視劇，也因此連續三年佔據《福布斯》作家收入榜榜首。派特森孜孜不倦地捍衛書籍和閱讀的力量，他創建了吉米·派特森兒童圖書出版公司，其使命很簡單：「我們想讓每一個孩子讀完一本吉米公司出版的書，還可以說，『請再給我一本』。」

這是 71 歲的克林頓第一次撰寫小說。克林頓此前曾寫過幾本書，其中最為人知的就是那本暢銷書自傳《我的一生》。不過，寫小說對他來說算是一次全新的嘗試。執政 8 年、最後因性醜聞下台的克林頓與其他前總統一樣，早在 2004 年出版自傳《我的一生》，此書僅僅在美國的銷量已超過 200 萬本。有傳當年出版商以 1,600 萬美元邀請克林頓撰寫自傳。有消息透露，今次克林頓與派特森的合作也獲得出版商過百萬美元酬金。一般而言，很多人總是預期一個總統卸任後會寫一本暢銷書，通常是一本自傳，克林頓最新作品會比其他人的著述更為有趣。美國歷屆總統有出版自傳的傳統，但以創作驚慄小說的方式分享當總統的經歷則絕無僅有，克林頓可謂創先河，他的新作有望令大多數讀者更為興奮。前總統寫小說是很少見，但並非聞所未聞。前總統卡特曾經於 2003 年發表歷史小說《大黃蜂巢》（The Hornet's Nest）。

長期以來，美國柯納普夫（Alfred A. Knopf）是克林頓「御用出版社」，而派特森則同美國出版商利特

行走的風景

爾—布朗出版社（Little, Brown and Company）保持長期合作關係，如今兩家有長期競爭關係的出版社，罕見地聯手發行這部小說，兩家出版公司主要負責人都一再強調，這本書的成功出版，可稱得上是兩位暢銷書作家的強強聯手，書稿充滿各種陰謀詭計，內容相當吸引人。一段日子來，諸多媒體始終透過各種手段試探書稿內容，不過公司一再拒絕透露這本書的細節。

渡邊滿子：希望安倍多讀點書

　　這是記載史冊的一刻。2018 年 12 月，改革開放 40 年，中南海授予百人改革先鋒稱號，同時向十名國際友人頒授中國改革友誼獎狀。這十名國際友人中，日本大平正芳是其中之一，他獲評為「推動中日邦交正常化、支持中國改革開放的政治家」。他生於 1910 年 3 月，1980 年 6 月去世，曾任自民黨總裁，出任第 68、69 任內閣總理大臣，1972 年隨田中首相訪華。

　　北京，人民大會堂，改革開放 40 周年大會。大平正芳外孫女渡邊滿子，代表已故大平正芳參加友誼獎章頒獎大會。這受表彰的十名外國人中有兩名是日本人，一位是大平正芳，還有一位是松下幸之助，他的 76 歲孫子和渡邊滿子一起參加了會議。這十人中，政治家僅有兩位，一位是大平，還有一位是新加坡李光耀。

　　渡邊滿子生於 1962 年，是整個大平家族的第一位第三代孫女，因此，整個家族都對渡邊各方面特別照顧。渡邊對中國的認識起點是 1972 年 9 月周恩來和田中角榮握手的印象。這時候的大平正芳是日本外務大臣，他以自己的生命促成中日之間的交流，實現中日邦交正常化，是他作為政治家的一個最大願望。

行走的風景

講述以上這段話的正是渡邊滿子。3月27日，香港尖沙咀梳士巴利道 K11 大樓，三策智庫第三期講座上，她受邀作主題演講，講述中日邦交正常化內幕及中日關係現狀與趨勢。

當下的中日關係，歷經多年趨冷而終於回暖。中日走進春天，開始觸摸春天。4月2日，日本政府在北京舉行「日中創新合作機制」首次對話，雙方就中國飛速推進研發的人工智能領域的合作及加強知識產權保護展開磋商。兩國的外交、經濟部門高官參加。日前，中國總理李克強在海南出席「博鰲亞洲論壇」時提出，希望與日本和中國在燃料電池車領域加強產業合作。兩個月前的農曆新年，安倍晉三首次在農曆新年發布影片向大陸民眾拜年，還用中文說「大家過年好」。安倍多年來都會以刊文媒體形式向在日華僑華人賀新春，但拍攝影片拜年還是頭一回。輿論普遍認為，上述多個「春天的信息」，都是為習近平訪日鋪路的舉措之一。據悉，安倍已向習近平發出 2019 年兩度訪日邀請，6月參加在大阪召開的 G20 峰會期間訪日，還邀習近平秋季以「國賓」身分訪日。假若習近平一年內兩度訪日，2019 年將是 2008 年以來，中國最高領導人一年內訪日次數最多的一年。

正是在春天的氣息中，渡邊滿子觸摸歷史的春天往事，一個多小時的講述中透露諸多春的細節。大平正芳

對中國，有一份特別感情。他對中國文化的熟悉，是從小便被父親種在心裏的。他對中國古典哲學尤其喜愛，《老子》、《莊子》、《論語》等都熟讀默誦。在他留下的書法字帖中，有不少都是深得其中精髓的詞句。大平正芳一生曾四次踏足中國。1972 年，中日實現邦交正常化之際，時任外相的大平正芳參與跟中方談判。1978 年，中國提出大膽引入外資和技術的改革開放政策，大平正芳同年任日本首相。1979 年，大平正芳訪問中國，對中國政府啟動政府開發援助（ODA），對當時資金短缺的中國而言，日本的 ODA 是一筆至關重要的外匯來源……

渡邊滿子說，1972 年 9 月田中角榮要去中國，他女兒真紀子很不高興。當年真紀子已替代田中角榮太太第一夫人的角色，田中角榮出訪外國，她都隨父同往，但這一次去中國真紀子卻沒有去。因為當時日本大環境是極力反對田中去中國，反對大平去中國的。渡邊說，「當年在我家門口，右翼宣傳車天天用大喇叭叫囂，不斷反對訪華，我們家裏還經常收到匿名恐嚇信」。

中日關係正常化終於拉開序幕。大平正芳當時是抱了殉職之決心的。他曾對一位朋友說，這可能是他們倆最後一次一起旅行，「我預感隨時都有可能被人殺掉，只有老天有眼，幫我一把，訪華談判才會成功」。據說，臨行前，他給家人留下遺囑。

行走的風景

渡邊滿子說，9 月出發那天早上，田中角榮是從家裏坐直升飛機去羽田機場，她外祖父則是從家裏坐車到機場的。她說，「這時候我還很小，但家裏都說這可能是和外祖父見最後一面了，所以全家人一起開着車，坐在車裏面送外祖父去的機場，那個時候大家都特別緊張。我印象很深，第一部車表面上是安排大平坐的，其實那邊坐的是其他人，我們是在後面又另外安排了一輛車秘密坐車裏走的。」

　　「我父親森田，大平的長女婿，也是作為外務大臣秘書官同去的中國，所以只剩下幾個女子在家裏，那時我還很小，記憶中那些天非常恐懼，度日如年。當時兩國邦交談判進展不大。我後來聽外祖父說的，談判沒有結果，時間也不多了，第二天安排去長城觀光，外祖父跟我說，真正決定性的談判正是在去長城的車裏，是中方時任外交部長姬鵬飛和大平兩個人在車裏談的。這時的翻譯是中方的一個叫周斌的，現在他還健在，在上海。」

　　據史料記載，在中日恢復邦交的談判過程中，大平正芳的真誠努力，起到關鍵推動作用。當時，中日雙方爭議的焦點，一是台灣問題，二是日本侵略中國的那段歷史。田中角榮到北京當晚，在歡迎宴會上發表演說，其中有一句是：「過去我國給中國國民添了很大麻煩，對此，我再次表示深切的反省之意」。聽到如此輕描淡

寫的致歉辭，在戰爭中飽受傷害的中國人感情上無法接受。在隨後的兩次會談中，周恩來總理都表示對這句話不滿，雙方有爭執。眼看這次訪問將無功而返，大平正芳心急如焚，他提出，去長城參觀的路上想與姬鵬飛外長同車，再爭取一次深談的機會。

當時車中情形，據當時擔任翻譯的周斌回憶，車一發動，大平正芳就發表了一通懇切長談：「姬部長，我和你同歲，都在為自己的政府不斷爭論。我們雙方首先看重的，都是維護自己國家和國民的利益……現在問題的焦點和要害，在於如何看待那場戰爭。坦率地說，我個人是同意貴方觀點的……我親眼所見的戰爭，明明白白是日本對中國的侵略戰爭。但我現在只能站在日本政府外務大臣的立場上說話。考慮到日本當前面臨的世界形勢，加上又與美國結成的同盟關係，兩國政府的聯合聲明，完全按中方要求表述，很難很難。這一點如果得不到貴方理解，我們只能收拾行李回日本了。」

大平正芳繼續說，「田中首相在戰爭後期也被徵兵，到過牡丹江，不久就患病被送進陸軍醫院治療，他沒有打過一槍戰爭便結束了。但他也熟知那場戰爭，觀點同我一樣。」「雖然不能全部滿足中方要求，但我們願意做出最大限度讓步。沒有這種思想準備，我們是不會來中國的。既然來了，我們就會豁出自己的政治生命，以至肉身生命……田中和我都是下了決心的，這些

行走的風景

都請你如實報告周總理。」

不同於圓滑的外交辭令，大平正芳這段話，句句真誠坦率，是「剖心之語」。周斌回憶道：「大平在訴說上述內容時，看上去眼睛裏有淚花」。大平正芳提議的「日本國政府對過去日本透過戰爭給中國人民造成的重大災難，痛感責任，深刻反省」這句話，被中方接受，寫進了兩國政府的聯合聲明。

渡邊滿子說，在去長城這一段路上把最關鍵的問題解開了，因此田中角榮對大平有一些不滿，車上這麼重要的會談，他竟然事先不知道。田中角榮的性格特別着急，所以結束以後馬上要從北京返回東京，此時周恩來說不管怎麼着急，你田中一定要去一次上海。田中最終還是去了上海。當時「四人幫」在上海，田中必須要見一下這 4 個人，周恩來說你們不去見他們，這事情是定不下來的。田中表示如果一定要去上海的話，就要坐周總理的專機去。這是田中提出的一個條件。兩國總理坐一架飛機去某地，打破了外交規則。

渡邊繼說，田中和大平倆坐了周總理的專機，田中喝了很多酒，在專機上睡着了。大平很着急，覺得很失禮，想把田中叫醒，周總理說讓他睡，還特地拿毛毯給田中蓋上。在田中睡着的時候，大家一直很安靜。只有一次周總理特地跟大平說從飛機上空可以看到江蘇省，那是他家鄉，可見周總理對他的家鄉很在意。

渡邊說，她曾聽外祖父說過，1978 年鄧小平第一次來日本，大平和鄧小平談過有關釣魚島的事，鄧小平說這件事情讓下一代去解決，我們現在沒有足夠的時間討論，先把它擱置起來。1979 年，大平正芳第一次以首相身分訪問中國。12 月 5 日，大平和鄧小平會談，渡邊滿子回憶說，「在會談中大平問鄧小平，聽說現在中國推出一個叫現代化的目標，那藍圖是如何構思的？鄧小平沉默了一分鐘，沒有回答，一分鐘後，鄧小平說，我們目標要實現的四個現代化，可能和你們考慮的四個所謂的現代化不同，我們的四個現代化目標是要建設『小康之家』，這想法是從日本戰後復興來考慮的，是中國式的四個現代化。到本世紀末，中國的四個現代化即使達到了某種目標，同西方國家比，也還是落後的」。

鄧小平當時給出的答案影響中國未來幾十年的命運。這是鄧小平第一次用「小康」這新名詞來描述未來 20 年中國的發展前景，也是第一次用「小康」代替「四個現代化」的目標。渡邊說，在這次訪中之後，大平回到日本，馬上就開始對中國的 ODA 的支援，直到 2018 年 ODA 才正式結束。

渡邊在講座時第一次公開了一個「大秘密」，在日本都沒透露過。她談到與現任首相安倍晉三的關係。當年她還沒有男朋友時，父母推薦兩個政治家給她相處，

行走的風景

其中一個就是安倍晉三。「不過我進入電視台工作後，就和同事結婚了。在我結婚的大概同一年，安倍和昭惠結婚，他倆是在一個年青人的聚會上相識的。昭惠和我從小認識，是好朋友，那時候我記得她告訴我，她要和一位政治家結婚了，問她是誰，她說是安倍，我就在心裏想，那時候我還沒有接受他呢，就跑到你那邊去了。我覺得，安倍和昭惠兩個人的性格還是蠻般配的。如果說安倍運氣不錯的話，全是靠他這位太太。」當年安倍和昭惠新婚旅行去的是巴拿馬。

渡邊說，「問我現在對他的看法，只希望他多讀點書，他這個人總是不好好思考事情的」。她說，安倍在2018年的一項改革，把公務員的制度改了，不聽他話的公務員都被革職了，因此現在他更是隨心所欲了。現在日本官僚的人事權在安倍手裏，這些人過分聽安倍的話，不去好好思考，整個官僚水準開始下降。安倍不學習，也不讀書，常常會有一些莫名其妙的想法，一衝動就要去做。

一個多小時的講座，渡邊滿子講述了很多故事和爆料不少細節。三策智庫由鳳凰衛視評論員杜平首倡，「媒體人」是三策智庫的核心符號，由中國柴油動力集團董事陳燁、新和平文化企業有限公司（香港）董事唐潮和杜平出任三策智庫董事。

吳寶春：
統獨麵包？只想用麵包交朋友

　　這是「台獨麵包」，還是「九二麵包」？在「吳寶春麵包統獨風波」之際，有「台灣之光」之稱的世界麵包冠軍大師吳寶春，其在大陸的首家分店，12月18日上午10時在上海開業。位於淮海路鬧市新天地廣場底下一層的「吳寶春麥坊」（「麩」字，台語，創意字，讀piang）麵包店，媒體人和顧客人頭湧湧，絡繹不絕。拙於言表的老闆吳寶春卻「神隱」了，沒出現在開張典禮上。麵包店同事和公關公司人士口徑一致，說「他另有行程」。其實，他人到了上海，作為一個政治素人，從不涉足獨統政治，不懂政治而進退維谷，兩難困境中不善駕馭，為避免面對兩岸媒體狂轟濫炸再說錯話，他最終選擇開張典禮不露面。

　　麵包店12月7日起試營業，其間來這裏買過三、四次麵包的林姓上海顧客，家就在距離麵包店十分鐘路程的延安路上，知道今日開張，特地來看看熱鬧。問起對「吳寶春麵包統獨風波」的看法，五、六十歲的她笑說：「麵包有那麼多政治嗎？麵包好吃才比政治重要啊。」

行走的風景

幾個月前，吳寶春來上海開麵包店的消息傳出。門店試營業第一天，有上海網民在網絡上留言，「號稱餓死也不會來大陸的麵包店還是來了」，這一帖子被四處轉發。網絡跟帖指，2016 年吳寶春接受台灣一家媒體採訪時說，已有世界各地的投資者邀請，希望他到國外開店，包括大陸、香港、美國等市場，「大陸市場雖然有十三億人，但全世界有七十多億人，我不會把眼光只投在大陸」。台灣媒體卻執意曲解，台灣另一家媒體在報道中打出「堅守台灣之光，無視大陸利誘，吳寶春拒展店」的標題，令吳寶春被貼上「台獨」標籤。相關訊息被傳開，上海吳寶春麵包店遭網民嘲諷抵制，有網民在麵包店的大眾點評 APP 頁面上，把推薦菜惡搞為「台獨麵包」等充滿政治標籤的名字。

　　其後拙於言表的他，隨後於 12 月 10 日發表聲明，說自己是「中國台灣人」、「支持九二共識」，「兩岸一家親」。他的臉書被網友灌爆，引發台灣綠營打壓攻擊，部分網民抨擊，說是「九二麵包」，蔡英文在總統府接受媒體詢問時說，對吳寶春被迫發表聲明稱自己是「中國台灣人」，這件事情很嚴重，是「政治壓迫」，北京以政治來扭曲經濟與貿易的活動。

　　對此，北京國台辦發言人馬曉光表示：這事情源頭是因為吳師傅在台灣島內說的一些話，被「台獨」或持特定立場的媒體加以歪曲，描述成「台獨」立場的表

達，從而引起大陸網友的關注，事情不是由大陸網友挑起的。「吳師傅的聲明表達的是正確的認知和正常的感情，而綠營政客和『台獨』勢力對他的瘋狂圍攻才是政治扭曲，才是政治迫害⋯⋯我想，兩岸民眾不必隨之起舞。」

準高雄市長韓國瑜也對吳寶春「神救援」，與吳寶春一同面對媒體挺吳。「這個世界金牌獎得來不易」，韓國瑜希望台灣人民多鼓勵吳寶春，不論在大陸或世界各地開分店，都能把台灣最好吃的麵包帶出去。他以準高雄市長身分感謝吳寶春，很多麵包使用高雄在地食材，第一家「冠軍之店」就開設在高雄，創造許多就業機會。

吳寶春的聲明發出後，有人怒罵，有人支持，引發兩岸網友政治角力。拙言的他坦言，「吳寶春還是吳寶春」，「麵包世界裏很單純也很快樂」，「我只是一個專業的麵包師傅」，「只想用麵包交朋友」，「以麵包閱讀世界」。拋開意識形態，疼惜台灣之光。吳寶春在麵包世界裏相對單純，只想用麵包交朋友，麵包沒有獨統。吳寶春，三十年麵包人生，與靈魂結為一體，以麵包閱讀世界。政治遠離，別難為他了。

吳寶春麵店採用開放式廚房，顧客可以通過玻璃看到廚房裏揉麵、烘焙的全過程。不少經過的路人都停下來拍照打卡。店裏的招牌產品，是荔枝玫瑰麵包和酒

行走的風景

釀桂圓麵包，曾分別獲得 2010 世界麵包大師賽冠軍和 2008 世界麵包大賽亞軍。這兩款麵包給人的第一印象是「大」且「貴」，即體積是普通歐包的 3、4 倍，定價 95 元人民幣，刷新歐包定價水準，它們在台灣的售價為 360 元台幣（約 80 元人民幣），據悉，價格差異主要反映上海的成本開銷，但會盡量與台灣保持相近，提升營業額之後，有望把部分成本降下來。麵包店新開張，推出「榨菜熏雞派」等專為上海市場研發的新品。

在開張典禮上，負責吳寶春海外市場營運的旭春（上海）餐飲管理有限公司總經理鄒文羽強調，這場兩岸「麵包風波」對吳寶春在上海開店發展沒什麼負面影響，反而讓不少市民都知道了吳寶春麵包店，過去幾天的試業情況比預期中要好，大陸消費者相當理性，也熱情支持吳寶春在上海開店。目前上海門市約 70 名員工，台籍佔六、七成，往後會逐漸增加更多當地員工，創造更多條件讓兩岸麵包技術交流。據悉，吳寶春在上海的第二家門店預計在 2019 年 3 月開業，選址浦東陸家嘴 IFC（上海國際金融中心商場）。吳寶春在新加坡的第一家店，規劃於 2019 年 7 月前開業。

二月河：
筆下帝王將相，心頭煙火人間

　　筆下是帝王將相，心頭是煙火人間。憑藉520萬字「帝王系列」三部大作《康熙大帝》、《雍正皇帝》、《乾隆皇帝》，二月河火爆文壇，紅透熒屏。2018年12月15日凌晨，73歲二月河因心臟衰竭而溘然長逝。近20年間，他幾乎以一年一卷30萬字的速度，將康、雍、乾三朝的興盛與凋零呈現給讀者。戊戌年都快過去了，離春天只有一瞬的距離。但還是再帶走這位文化名人。斯人已逝，都說戊戌年，是「極端特殊」的年份，是「瘋狂」的年份。這一年，一大批文化名人先後棄世，真是一個群星隕落、碩果凋零的年代。二月河病逝當天，他妻子、女兒等人，將他遺體護送回河南南陽老家。他生前曾交代家人，「希望走後不要打擾他人」，但還是有各界人士前往南陽市殯儀館弔唁、慰問，表達對他的思念之情。追悼會於12月19日在南陽舉行。

　　1999年，二月河的《雍正皇帝》入選《亞洲週刊》20世紀中文小說100強壓軸作品。三、四年來，筆者以《亞洲週刊》和香港書展主辦方名義，每年都向二月河發出參與香港書展「名作家講座系列」的邀請。第一

行走的風景

年，他說 7 月的行程早已有安排；第二年、第三年他都說自己年紀大了，眼睛也看不清了，身體狀況難以走遠程。《亞洲週刊》將他的小說評選為百強作品，他「很珍視，深表謝意」。如今，他走了，成了香港書展永遠的遺憾。

二月河，本名凌解放。二月河之名，源於中國母親河黃河，他將自己視為三門峽陝縣中「黃河渡」之子。他曾說，「到了二月天，就是凌汛，陝縣這一帶黃河並不結冰，結冰的是河套上游。但到二月，黃河上就湧出大批大冰塊，互相撞擊，順流滾滾，一瀉而東，『冰的隊伍』如此壯觀，帶着寒意和肅殺之意」。他曾留下遺願，自己去世後要與黃河水同在。

「二月河開凌解放，一剪梅落玉簟秋」。這是好友、作家莫言為他去世寫下的輓聯。煌煌 12 卷的「帝王三部曲」，即「落霞三部曲」，寫盡康熙、雍正、乾隆三朝帝王家的大事小情、陽謀陰謀，以及名臣名將。二月河與金庸並稱為「南北二俠」，二月河自己卻說，金庸是天才，我是人才。前不久去世的金庸生前曾坦言「自己對清史研究遠不及二月河先生」。

40 歲起步創作的二月河，堅持 20 年寫就「清宮帝王系列」，成為歷史小說中難以逾越的豐碑，從北京中南海，到鄉村柳井間，爭相傳閱，洛陽紙貴。他的歷史小說銷量巨大，僅湖北長江文藝出版社就累計售出上千

萬冊。在創作中，二月河把握的一條原則就是重大事件不能虛構，但他從來不把自己的小說當作歷史，他曾說，「如果你看完我的小說對康熙、雍正、乾隆發生興趣，那請你去看《清史稿》、《清實錄》等歷史書」。2014 年 7 月，二月河在一次訪談時對筆者說，「我寫皇帝並不是對皇帝情有獨鍾，而是這樣的人容易帶領全域。他們都是當時的最高統治者，在歷史迴光返照中把中國傳統文化的輝煌呈現出來」，「我用這樣的藝術形式告訴大家，我們民族曾發生過這樣的事，歷史總在提醒我們，不要重蹈覆轍」。

2011 年 3 月，全國人大代表二月河在全國人大會議上，時任國家副主席習近平接見河南代表團，二月河在發言時自我介紹，「我來自南陽，我叫凌解放」。他和習近平是南陽同鄉。習近平笑着望着二月河說，「您是二月河老師吧？我看過您的書，也看過您在《百家講壇》的節目」。2014 年 3 月，也在全國兩會上，時任中紀委書記王岐山參加河南團組討論時說，「二月河的意思我聽懂了……他寫的『帝王系列』我認真看了。看了他的書，就能讀懂他。知音是什麼，知音是透過聽音樂就能聽懂作曲人想要表達什麼」。王岐山稱二月河為「知音」後，「二月河」的名字就與反腐更緊密相連。二月河說，從王岐山身上，他看到中央反腐的決心和意志。他說，「『蛟龍憤怒、魚鱉驚慌』，現在的反腐力

行走的風景

度，讀遍二十四史都找不到」。

2015 年，他的部分關於反腐的散文和小說片段結集成冊，命名為《二月河說反腐》，由人民出版社出版。二月河說，「我是個作家，我不是歷史學家，不是反腐專家」。在二月河看來，作家的本分還是立言。自從他上了中紀委的「聆聽大家」訪談，他被推到風口浪尖，各地政府部門和機構請他參加各種反腐會議，媒體請他談反腐，他活躍在輿論視線中。他任鄭州大學文學院院長，講學育人；他是全國人大代表，敢說實話說真話，始終是記者「圍追堵截」的「明星代表」。

創作辛苦，透支身體。他幾乎以一年一卷 30 萬字的速度，將康、雍、乾三朝的興盛與凋零呈現給讀者。為蒐集素材，二月河整天泡在南陽圖書館查找資料，幾次被鎖館中；到舊貨地攤、廢品站、書店倉庫尋尋覓覓清代資料。二月河僅有高中學歷，他曾入伍 10 年，從愛讀《紅樓夢》到熟讀清史，他曾在紅學研究會刊上發表多篇學術論文，在研究紅學的過程中，萌發創作「帝王系列」的衝動。

二月河曾回憶自己熬通宵寫《康熙大帝》的經歷：早晨 7 點半，天濛濛亮，他就起牀點煤爐子煮粥，然後騎自行車買個燒餅吃，到單位上班。晚飯後睡兩個小時，到晚上 10 點他再起來寫作，直到凌晨 3、4 點睡覺。當年一家三口蝸居在南陽不到 30 平方米農家小院中。

天熱時，為了不使稿紙沾上汗漬，他在兩臂纏上一圈乾毛巾。沒錢買空調電扇，就在桌下放桶冷水，兩腿放進去，既清涼驅暑又防蚊蟲叮咬。長期廢寢忘食而通宵寫作，令二月河身體嚴重透支。

在寫完第一部小說《康熙大帝》之後，他的頭髮幾乎全掉了，在寫《乾隆皇帝》時，他竟突然中風，搶救後度過生死劫。寫完「帝王系列」三部大作後，他不再寫長篇歷史小說，只寫一些散文隨筆，以調養身體為主。4個月前，在北京的人民出版社出版了二月河《密雲不雨》一書，這是二月河生前出版最後一本書。該書記述了他的祖輩、父輩及自己前半生的生活經歷。

生前，二月河在全國人大會議上關於稿酬等多個提案，曾激起不少爭議；死後他創作的歷史小說引發一些批評，有學者指責二月河創立「帝國話語」，其作品是「民族主義和專制國家主義」，是「為帝王唱讚歌的奴才」。這種充斥政治話語的批判，具「打棍子」遺風。二月河在作品中不止一次談生死，「生未必歡，死未必哀，君子隨分守時而已」。作者也好，讀者也好，能不能放下無聊的紛爭，多一點敬意，多一點悲憫，給那個南陽街頭喝着羊肉湯的「鄰家大爺」，孤燈一盞到天明。

行走的風景

白樺：
每一個冬天後面都有一個春天

　　一句「一棵佇立時代疾風中的白樺」在網絡上刷屏。2019 年 1 月 15 日凌晨 2 點 15 分，89 歲的詩人、劇作家、小說家、散文家白樺在上海逝世。「本來我就已經很衰老了，已經到了俗話說的風燭殘年。請透過我的創口看看我的年輪吧！每一個冬天的後面都有一個春天……」白樺生前這麼說。臨近年關，文壇又少一顆星，眾人紛紛惋惜。在他去世的消息傳出後，有關他的在網上流布最廣的兩篇泣血的文章，頓時在網絡上瘋傳，一篇是《因言獲罪，摧毀了大多數中國人心中的誠信》，一篇是《我所見到的胡耀邦》，此時再讀，既是悼念，也是警醒。一生坎坷的白樺去世，相對於網絡上的「熱」，內地媒體卻似乎顯得有點「冷」，有關部門也在作「冷處理」，北京人藝的唁電一時都不知道發去哪？據上海作家協會發出的訃告說，白樺的告別儀式，於 1 月 20 日上午在上海龍華殯儀館銀河廳舉行。

　　1982 年白樺曾給北京人民藝術劇院寫過一部話劇《吳王金戈越王劍》，翌年首演。2015 年，這齣大戲塵封多年後，由當年的導演、北京人藝老藝術家藍天野

242

復排搬上舞台，在中國上海國際藝術節上演。據上海節目主持人曹可凡回憶，那年兩位老人在上海相聚時，藍天野談及期待能再合作一部話劇，白樺輕拍了下藍天野說：「寫不動了！抱歉啊！」言罷，白樺淚如雨下，藍天野沉默良久。白樺駕鶴西去，曹可凡回想兩位老人相互扶持的身影，也不禁淚目。

一生中，白樺的人生歷程數次起落，唯獨對於文學，他一直保持着一顆孩童般純真的心。在同行及友人眼裏，白樺風度翩翩、有才儒雅。他的《苦戀》（又名《太陽和人》，上世紀八十年代拍成電影後，因影片結尾那句「我愛這個國家，但這個國家愛我嗎？」遭到批判，致使他多年沉寂。這兩年，他身體狀況不佳。早些年《亞洲週刊》連續兩年邀請他來香港書展，任名作家講座系列演講嘉賓，他都以年紀大了，行動不便而婉拒，如今終成香港書展遺憾。

白樺留給文壇的，是「中國知識分子的精神面貌」，也是「一個時代文學曲折前行的軌迹」。他的一生跌宕起伏，因寫作遭受了苦難，也因寫作得到了品嘗文字之美的幸福。在上海的中國文藝評論家協會副主席毛時安是白樺老友，他說：「白樺屬於才子型作家，創作很全面。幾乎在各種題材的文學寫作中，都貫穿了詩人才有的創作激情。」「巴蜀鬼才」魏明倫得知幾十年的老友去世的消息，流淚寫下輓聯悼念：「憶當年風雪

行走的風景

迷茫，白樺苦戀成單戀；盼今夜星光燦爛，銀幕哀思促反思！」他說，白樺「才華橫溢，是改革開放以後具有代表性的詩人、作家，在電影方面也很有成就」。

上海作家王安憶曾如此形容白樺的人生理想，她說：「白樺的理想，就是青春」。白樺曾說，自己就像一棵腹地邊緣的樹，總是在霧靄中，連自己的枝葉是什麼顏色都看不見，來自於朋友們和讀者的期待和找尋，是他生命中一縷不可缺少的陽光。有文友說，白樺很敏感，因為敏感，所以他比常人得到過更多的快樂，也比常人得到過更多的痛苦；面對美好未來，他有比常人更高的希望；面對艱難時事，他有比常人更多的憤怒。「憤怒出詩人」，一個中國詩人，一個經歷過那麼多坎坷的中國詩人……

白樺原名陳佑華，生於 1930 年，河南省信陽市平橋區中山鋪人，中學時期就開始學寫詩歌、散文、小說。1947 年，白樺參加中原野戰軍，任宣傳員。1946 年開始發表作品，1949 年加入中共，1955 年加入中國作家協會，1958 年被錯劃為右派，開除黨籍、軍籍，在上海八一電影機械廠當鉗工。1961 年後歷任上海海燕電影製片廠任編輯、編劇，武漢軍區話劇團任編劇，上海作家協會任副主席。

白樺在長篇小說、詩歌、劇本、散文、中短篇小說等各體裁均有建樹，著有長篇小說《媽媽呀，媽媽！》，

詩集《金沙江的懷念》，話劇劇本集《白樺劇作選》，散文集《我想問那月亮》，短篇小說集《邊疆的聲音》，中短篇小說集《白樺小說選》，隨筆集《混合痛苦和愉悅的歲月》等。白樺陸續發表的《山間鈴響馬幫來》、《曙光》、《今夜星光燦爛》、《孔雀公主》等劇本，都被拍攝電影。2017 年，中國電影文學學會在北京向白樺頒發第三屆中國電影編劇終身成就獎。

　　白樺的一生，坎坷而又無奈。白樺生前留下了這樣的詩句：一位法國作家曾經這樣問過我：/「您還在守望着您的理想嗎？」/我回答說：/「我守望的只剩下了一條底線。」/「那是一條什麼樣的底線呢？」/「善良的民眾不再蒙冤，不再蒙羞，不再矇騙。」/「這條底線可不算很高啊！」/「可我以為，這條底線在有些地方仍然高不可攀。——我相信！」

沙葉新：不為權力寫作

　　被輿論普遍視為「不為權力寫作」的「中國當代最具正義感的劇作家」沙葉新，於 2018 年 7 月 26 日凌晨 3 點 04 分，在上海中山醫院病逝，終年 79 歲。沙葉新因「良心和勇氣」獲讀者和觀眾的尊重。10 年前，他做過胃癌手術，胃被切除 3/4，沒有了賁門。2017 年 8 月 14 日因病入住醫院，再沒回到他心愛的書房。10 年前，胃癌手術後他有預囑：「我不怕死。怕也死，不怕也死，陸陸續續、前仆後繼都死了，怕它作啥？」他說，「假如我因病離開人世，請家人和朋友們千萬別悲傷，要順其自然。我不懼怕死亡，我會笑着走完最後一天」。據他女兒沙智紅說，父親交代後事時說過，「死後千萬別發訃告，更不要開追悼會。除兄弟姐妹孩子等至親外，絕不要通知其他人，包括好友。我怕哭，怕吵鬧，我喜歡安安靜靜地走」。

　　遵照沙葉新遺願，7 月 28 日他入土歸真。家人沒有通知至親以外的任何朋友，只有八位至親送他最後一程。沒有花圈，沒有輓聯，沒有人海，沒有哭鬧，沒有悼詞，只有經文為他祈福送別。是日，沙智紅在一封感謝信中說，「今天我按照父親遺願做到了讓他安安靜靜

地走，我沒有掉一滴眼淚。他若有知，一定會讚揚我的堅強」。

沙智紅說，她父親手術後「憑藉極其堅強的意志和工作熱情，奇蹟般地又存活了 10 年。10 年中他沒有浪費任何一天，每天都工作 10 小時，不斷地寫作，讀書和思考，不斷有作品問世」。「父親希望他給世人最後留下印象，除了他的作品，更有他的尊嚴，他炯炯有神的目光，百折不撓的精神，神采飛揚的激情，和智慧幽默的話語，而不是一具毫無聲息的遺骸，他鄙視形式上的生離死別。因此這也是不舉行公開祭奠的原因之一」。

3 個月前，南京大學文學院再度將沙葉新創作的話劇《假如我是真的》搬上舞台。他因病於牀未能應邀前往觀摩，他家屬觀賞了此劇。被評論為中共「反腐第一劇」的這齣劇，是「文革」後第一部反映幹部特權的話劇，1979 年面世後曾掀起軒然大波而遭禁演。劇中描述文革後出現的官僚特權、腐敗嚴重的社會現象，說的是有人冒充高幹子弟，竟然做什麼都暢通無阻，這一事件是有原型的，經藝術加工，顯得戲劇化，頗具舞台戲劇效果，它抓住社會尖銳問題，直戳人心靈深處。時任中共中宣部長胡耀邦在一座談會上力保沙葉新。這部在大陸被禁的劇本，其後成功搬上台灣銀幕，贏得金馬獎最佳電影，港星譚詠麟獲最佳男主角榮譽。

行走的風景

國家一級編劇的沙葉新，是上海話劇藝術中心編劇、中國作家協會會員，1939 年生於南京，回族人，後移居上海。1956 年開始發表詩歌和小說。翌年入華東師範大學中文系學習，1963 年畢業於上海戲劇學院戲曲創作研究班，同年進入上海人民藝術劇院任編劇。上世紀八、九十年代，曾出任上海人民藝術劇院院長以及上海戲劇家協會副主席。「六四」期間，他堅定支持學運，2009 年起出任「獨立中文筆會」理事，是《零八憲章》首批簽署人。

　　早年，他名片上印着：「我，沙葉新。上海人民藝術劇院院長——暫時的；劇作家——長久的；某某理事、某某教授、某某顧問、某某副主席——都是掛名的。」他主要作品有話劇《假如我是真的》、《陳毅市長》、《馬克思「秘史」》、《耶穌‧孔子‧披頭士列儂》、《江青和她的丈夫們》、《幸遇先生蔡》、《都是因為那個屁》等十多部話劇，有喜劇《一分錢》、《約會》，電影《尋找男子漢》，電視劇《陳毅與刺客》、《百老匯一百號》、《綠卡族》等和一些小說、散文。依據他的話劇本改編的舞台劇《江青和她的丈夫們》，在香港開禁反響熱烈，由焦媛實驗劇團 2010 年 1 月在香港演出 10 場。

　　當時，沙葉新對筆者說，每次他的劇本在香港演出，他都會前來參加首演，就像是他為自己的孩子接生

一樣。沙葉新所創作的劇本大多因政治原因在內地被禁演。一次，他回應讀者質問，為什麼不再創作劇本，他說，「其實我一直在寫戲，我一看到舞台就熱血沸騰，只是我的戲在國內舞台難以上演」。他寫的劇本只能在香港或海外演出，如紀念胡耀邦的《良心胡耀邦》、紀念六四事件 25 周年的《自由女人》，還有描繪鄧麗君一生的《鄧麗君》等。

身患癌症的沙葉新，每月堅持寫一篇時政長篇博客文章，是政治文化系列的《腐敗文化》、《宣傳文化》、《表態文化》、《告密文化》、《檢討文化》和《崇拜文化》等。這些檄文擁有眾多網民追看，一位劇作家寫這些政治文化文章，是想將中國政治文化中的這些現象做個分析總結，從而能推動中國民主政治的實現。2009 年 11 月那篇近 4,000 字的《天下興亡誰有責》，更令許多人擔憂他的人身安全。

沙葉新曾對筆者說：「知識分子最痛苦的是被迫說假話。寫了戲不能上演，我是知識分子，總得寫作，從寫作劇本轉向寫作自己根本就不熟悉的政治文化系列文章，雖然是我應盡的道義責任，但也是出於無奈。」無奈之舉，卻獲得民間社會讚譽。從劇作家無奈「轉型」到網絡生存的政論作者，講起內心深處的情懷，沙葉新嘆一口氣：「知我者謂我心憂，不知我者謂我何求！」

行走的風景

《江青和她的丈夫們》在香港上演，重新點燃起他的藝術創作欲望。當時他表示，想在相當長的時間裏不再寫博客，不寫時政文章。回到上海後，他總是在思考，覺得自己對世事的關切，對民生的關切，作為一個公共知識分子，已經超負荷了，超過了自己的能力，寫了那麼多政治文化類文章，自己無非說了點真話，一是敢說話，二是比別人會說話。沙葉新說，他準備寫一部長篇小說，醞釀了好多年，是寫知識分子命運的，再寫兩部話劇，其中一部是《四偉人之死》，寫毛澤東之死、劉少奇之死、周恩來之死、彭德懷之死。

　　沙葉新病逝的消息一時在網絡上刷屏，網民紛紛留言：「又一位『真』人、一位『錚』人沒有了」；「沙老師走了，很可惜，今天這樣講真話有真才的劇作家不多了」；「沙葉新是個說真話的好人，哀悼好人，願天堂保佑好人」……

沙葉新：
書的尊嚴永遠不受時代的淘汰

　　香港書展剛剛結束，7 月 26 日清晨接獲 79 歲沙葉新病逝噩耗。我與這位「中國當代最具正義感的劇作家」相識於 1982 年，30 多年來多次採訪他，也時有相聚或電話互動，近一年他因病住院後聯絡不便而交往不多。接獲噩耗，我滿腦子還沉浸在書展的氛圍中，於是就想起當年他來香港書展的情景。

　　那是 2009 年，我們邀請他任「名作家講座系列」的講者嘉賓。沙兄的作品幾乎都在大陸被禁。他的新書《沙葉新禁品選》擺放在香港書展攤位上。他說，「我一踏上香港這片土地，就鬆了口氣。香港和大陸雖屬一國，在香港卻享有大陸公民尚無法享有的權利」，「參與香港書展，有一種感覺是震驚。一個書展竟然成為港人文化節典，這麼多人進書展，真難以置信。」

　　那場講座，面對數百聽眾讀者，他講「書的尊嚴永遠不受時代的淘汰」。在講台上，他道出與自身經歷交纏的中國禁書史。他認為，中國讀書人對書是崇拜的，但觀乎秦朝的焚書坑儒、清朝的文字獄，甚至共產黨的文革，禁書的陰影似乎在歷史上揮之不去。《紅樓夢》

也曾是禁書，靠讀書人的呵護，令它流傳至今。讀者的眼睛是雪亮的，一本書，無論禁或不禁，只要有它的價值和尊嚴，便永遠不會受時代淘汰。

沙葉新走了後，內地一本周刊對他訪談的一篇舊文在網絡刷屏。其中，有一段是關於當年香港書展，讀之發現與事實不符。我是當事人，有責任作出澄清。以說真話為準則的沙葉新，那一回卻沒能說出「真話」，這或許是他接受內地刊物訪談，不得不作出無奈的表白。

沙葉新說，「這次去香港書展，我就是想去看書買書。我主動告訴他們我不想演講，也不想接受採訪，我怕麻煩，也怕累。書展盛況空前，難以拒絕……我就只好講了一場」。我認為沙兄沒有實話實說。他的講題是在來香港幾個月前就商定的，他也早早約定接受十多家媒體採訪。他對記者說，來香港書展只想去看書買書，不想演講，不想接受採訪。書展主辦方貿發局，憑什麼花機票酒店費用，請你去香港只是「看書買書」。

當年原先還擔心當局不讓他出境。在香港機場，他從 B 出口出來，我身邊小同事向他獻花，他顯得有點興奮，笑着與我擁抱。此際，他揹包裹的手機響了，他掏出手機，打開，我看到他看到手機上顯示對方的號碼，臉色一沉，他避開我們接機的幾個人，走到七、八米外，說了一陣話，又回來了，輕輕跟我說，「是他們的電話，要跟你邀請方談談」。我一時不解，接過電話，

對方卻不願披露自己是哪個部門，只是強調說，沙葉新是敏感人物，不能公開演講。我問理由，他們不作回應。我說，他講座的廣告宣傳都鋪天蓋地了，網上報名人數那麼多，人也到了香港，突然取消演講，對讀者，對沙葉新，對你們，對主辦方都不利。

當時，我堅持說，演講是不能取消的，否則會釀成「政治事件」，媒體大肆炒作。對方跟我大談國家利益，談社會穩定。我一聽就火了，說了氣話，你們去這個圈子打聽一下，幾十年來，我江迅肯定比你們還愛國，沙葉新的演講不能取消，後果我負責。說完，我掛了電話。去酒店的路上，我跟沙葉新溝通，最後商定演講依舊，但不談敏感話題。結果，他的講座聽眾爆滿。他回到上海，翌日對方宴請他飯敘。沙葉新給我的電話中說，對方很高興，對他一再讚許。

行走的風景

孟浪：
征途才是歸途，征途就是歸途

　　孟浪還是走了。曾主編劉曉波紀念詩集的中國著名詩人孟浪，與病魔搏鬥了十個月，於 2018 年 12 月 12 日病逝香港沙田醫院。傍晚，他夫人、台灣詩人杜家祁在臉書上貼出孟浪黑白照，留言道：「一個孩子在天上」。由孟浪好友發起的「拯救詩人孟浪」臉書專頁，也在晚上八時發布黑底白字的「孟浪走了」。22 日，在九龍殯儀館設靈，翌日於同一地點舉行安息禮拜告別儀式。

　　10 個月前的 2 月 14 日，孟浪和妻子杜家祁從台灣花蓮飛往他曾住了十年的香港，打算在香港過春節，籌劃一場他編選的《同時代人：劉曉波紀念詩集》新書發布會。這本詩集 2 月初同時在台北、香港兩地面世。這本紀念詩集呈現了一場中外當代文學史罕見的文學行動、創作自由精神大展示的文本景觀。由香港出版機構「海浪文化傳播」出版的此書，編選收入詩作的作者共 191 人，來自中國大陸、台灣、香港、澳門及東南亞，以及日本、北美、歐洲、澳新等地。2 月 11 日，台北國際書展期間的文學沙龍，舉行該書的專場新書發布暨

朗誦會。

紀念詩集的主編就是獨立中文作家筆會創會人孟浪，他在台灣接受我專訪時表示：「劉曉波本身也是一個詩人；我和曉波曾一起參與了獨立中文作家筆會的創辦，筆會正式對外的第一本文學網刊《自由寫作》的創刊號二零零五年推出時，曉波和我兩人的詩作排在刊首發表的。他的受難引發如此強烈的詩創作熱潮，並且由我來主編和出版這本紀念詩集，這也是一種無法迴避的命運抉擇。」

那天，孟浪從台灣抵達香港機場，在機場大廳突感疲累而一度躺下休息，不時嘔吐，硬撐着乘車去酒店。他持續昏睡、頭痛和進食便吐，三天後被送入香港威爾斯親王醫院。在醫院門口，他從救護車下來，坐在輪椅上，右手揮動着新一期《亞洲週刊》。朋友為他拍下這張入院時的經典照片，他放在臉書上，網絡上瘋傳。這一期《亞洲週刊》內文發表了我就他編選《劉曉波紀念詩集》對他的訪談。

在醫院，初期他被診斷為腦水腫及腦血管靜脈阻塞；3月又被確診為肺癌第四期並已擴散；4月，被確認肺癌擴散至腦，由此長期昏睡，手術前後情況反覆，夏季短暫好轉能飲食，也稍能言語。筆者三次赴醫院探望他。4月5日，沙田威爾斯醫院；6月29日，沙田醫院；9月6日，沙田醫院。在醫院，他標誌性的花白長髮長

行走的風景

鬚，因腦部手術都沒了蹤影；久久昏睡中的他，眼睛總是合閉而僅餘一絲細縫，原本身子魁梧消瘦得變了形，在被單下消融了似的，握他的手，摸他的小腿，瘦骨嶙峋而沒有肉感。不過，給人的錯覺是，三次探望他，表面看，他康復進展似乎一次比一次好。

6月底那次去探望他，沙田醫院四樓。孟浪從鬼門關逛了一圈又走了回來。他夫人和兩個來自上海的姐姐，全身心照料他。在孟浪病牀邊，杜家祁跟記者說，孟浪最初住醫院那些日子，始終昏昏沉沉，每天只能探視他三小時，每次見他離開時，有一種戀愛的感覺。孟浪聽着，眼神流露出異樣的心緒，嘴巴微微張開，嘴角動了動。記者俯身湊近他耳邊大聲說，等身體康復了，別再寫那些政治詩文了，抓緊寫寫自己這一次經歷的生與死，寫寫與家祁的情與愛。這才是永恆話題。只見他聽了沒言語，只是微微點點頭。在一邊的他的姐姐，也特別贊同記者的提議。

孟浪，原名孟俊良，1961年生於上海，上世紀七十年代末就讀上海機械學院（現上海理工大學），大學期間已開始文學創作並投身非官方的地下文學運動。八十年代至九十年代初，參與發起創辦或主持編輯多家詩歌民刊，是中國現代詩重要群落「海上詩群」代表詩人之一。1992年獲第一屆現代漢詩獎。1995年至1998年任美國布朗大學駐校作家。1995年至2000年任《傾

向》文學人文雜誌執行主編；2001 年作為主要創辦人之一，參與發起成立中國獨立作家筆會（現獨立中文筆會），成為維繫海外中國自由人士力量的重要組織之一。2006 年，孟浪自美國移居香港 9 年，2008 至 2012 年曾任晨鐘書局總編輯；2010 年創辦溯源書社。他居住美國和香港兩地，2015 年起移居台灣花蓮。著有詩集《本世紀的一個生者》、《南京路上，兩匹奔馬》、《連朝霞也是陳腐的》、《教育詩篇二十五首》等，主編《二十五年紀念集》、《悼亡詩選》等。

4 月末，于碩、徐敬亞、島子、郝青松等朋友，曾發起為孟浪病重籌款治療活動。眾多詩人與讀者為孟浪祈禱，參與「拯救詩人孟浪」募捐計劃。孟浪寫過一首詩《偉大的迷途者》，詩云：「征途才是歸途，征途就是歸途」。他的朋友和讀者一起送別「這個時代偉大的迷途者」。

行走的風景

李維菁：有型的豬小姐

　　她曾經用文字召喚許多讀者，自成一格地寫出女性的內心世界。如今她轉身離去，留下美麗的身影，與一本她來不及看到出版的書。這是台北作家李維菁遺作《有型的豬小姐》新書發布會請柬上的幾句話。全書是寫給癡心不悔少女們的 62 封信。朋友們都說，李維菁寫到生命的最後一刻。暗夜好走，芳魂平息。

　　2018 年 11 月 13 日凌晨，才 49 歲的李維菁因癌症去世，一個多月後的 12 月 16 日下午，台北徐州路上的市長官邸藝文沙龍。台灣新經典文化、帝門藝術教育基金會、伊通公園聯合舉辦李維菁追思會暨《有型的豬小姐》新書發表會。她的朋友和讀者聽她的摯友說她，看她精彩登場的影片與最愛的花藝，一起祝福這本新書《有型的豬小姐》問世。

　　書中特別收錄了李維菁的作家好友鍾曉陽為書出版寫的《記維菁》。文章說，「作家是她幻想的家人，香港書展的那場講座上她這麼說」，「此刻她那可親可愛的溫柔身影仍那麼活生生的縈繞我眼前。但這不過是剛開始。以後必然是，一次又一次的，在不同的場景中，黯然想起『維菁不在了』的這個事實。如果有什麼可稍

慰思念的，或許就是她留下來的書，人是從文壇這個場域永遠缺席了，她的書會被閱讀下去」。

《有型的豬小姐》是李維菁自己起的書名，她說她喜歡這個書名。2013 年 7 月，她受邀從台北來到香港，18 日，在香港書展「名作家講座系列」作題為「台北的少女學」演講。她迷人的淺笑，擺動着衣裙，拉着愛她的讀者們溫柔訴說。

新經典文化編輯部的同事說，2018 年 6 月，她知道自己時間可能不多了，於是決心要出一本文集。9 月初，她在與病痛搏鬥過程中，「交出一疊這些年透過自我審視，自認合格美麗的作品，一篇篇挑選改寫」，她發現自己有氣力的時間漸少，只能悄聲求着上天：讓我寫。「就這樣跟自己的時間拔河，跟我們說今年一定要出版。接着我們抓緊時間翻尋所有文章，一篇篇挑選分類，透過電郵簡訊讓她確認，『這篇要收』，『那篇我也喜歡』，從一開始的熱烈討論，到斷續簡短的回應，她的信息愈來愈短，對作品如何成形的意志卻愈來愈強」。

11 月初，編輯與她相約確認要多寫篇序文。交稿日前夕，她答應編輯「明天沒問題」，貼了一個可愛熊貓貼圖，但編輯部明天等來的卻是空白……11 月 13 日凌晨，她未讀未回，從此告別。這是一次前所未有的出版經驗，作者參與了內文編選、書名、書封至宣傳

行走的風景

規劃，留下文字與想法，卻沒能等到這書印刷成冊的那一刻。新經典文化編輯部的同事說，作為她的編輯出版者，哀傷之餘，只能堅持為她完成，讓她的讀者知道：直到最後她都是在創作的路途上。

李維菁擅長描寫都會女性心境，她第一部小說《我是許涼涼》掀起「少女學」討論，獲 2011 年台北國際書展大獎；散文集《老派約會之必要》成為文學流行語；小說《生活是甜蜜》被改編為偶像劇。她曾在受訪時表示，「許多人耗盡一生、追求虛幻之光，我也深受這樣的幻象所苦，所以我試着動筆寫下我的迷惘」。

李維菁生於 1969 年，台灣大學農經系畢業，因熱愛藝術，進入《中國時報》擔任記者，負責視覺藝術新聞，後於台大新聞研究所碩士畢業，曾任《中國時報》文化副刊中心編輯部主任。早期，李維菁是見證台灣當代藝術發展的記者、藝評家，藝術類著作包含《程式不當藝世代 18》、《我是這樣想的——蔡國強》、《家族盒子：陳順築》、《台灣當代美術大系——商品與消費》、《名家文物鑑藏》等。

李維菁罹癌一年多，持續接受化療。有消息說，李維菁去台大醫院例行身體檢查，她的精神身體狀況一直都很好，那天她獨自前往醫院檢查，出門前還和媽媽聊天許久，沒想到傳來噩耗，在診間突然休克，醫護急救無效。她辭世消息傳出後，文化藝術界人士紛紛發表追

悼文字，深表傷痛。好友張鐵志在臉書發文，「我們會永遠永遠記得你的文字與美麗，記得永恆的許涼涼。」作家楊索說，「你的奮鬥精神鼓舞了無數創作者與讀者。死亡奪去肉體，但不能奪去靈魂的永續性。你的作品會一日日被閱讀下去。你不是他人的贋品，你的一生就是你的作品。未來的人形容你，將說李維菁永遠不老，只是許涼涼，你以書寫創造了自身的傳奇……」

張健：
我站在家門口，從來沒有離開家

　　香港九龍旺角道藝旺商業大廈 10 字樓，步入新落成的六四紀念館。走過「六四」計時器大屏幕，距離「六四」的時間，分分秒秒在閃爍。此時，「六四」至今「29 年 329 天 16 時 56 分 39 秒」，已處「六四天安門事件」30 周年前夕。緊接着是一堵大型玻璃櫃，內裏陳列着一架腿骨模型，一枚子彈，透過玻璃管，射向模型骨。這顆子彈取自張健生前的大腿部位，幾年前，他捐贈給香港六四紀念館。他說，「對歷史我們誠實無悔」。他相信，香港是中國土地上唯一可以有尊嚴地生活、可以公開紀念「六四」的地方，他「相信平反『六四』那天，一定會到來」。

　　半個月前的 4 月 15 日，48 歲張健在返回巴黎的班機上，突發急病，因肝腹水導致昏迷，飛機緊急在德國降落，送醫搶救後仍宣告不治。幾天沒有他的消息，朋友們都對失聯的他相當關切。據知，他病故的消息，是由法國駐德國大使館通知法國警方，再轉告張健的房東才傳開的。

　　張健是民主中國陣線副主席。他在網絡上相當活躍，最近那幾天他的 Twitter 沒有更新，而他的朋友也

一直在尋找他的下落。在 Twitter 上的最後一則帖文是在 4 月 14 日，他說：「如果找不到堅持下去的理由，那就找一個重新開始的理由，生活本來就這麼簡單。只需要一點點勇氣，你就可以把你的生活轉個身，重新開始。要想以後活得光采，就只能努力現在。不是每一個貝殼裏都有珍珠，但珍珠一定生於貝殼，不是每個人努力都會成功，但成功的人一定很努力！」張健在 3 月 1 日的一則帖文中，透露自己的身體狀況不好，在回覆中提到自己有「肝積水，還要做切片穿刺」。

當年身任天安門廣場學生糾察隊負責人張健，1970 年 11 月 11 日生於北京，1989 年爆發民運時，他是北京體育學院預科生。當年只有 18 歲，作為絕食團成員，抬水，搭帳篷，揹暈倒的傷員，堵軍車，抵抗戒嚴部隊，他都參加了，在廣場堅持了 40 多天。他父親是軍人，張健從小對軍人感情頗深，他面向持槍挺進的解放軍跪下：「人民軍隊愛人民！」但軍人沒理會他，舉着槍從他身邊走過，他始終還以為解放軍不會對學生開槍。

6 月 4 日凌晨 2 時許，在東觀禮台對面的天安門廣場，他為救助被圍捕的同學，與由西向東突入廣場的戒嚴突擊部隊對話，以死諫要坦克部隊釋放被捕學生和市民。但一名中校級軍官向距離僅 10 米的張健，發射了 3 槍，其中一發子彈擊中他右腿肱骨上端 1/3 處，導致粉碎性骨折，另兩槍落空，左腿被子彈擦傷。他頓時

行走的風景

倒地，未幾失去知覺。醒來時他才知道自己躺在醫院，90 天後出院時病歷寫着「誤傷」。事後，他度過養傷、抓捕、逃亡、打工的日子，隱姓埋名。

那顆子彈留在體內 19 年一直未取出，直至 2008 年 11 月 22 日，才在巴黎取出。在「六四」事件過後，張健經歷抓捕逃亡，在中國大陸隱姓埋名 12 年之久，直到 2001 年。是年，他因出租汽車司機維權事件而被當局發現，於是流亡法國，獲政治庇護，隨後定居法國巴黎，繼續參與領導海外民運工作。

流亡者莫大的痛苦就是有國無回，有家難歸。當年「六四」事件爆發時，他父母不知道他參加了這場學運。那天在天安門糾察隊指揮部，一個同學跑來告訴他說他家親戚來找他。張健看到是父親來了。父親放下一大食品袋，只說這是他們家親友送給張健的包子和牛肉。再一次見到父親是在北京同仁醫院。父親看了看他傷情，告訴兒子骨牽引後要常常活動這條腿，不然會肌肉萎縮，便離開了病房。他父親曾在北京軍區當兵，後調到成都軍區。小時候，父親經常給他講對印反擊戰的英雄故事。

母親後來告訴他，「六四」凌晨，父親冒着槍林彈雨上長安街找張健回家。一路上摸爬閃躲，接近天安門廣場時，已經戒嚴了。父親看見廣場上火光衝天，他蹲在長街樹下哭了。他以為兒子肯定死在廣場上了。其實那時候，張健已中槍，在同仁醫院急救大廳。當年許多父親上廣

場找兒子，兒子安全回家了，父親卻被流彈射死了。

　　他在巴黎流亡第 15 年時才見到他母親。雖說為母親辦出國手續頗費周折，主要還是因為母親要照料癱瘓的外婆，直到外婆去世一年多後，母親才動身去法國探兒。在機場，母子相見，張健才發現母親殘疾了，拖着一條腿走路已經 3 年。到家，張健打開母親帶來的重重的行李，皮箱裏竟然是鄰家黑蛋做的香河豆腐絲，還有幾瓶北京二窩頭。看到母親殘腿卻拖着如此重的家鄉食物，張健流淚了。他跪在母親面前。說「媽媽，對不起。我實在是不孝」。一個月過去，母親要回北京了。張健家從一個房間的窗口，可以看見遠處的戴高樂機場。他睡在媽媽身邊，媽媽最後那幾天每天都數着遙遠天空，望着飛機起落。她知道要走了，只是不放心兒子獨居。母親臨走時，把張健的衣服全部疊整齊……

　　3 年前的 4 月末，張健在巴黎寫下一對聯橫幅：六四英烈，飲彈高歌，求仁得仁行不行。自由中國，生死與共，一生愛你夠不夠。在「六四事件」20 周年時，香港人發起「我要回家運動」，「六四」後被迫流亡海外計有五百多人。張健說，「我的許多小伙伴沒有回家，而且是天人永訣，永遠無法回家。我站在這裏，為我們這個真實的故事作見證，這故事並沒有結束。我站在家門口，我從來沒有離開家。我等着我的小伙伴來叫我回家，我要和他們一起回家」。

行走的風景

金庸：笑別江湖，就此別過

　　人生就是大鬧一場，然後，悄然離去。這是金庸（查良鏞）對人生的解讀。他是一代武俠的泰斗；也是一生傳奇的情癡。都說「有華人的地方，就一定有金庸的武俠小說」。94 歲金庸，深居港島山巔叢林掩映的豪宅之中，一生「大鬧一場」。2018 年 10 月 30 日下午，香港養和醫院，親友陪伴在側，他「悄然離去」。全球華人同聲哀輓，世間再無大俠，射鵰終成絕響。

　　一代文壇大俠、明報創辦人金庸，晚年深居簡出，上世紀九十年代逐漸淡出「江湖」，最後一次接受媒體訪問是 5 年前的事了，2017 年位於沙田的香港文化博物館金庸館開館，他沒有現身。近年，在香港文壇、報壇、政壇，幾乎聽不到他的聲音。走進 2018 年以來，關於他的作品發生兩大新聞，也不見他發聲。這些年金庸患病，90 多歲老人病，說不了話，寫不了字。這 10年，他在網上「被死亡」至少 5 次，事後證實謠傳。

　　2 月下旬，他的《射鵰英雄傳》首本英譯本面世，由英國麥克萊霍斯出版社（MacLehose Press）面向全球發行。由安娜·霍姆伍德（Anna Holmwood）翻譯的《射鵰英雄傳》第一卷《英雄誕生》，封面上繪着一

隻展開黑色翅膀的「奇幻小說」，引起西方讀者濃烈興趣。這部在華人世界風靡了數十年的經典武俠小說，不僅屢次被改編影視劇，卻是首次征戰西方圖書市場，上市兩個月便已連續加印 7 次。這是這部金庸經典作品首次被譯成英文出版。出版商用「華文文學的《魔戒》」來形容《射鵰英雄傳》；《紐約客》雜誌則形容他的文化影響力有如《哈利波特》和《星際大戰》的綜合呈現。

《射鵰英雄傳》第二卷 2019 年初推出。除英譯本外，《射鵰》法文漫畫版從 2017 年 10 月起出版了 5 本。《射鵰英雄傳》英譯版第二卷譯者張菁聲稱自己年青時就讀金庸，成了金庸鐵粉。只希望好故事長腳，不脛而走，能從東方走向西方，為全球所認識，不譯，才是最大的損失。其實，金庸武俠小說英譯並非首創，早有 3 部英譯本「走向世界」，英譯而完整出版的有 3 種：1993 年《雪山飛狐》、1997 年《鹿鼎記》和 2004 年《書劍恩仇錄》，分別由香港牛津出版社和香港中文大學出版社出版。

有評論說，翻譯二字說來簡單，能做到「信、達、雅」三字可謂難上加難，即便最基本的「信」之一字，能把原文意思準確傳遞給另一種語言的讀者並非易事，何況是對於中國傳統文化所知甚少的英語世界讀者，武俠小說尤其如此。金庸精通英文，他多年前曾說，他的小說翻成西方文字不很成功，這是金庸的一點遺憾。因

行走的風景

267

為西方人不易理解東方人的思想、情感和生活，但翻譯成非中文的其他東方文字就相當受歡迎。亞洲國家在歷史上都受中華文化長期影響，雖文字有別，但文化特點相通。因此在金庸小說翻譯上，東南亞國家和韓國早就走在西方的前面，且風靡日久，借用一句俗語就是：西方不亮東方亮。

《射鵰英雄傳》英譯本出版，重新掀起諾貝爾文學獎的議論，不少書迷和書評家認為金庸夠資格拿獎，雖然他的武俠小說開始打入歐美書市，但目前還是只有屈指可數的紙本書和電子書出版，談拿獎或許還言之過早。台灣版權經紀人譚光磊表示，這暴露一個問題，「連金庸小說在世界文壇都『遲到』了這麼多年，關鍵在於華文世界有太多作品沒有外語版本，數量非常不夠」。

2018 年金庸作品還經歷一件大事，即 8 月中旬，金庸訴「同人小說」《此間的少年》作者江南等著作權侵權及不正當競爭糾紛案，在廣州市天河區法院一審宣判。法院判決江南等三被告立即停止不正當競爭行為，停止出版發行《此間的少年》並銷毀庫存書籍，賠償金庸經濟損失 168 萬元人民幣，及為制止侵權行為的合理開支 20 萬元人民幣，公開賠禮道歉消除不良影響。

金庸訴稱，江南創作的《此間的少年》未經其許可，照搬金庸作品中的經典人物，在不同環境下量身定

做與金庸作品相似的情節，對金庸作品作改編後不標明改編來源，擅自篡改作品人物形象，嚴重侵害其改編權、署名權、保護作品完整權及應當由著作權人享有的其他權利。被告透過盜用上述獨創性元素吸引讀者、謀取競爭優勢，獲利巨大。

天河法院審理查明，江南於 2000 年創作的《此間的少年》，發表於網絡。從 2002 年起多次出版，小說中人物名稱與金庸四部作品中相同的共 65 個，包括郭靖、黃蓉、令狐沖、小龍女、喬峰等。法院審理認為，《此間的少年》不構成著作權侵權，但江南、聯合出版公司、精典博維公司等三被告的行為構成不正當競爭。

雖然該作品使用了金庸 4 部作品中的大部分人物名稱、部分人物的簡單性格特徵、簡單人物關係以及部分抽象的故事情節，但並沒有將情節建立在金庸作品的基礎上，而是在不同的時代與空間背景下，圍繞人物角色展開撰寫全新的故事情節，創作出不同於金庸作品的校園青春文學小說，部分人物的性格特徵、人物關係及相應故事情節與金庸作品截然不同，情節所展開的具體內容和表達的意義並不相同。

金庸在香港創下的一個「神話」，在他逝世後的這兩天還不見媒體提及。那是 12 年前的 2006 年 7 月 21 日，金庸結緣香港書展，參與他講座的讀者超爆 7,000 人，打破書展 17 年來聽講座的紀錄，其中不少讀者來

行走的風景

自台海兩岸及東南亞各地。一個文學講座聽眾如此眾多，肯定是「前無古人」，恐怕也「後無來者」了。這場講座由《亞洲週刊》策劃，與香港貿易發展局聯合主辦的。是日夜晚，第 17 屆香港書展 7 號展覽廳成了金庸世界。讀者提問踴躍，金庸回答精妙，氣氛相當熱烈。據當年參與策劃的前香港貿發局部門負責人邱松鶴回憶說，在現場最初安置了 5,000 張椅子，坐滿了，再增加到 7,000 張，還是爆滿全場，許多讀者只能坐地上了。

82 歲的金庸特地從英國趕回香港參加書展座談，這是金庸第一次在這麼大的場合與讀者見面。金庸開場即表明：「我用普通話講比較方便，如果講得不精彩，就對不起大家了。對於大家的提問，如果懂的，我就回答；如果不懂，我回去查一下再想辦法回答。」如此謙遜的開場白，出自一代大師之口，令金庸迷欣喜異常而報以熱烈掌聲。

座談會司儀曾瀞漪在致辭中說：「金庸的武俠小說已經成為時代的絕響。它不僅僅具有豐富的想像力，而且延續、繼承了很多中華文化的精華部分，武功招數背後的唐詩宋詞、易經詩經，五行八卦共冶一爐，熔鑄歷史。從廟堂文化到草根文化，再到民俗文化，都以豐富的文化修養灌注在篇章中。無論是當年殖民統治香港的獅子山下，還是開放後的中國大陸，還是白色恐怖時代

的台灣，金庸的作品屹立於文學的武林大會，風行於神州大地，展現一種融合新與舊、凝聚中國歷史及人文精神的特色，使讀者能夠體會到中華文化博大精深。」

金庸首先與讀者分享中國的俠義精神：「俠士是為人民做好事的」，「『俠』字在中國歷史上是不好的，後來成為做人的典範」，「中國在文革時期批父母、批老師，見到有人被欺負也不會主動幫助，文革後也沒有太多人理會，『俠義』在現代中國社會已蕩然無存」，「如今路上遇到有女子被惡人欺侮，很少有人願意挺身而出，現代社會很需要提倡俠義精神」，「郭靖精忠為國、蕭峰豪邁磊落，獲得不少讀者敬重，我要透過武俠小說體現這種『俠義』精神，透過武俠小說把中華民族這種精神承傳下去」。一代武俠小說大師金庸，首次公開說出創作經典小說的原因。

有讀者關心他平時喜歡看什麼書，金庸表示，只要喜歡看的書他都會看。他笑言，讀書是他一生最大的樂趣，「如果有兩種生活：一種是坐牢十年但可以讀書，另一種是人身自由但不可以讀書，我寧願選擇坐牢」。有金庸迷問他，看什麼書才會學懂這麼多武功招式？金庸說，「要看不同類型的書」，「現時只想看多些書，只有多看書才能增長知識，現時集中看關於唐代的書籍及古典文學」。

金庸是華人世界中卓有成就的報人，創辦了香港

行走的風景

271

《明報》等頗具影響的中文報刊，為《明報》撰寫社評20餘年。有讀者在座談會上建議「大俠」重出江湖，再為《明報》執筆寫社評，對此，他明確稱自己已「無心無力」了。他說：「不會再寫了，對政治已經不再熱衷了，年青時，無論對中國、對香港的政治都十分投入，願意把身子及感情統統投入政治活動當中，現在年紀大了，性格變了，很多事情都看得開了，看得化了。」他拒絕評論目前的香港政治，「任何政治議題都不想再談論，不想再評論了」。

他強調，自由的創作環境是創作一本好小說所必須的，因為任何干預都會阻礙優秀作品的產生，「只有在香港和台灣才能創作佳作，假如我在中國大陸的話，一定沒有那麼多好作品，因為在大陸很多東西寫了都不能通過。藝術應該不受任何干預的」。「我創作時沒有聽從過任何黨委書記的指示，否則，這些古靈精怪的念頭和想法從何而來」？

有讀者問他最喜歡自己哪部作品？金庸說：「每一部我都喜歡，因為每一部都是我全心全意的作品。」關於近年自己修改小說，他解釋，當初作品在報紙連載時間倉促，有些地方寫得不好，所以要改動，當年每天寫二三千字，第二天就要刊登，作品有不少不連貫和不合理的地方，如楊過用右手擋劍，但最後是斷了左手。

問起由金庸小說改編的電視劇不時在各地電視台熱

播的看法，這位文壇巨匠表示，最反感那些在改編電視劇過程中不忠實原著的人。他說：「我其實很不喜歡其他人改編我的小說，因為它們都是我的子女，對我的原著改得愈少愈好，最好不要改。作品賣出版權，結果發現被改得面目全非，就好比把自己的孩子託人照看，結果發現不是少了一隻手一隻腳，就是多了一隻手一隻腳。」

香港專欄作家陶傑參與主持的兩個多小時的見面會結束後，近千讀者排起「長龍」，索取大俠在書上簽名。主辦方規定每人只能簽一本書，年逾八旬的金庸一筆一筆認真寫着自己名字，主辦方擔心金庸過於勞累，希望後來者不要再排隊了。一位 40 歲上下的女子帶着 10 歲兒子拿着書，走上講台讓金庸簽名，又站到坐着簽名的金庸身後拍照。那女子雙眼閃着淚花，用紙巾抹着眼睛。她說她來自深圳，從報紙上看到香港書展有金庸與讀者座談，於是以「自由行」方式專程來香港，座談會後就返回深圳。她說：「20 多年前，我住在瀋陽，讀了金庸第一本武俠書，當時是好不容易從同學那兒借到的，只讓我讀一天，因為好多同學等着輪候。讀完後，從此對金庸的小說愛不釋手。一直想能見到金庸，以為只是一個夢，總覺得此夢根本不可能圓的，沒想到今天竟然圓了。」

飛雪連天射白鹿，笑書神俠倚碧鴛。這句詩的每一

行走的風景

個字代表金庸武俠長篇小說的書名的第一個字，也代表着一個不朽的神話，另加一部短篇共 15 部天書，凝聚成金庸世界。

這 10 年，金庸在網絡上已經至少 5 次「被死亡」。和金庸同被喻為「香港四大才子」的倪匡，經常替好友金庸澄清他的「去世」傳言。深更半夜，倪匡被電話吵醒，接起來都是關於金庸死活的求證電話，請他去問問怎麼回事。他每次都被嚇一跳，電話打去金庸家，金庸健在，他才放下心來。兩人聊起「去世」的烏龍，金庸從不生氣，總是一笑而過，倪匡說：「他覺得人總是要死的。」2013 年，金庸 89 歲。那時倪匡每半個月就會和金庸見一次面，當時他告訴外界：「查先生健康沒有問題，他胃口比我還要好。他就是聽力不好，但又不戴助聽器。」

10 月 30 日晚上，又有人打電話給倪匡，這次是告訴他金庸逝世的消息。他一開始不相信，不斷反問：「哪裏來的消息？」而後他坦言尚未收到金庸家人的通知，他和金庸已經有半年沒見面了，因為金庸一直在生病，都是 90 幾歲的老人病，「前陣子他話都說不出來，字又寫不了，他病了好多年，人老一定病。」倪匡表示90 幾歲的人，油盡燈枯並不出奇，都是自然規律，但是由於傳過很多次，一定要證明真假。當得知此次死訊已被多方證實後，倪匡還是不由得低歎。

倪匡與金庸認識近 60 年，兩人一直都是朋友，各方面都投契。金庸在報刊上連載武俠小說時，一旦自己要遠遊異國他鄉，都會找倪匡代筆。創辦《明報》後，金庸也常找倪匡寫稿。談及與金庸的交往，倪匡形容其「為人好到不得了」，更評價他的小說「古今中外第一人」。當被問及金庸的離世是否對文壇損失極大時，倪匡則坦然表示，人一定要去，他的作品永遠在那裏，他就算在生，都沒有能力繼續寫作。最後更喃喃道自己也好大年紀。

　　驚聞噩耗的武俠小說作家溫瑞安，手書「獨孤不朽，令狐無敵」以表悼念。隨即，他又寫下：「天下無雙，不朽若夢，金庸笑傲，武俠巔峰」。陳平原教授認為，金庸「下午褒貶現實政治，晚上揄揚千古俠風。有商業上的野心，但更有政治上的抱負」，「正是政論家的見識、史學家的學養，以及小說家的想像力，三者合一，方才造就了金庸的輝煌」。

　　《新民晚報》高級編輯、中國武俠協會原副會長曹正文曾受金庸邀請赴港講學，當時金庸任香港作家協會名譽主席。回憶與金庸的交往，曹正文形容初次見面的感受：「金庸本人既不瀟灑，也不伶牙俐齒，他中等身材，身高 1 米 75 不到，很壯實，國字臉，方方正正，不怒自威。他的口才不算好，還有點輕微的口吃。」金庸曾與曹正文談起自己的創作，也談起他寫作之外的愛

好，金庸年青時愛好體育，打過排球，後來迷上歐美電影，從報社編輯曾轉行去當電影廠編劇。中年則喜歡下圍棋與打「沙蟹」，他研究的宋朝棋譜，後來也寫入了《天龍八部》之中。對於音樂，金庸也很迷戀，他不僅喜歡古典音樂，據他說，他年青時還學過芭蕾舞。

曹正文表示，金庸家中藏書極為豐富，「書房有兩百多平方米，鋪了藍色地氈，四壁的書櫥頂天立地，如《點校二十四史》、《古今圖書集成》、《涵海樓叢書》與一百冊《大藏經》。金庸收藏的圖書，除了文史類，還有佛教、武術、圍棋、音樂、舞蹈的各類書，可謂五花八門。」他回憶道，金庸曾告訴他，自己每天讀書四小時，幾乎雷打不動。被問及對他寫新武俠小說影響最大的書，金庸的回答是：「中國古代是《七俠五義》與《水滸傳》，近代是宮白羽與還珠樓主的武俠小說，歐美小說有法國的大仲馬與英國的史蒂文生。」

金庸一直持續地為正義發聲，也將家國天下的主題融入小說中，於是便有了《神鵰俠侶》、《飛狐外傳》、《倚天屠龍記》。他曾被作為暗殺目標，有勢力放出話來：要消滅五個香港人，排名第二的就是金庸。但金庸表態自己「生命受到威脅，內心不免害怕，但我決不屈服於無理的壓力之下，以至被我書中的英雄瞧不起」。最危險的一段時間，金庸還跑去歐洲躲藏了一個月。但不屈服的他又撰寫了政治寓言小說《笑傲江湖》，以及

社會問題小說《鹿鼎記》。上世紀七十年代，輿論風氣歸於平靜，直到 1972 年金庸宣布封筆，《鹿鼎記》也成為他最後一本武俠小說。

金庸的小說裏，主人公都有一個共同的特點：都在尋找自己的身世或自己的父親，他筆下的男主角中，幾乎都沒有體驗過成年後的父子關係。不少讀者都曾經歸納，郭靖、楊過和袁承志都是遺腹子，張無忌、林平之和康熙少年喪父，令狐沖、韋小寶不知自己的父親是誰……這些父子的感情線全都在金庸的武俠小說中隱去了，這很難說和金庸本人的經歷無關。

2000 年初，金庸在其自傳體散文《月雲》中寫道：「從山東來的軍隊打進了宜官的家鄉，宜官的爸爸被判定是地主，欺壓農民，處了死刑。宜官在香港哭了三天三晚，傷心了大半年，但他沒有痛恨殺了他爸爸的軍隊。因為全中國處死的地主有上千上萬，這是天翻地覆的大變。」

「宜官」正是金庸的小名，是他父親查樹勳（一說為查樞卿，又名查荷祥，查懋忠）給起的。查樹勳的確是個地主，他的家族是浙江海寧當地的名門望族，他也是當時著名的教會大學——上海震旦大學的畢業生，受過西式教育，是當時落後中國裏典型的精英，據稱他曾鼓勵金庸說，你表哥徐志摩讀劍橋，你以後也要上劍橋。有一年聖誕節，他送給小金庸的禮物是狄更斯的一

行走的風景

本小說《聖誕頌歌》，內容是講一個冷酷的守財奴，受到精靈的啟發，變成一個善良的人。這本書對金庸的性情、人格影響很大。

查樹勳做過不少好事，晚年時他將 1,000 畝水田充當本族義田，周濟宗親，興辦教育。然而上世紀五十年代，新中國成立初期，一場「鎮反」運動在全國轟轟烈烈地展開，「殺、關、管」三管齊下。由於殺人批准權力下放，有的地方出現了亂捕亂殺現象。鄰村有一個殘匪出來揭發查樹勳窩藏槍支。最終給他羅織的罪名是四個：抗糧、窩藏土匪、圖謀殺害幹部、造謠破壞，決定以不法地主罪，予以槍決。1951 年 4 月 26 日，查樹勳在自己興辦的小學的操場被槍斃，金庸當時正在香港《大公報》上班，聽到消息，悲痛萬分，哭了好幾天。多年後才在自傳中提及這段傷心事。在書寫這些缺失父子情、透過筆下人物尋找父親的小說時，金庸一直將父親贈送的《聖誕頌歌》帶在身邊。

金庸不僅是作家，也是新聞學家、企業家、政治評論家、社會活動家。金庸在政壇同樣具影響力，在創辦《明報》後，他以反對「文革」著稱，他多次在《明報》執筆為被打倒的鄧小平抱不平。1981 年 7 月 18 日，鄧小平以中共中央副主席身分在北京人民大會堂單獨接見時任明報社長的查良鏞，成為香港獲鄧小平接見的第一人。上世紀八十年代初起，他數次回大陸，除了見鄧

小平外，先後受中共領導人胡耀邦、江澤民等接見。其後他出任《基本法》起草委員會政制小組港方召集人，而其聯同查濟民提出的「雙查方案」，更成為回歸後香港政制發展的藍本，惟因方案被指保守，背上「出賣民主」的罪名。1989年北京頒布戒嚴令當日，查良鏞辭去《基本法》草委等職務，結束從政生涯。他曾表示自己在六四事件發生之前一直敬佩鄧小平，但在電視上看到「鎮壓」情況後深感震驚更為此落淚。晚年他淡出商界政界傳媒界，開始步入學界，在北京大學、浙江大學與劍橋大學等名校，涉及歷史、文化等領域。

專欄作家、《金庸政治學》作者葉克飛認為，金庸這一代知識分子，生逢跌宕大時代，雖難免顛沛流離，甚至一生沉痛，但一方面有舊學底子，另一方面又受西方現代文明滋養，思維與視野均具現代意識。也正因此，這代知識分子反而成了因中西文化碰撞而受益的一代。金庸小說長於情節，也能滿足人們對江湖的幻想，但在價值觀層面仍有守舊一面。終其一生，都未能擺脫傳統知識分子的桎梏，即使縱觀其人生，受西方現代文明的影響早已大於中國傳統文化。倒是後期作品如《笑傲江湖》和《鹿鼎記》，因世事變化而更為深刻，反倒成就了最好的金庸。這代知識分子的人生極是艱辛，甚至可算是生來不易。金庸在跌宕人生中尋得人生價值，已極幸運。無論如何，在上世紀五六十年代的跌宕歲月

行走的風景

裏，武俠小說曾是一代漂泊者的精神慰藉。到了上世紀八十年代，它又成了一代大陸年青人的精神食糧。通俗文學的光輝歲月，就這樣穿越時空，金庸也成為幾代人生命中無法繞過的名字。

金庸：人生就是大鬧一場，
而後悄然離去

　　查良鏞（金庸）含笑歸淨土，大俠舉殯，笑別江湖，「就此別過」。十一月十三日，九十四歲的武俠小說泰斗、《明報》創辦人金庸喪禮在香港殯儀館舉行。家屬按金庸生前意願，私人喪禮在殯儀館設靈，但不設公祭，喪禮從簡而相當低調。上午八時許，金庸生前親友陸續到達靈堂做最後告別，包括全國政協副主席董建華，阿里巴巴集團創辦人馬雲，文化人蔡瀾、許鞍華、張紀中等。10 時 45 分，工作人員將金庸妻子查林樂怡及其子女所送的心形大花牌移離靈堂，兒子查傳倜持父親遺照，金庸遺體緩緩被抬上靈車，隨即送往寶蓮寺火化。

　　查良鏞 10 月 30 日在香港養和醫院離世，他憑一支健筆縱橫文壇，以武俠小說細寫人間世情百態，亦踏足報界及政圈。11 月 12 日，香港殯儀館門前路兩旁擺滿悼念的花圈花牌。靈堂中央高掛「一覽眾生」四字橫匾，描述他 94 歲傳奇人生。這四字是查良鏞生前好友倪匡所擬而由蔡瀾書寫的。當年古龍英年早逝，倪匡幫忙寫下 300 字訃告。金庸一生，他卻「下不了手」。

行走的風景

他解釋稱，「金庸一生，概括不易，說清更難，有的東西你不能直書，要忌諱、要有分寸……」。他與蔡瀾再三斟酌推敲，最後擬定這四個字。

靈堂兩側垂下的輓聯「飛雪連天射白鹿 笑書神俠倚碧鴛」，是金庸生前以其 14 部武俠小說書名首字串連而成的集字聯。從 1955 年開始連載《書劍恩仇錄》開始，金庸這個筆名和中國武俠再也難分關聯。

靈堂設計以白色為主調，用了二萬朵白玫瑰、一萬朵白蘭花和三千朵鈴蘭佈置的。靈堂正中的查良鏞遺照，用蘭花擺成心形圍繞，這是 2006 年《亞洲週刊》和貿發局邀請他來香港書展演講時，《亞洲週刊》攝影記者拍攝的，查良鏞家人精心挑選了這幅照片。靈堂裏，金庸大照片下方放有夫人查林樂怡及其子女的心形花圈。身穿黑色素服的遺孀查林樂怡、次子查傳倜、幼女查傳訥等神情哀傷，打理喪禮。熟知金庸家人的朋友們都說，查林樂怡在金庸晚年在家調養時，全天候貼身照顧，從不假手於人，行事低調的她，幾乎「寸步不離」，把金庸照料得「無微不至」。

靈堂上置放的紙紮祭品有巨型仙鶴、飛機、鋼琴、放有文房四寶的書桌、查良鏞大廈等。在查傳倜引領下，我和兩位好友，輕輕移步到靈堂後面的小房間，隔着大玻璃，望着金庸，他安詳睡在白色花叢中。三鞠躬，向金庸致以最後敬意。

靈堂兩邊分別安放了多名現任及前任中央政府官員及查良鏞生前好友的花圈花牌。一邊有習近平、李克強、韓正、朱鎔基、溫家寶、李源潮等國家領導人。國家主席習近平致送的花牌，上寫「查良鏞先生千古」。香港政要前特首董建華、曾蔭權夫婦，特首林鄭月娥等亦送上花圈。此外，國務院港澳辦、中聯辦、浙江大學等也致送花圈。大批文壇、報界、政界、娛樂圈的知名人士致送花圈致哀。長和集團創辦人李嘉誠致送的花圈上寫着「文動眾生，無住無往」；馬雲的花圈則寫着「一人江湖，江湖一人」；曾在電視劇飾演《神鵰俠侶》主角楊過的藝人劉德華也致送花圈；邵氏影城則在花圈寫上「碩德永昭」……金庸生前同事、好友李以建、李純恩在靈堂裏外協助打點喪禮事宜。

靈堂內的電視熒幕，不時播放金庸生前照片及由他武俠小說改編的影視劇經典對白，包括《神鵰俠侶》中的「今番良晤，豪興不淺，他日江湖相逢，再當杯酒言歡。咱們就此別過」。金庸家人為來者準備了紀念冊，銀色封面上是金庸題的六個大字「看破放下自在」。紀念冊的扉頁上，用了《神鵰俠侶》的那句話，「這些白雲聚了又散，散了又聚，人生離合，亦復如斯」。冊中附有不少金庸生前與家人的合影，照片旁邊則寫着《雪山飛狐》的名句，「世上最寶貴之物，乃是兩心相悅的真正情愛，決非價值連城的寶藏」；他作品

行走的風景

集新序名句，「愛護尊重自己的國家民族，也尊重別人的國家民族，和平友好，互相幫助」……

與查良鏞相交近六十年的作家倪匡拄着拐杖，在夫人和好友蔡瀾陪同下緩緩步入靈堂。與金庸相知相惜又多一份尊敬的老友、83歲倪匡，稱自己「一生胡鬧」，被金庸戲說成「無法無天」，又稱金庸好學一生，是「真正才子，學貫中西，博古通今」。倪匡說，近兩年金庸對外界已沒太大反應，不明白他的思維是不是清醒。幾個月前他去探望金庸，他雙眼張得很大，但似乎沒有聚焦點，嘴角蠕動，似乎想說什麼。倪匡伸出手指，金庸會緊緊捉住。他說，94歲的高齡辭世是一種解脫。

內地導演、製片人張紀中與金庸相識20年，改編多部金庸武俠小說。他也前來香港殯儀館祭奠。張紀中稱，金庸仙逝前幾天他就從金庸家人得知他病情惡化的消息，他當時想來香港看他，但翌日金庸家人告訴他金庸病情穩定了，他就按原計劃去美國公幹。沒想到金庸這麼突然走了。他最後一次見金庸，是他93歲生日那天。那天他抱着金庸、親了他一下。查夫人說，張紀中是金庸一生中唯一親過他的男人。張紀中說，金庸「表面儒雅，但內心卻有着強烈的俠義之情」。他倆會因劇情改編的見解不同而大聲爭執，「金庸的嗓門比我還高，聲音比我還大」，但在爭執之後，兩人還會一起開心吃飯，「對藝術的不同見解從不會影響我們的感

情」。張紀中形容他和金庸就像把酒論俠義，各抒己見，最後皆大歡喜。

11 月 12 日，香港文化博物館在金庸館外設置弔唁處和公眾人士簽署弔唁冊，持續到月底，每天都排着長龍，民眾可在弔唁冊上留下想對金庸說的話。文化博物館牆上展示着以金庸小說改編的影視作品劇照和相關介紹，有逾 300 組展品介紹金庸先生的早期事業、武俠小說的創作歷程。一面黑板牆上，貼滿民眾悼詞。

在金庸故鄉浙江海寧舊居，弔唁人潮絡繹不絕。金庸離鄉之後曾六次回鄉，卻始終未到訪出生之地，其同父異母弟弟查良楠則靜靜地在舊居為亡兄守靈。在金庸去世的那個夜晚，湖北襄陽的古城牆上，亮起繁星般點點燭火，寄託哀思。襄陽一帶在古時是軍事要地，發生過幾場著名戰役，其中戰事最漫長，爭奪最激烈的，當數宋元襄樊戰役。金庸以這場斷斷續續將近 40 年的攻守戰為歷史背景，在《射鵰英雄傳》、《神鵰俠侶》中，塑造了郭靖這一人物形象。郭靖被讀者認為是他筆下最具代表性的「大俠」。「為國為民，俠之大者」。大俠與英雄，都逝去了，講述大俠與英雄的故事的人，也逝去了。但故事會永遠留下去。先生不會走遠，武俠永存世間。

行走的風景

劉以鬯：99歲像孩童般用英語唱生日快樂歌

　　這是令人難忘的一個下午。2018年4月18日，被譽為香港「文壇教父」的劉以鬯坐着輪椅，由夫人羅佩雲推着，緩緩沿着太古城道，逛街逛商場。他時而望左，時而望右，見路人走過，他凝視着點點頭。我擇機也「裝腔作勢」，推着輪椅，陪同坐在輪椅上的教父「走」了四五百步。在小店，他點了他愛吃的一塊芝士蛋糕和一杯熱巧克力，不出10分鐘，他竟然獨自全數消滅。一小時過去了，怕他累了，準備回程，老人卻像孩童般揮着手嚷嚷：不回去，不回去。又指着商場：留這裏，這裏。

　　劉以鬯長年無病無痛，一直到早兩年才坐上輪椅。香港文學圈中人都知道，劉以鬯嗜好逛街、坐電車，幾乎每天下午會散步兩個多小時。喝完下午茶，4點了，他就會在家附近走走，看看書店，逛逛商場，遇到熟人，站着聊一陣。而今，他坐着輪椅，依然在這條路上「散步」。

　　整個過程，由東方之子國際公司的攝影師拍下了，以光影聲像記錄一代文學泰斗劉以鬯。這部紀錄片《百年巨匠——劉以鬯》，30分鐘一集，共兩集，由中國紀錄片大導演周兵任藝術指導，導演是年青的臧敬。早前

還擔心劉以鬯狀態不好沒法拍真人，沒想到老人今天特別精神。夫人羅佩雲連連為他點讚。那兩天，我協助編導籌劃，梅子、黃東濤、蔡瑞芬等老朋友都在鏡頭裏講述他們眼中的劉以鬯。7月22日，香港書展「名作家講座系列」將舉辦一場劉以鬯百歲紀念專場《追憶劉以鬯先生—「文學宗師」的花樣百年》，新拍攝的紀錄片《百年巨匠——劉以鬯》精華部分，將在講座上播映。這講題用上「追憶」，是半年前籌劃初衷沒想到的，事件突發而臨時改的。

6月8日下午2時25分，劉以鬯在香港東區醫院仙逝，此日距離12月7日他百歲正好半年。百年巨匠，傳奇人生。這部紀錄片無疑是駕鶴西去的劉以鬯一生的最後影像。他早前因肺炎積痰入院，留醫十多日後，終因心臟衰竭離世，家人陪伴在側。他夫人羅佩雲說，「他沒有特別的病痛，老人家慢慢衰弱，並非在醫院待了很久」。

過去半年的12月7日，是香港文壇的特殊日子，「純文學之寶」劉以鬯99歲生辰。那天，我和瑋婧、駱丹等同事攜帶訂製的他愛吃的栗子奶油蛋糕，還拎着沉沉的一大袋水果，去太古城他寓所，祝賀他生日快樂。在客廳，劉以鬯躺在特製的小牀上，邊上都是醫療器皿物品。下午他還要出門去醫院例行複查，當時不忍心拍他躺着的照片。他極為瘦弱，卻精神不錯，握着他

行走的風景

的手，在他耳邊大聲用上海話與他交談。走了一個世紀的文壇「一代宗師」，他生於上海，1948 年移居香港。尚記得，1992 年，我還在上海《文學報》供職時，來香港探親，一天約他見面。他說他喜歡用上海話與上海人說說話。兩年後，我移居香港，多次見他，也都用上海話交談。2000 年冬，我和時任上海《文學報》總編輯酈國義，向北京作家出版社力薦《對倒》，最終，新書在 2001 年 2 月在北京出版。

當年我對他作了一次長篇訪談。他首度透露，是上海的柯靈帶着他走上文學之路的。他很想回上海看看。王家衛導演的影片《花樣年華》，三次黑底白字直接引用了《對倒》的文句，片尾更出現醒目大字「特別鳴謝劉以鬯先生」，記者問他為什麼「鳴謝」？他說，從沒有人問過他為什麼「特別鳴謝」，這是他第一次就此作答。其實劉以鬯的小說《對倒》並非電影原著，只是其精神內核啟發了王家衛創作電影。小說雖與影片《花樣年華》講述的故事，都發生在上世紀六十年代香港的故事，情節與結構完全不同：小說男女主角一個年近花甲，一個青春韶華；一個沉湎往昔，一個憧憬未來。兩條線索偶爾交叉卻從未並行。有評論說，「總體而言，劉以鬯的《對倒》，不『花樣』卻更『年華』」。

10 年間，我多次與劉以鬯在不同場合見面而短暫訪談，直至 2010 年 7 月，香港書展選他為首位香港書

展年度作家，我還跟他有過一次深談。那天講座後，數百讀者拿着他的書排隊簽名，他坐着不停簽，夫人羅佩雲站在邊上不時翻開書的扉頁。求簽名的大部分是年青人。事後，他對我連說三遍：「真沒想到，真沒想到，真沒想到」。

此時，12月7日，他99歲生辰那天。他躺在小牀上，看到我探望他，他似乎很開心。他像孩童般用英語唱生日快樂歌，還在夫人提議下，唱了一首法語歌。夫人羅佩雲79歲，仍保持那種美的韻味。劉以鬯唱畢，夫人用手指輕輕點了一下他鼻尖，以示讚賞。一派動人的鶼鰈情深。

20天前，2017年12月聖誕節之際，我正在中東採訪。那天在耶路撒冷，意外收到劉以鬯夫人羅佩雲Whatsapp：「祝聖誕快樂，December 2017」。身在異鄉，一陣欣喜。我告訴她，我在以色列採訪。她又旋即回覆說：小心，保重。據知，1952年劉以鬯南下新加坡，受聘於報館，其間他時常會去歌舞廳聽歌解壓，便與現代舞舞蹈團當紅女主角羅佩雲相識相熟相知。不久後，他倆由新加坡移居香港，開始「未嘗24小時分離」的家庭生活，整整60多年，形影不離，出雙入對，始終不離不棄，感情愈久彌堅，有評論說「堪稱文壇真愛的典範」。

太古城這個住所，他們住了40年。據他夫人說，劉以鬯晚年生活簡單，平淡安詳，主要由她照顧。劉以

行走的風景

罃雖行動不便，但並無大病痛。她不時扶他到陽台走走，看看風景，曬曬太陽。客廳兩個大櫥裏，盡是劉以罃當年自己手工製作的微細模型。羅佩雲說，她還記得上世紀九十年代末，劉以罃的《對倒》內地版，還是我和朋友從中促成北京出版的。為了增補書稿，她還來過我當年在荃灣的家送書稿。除了陪同劉以罃喝茶，她還隨同他參加各種會議，講座、論壇、研討會，還有新書簽售、出任活動主禮嘉賓。圈中人都說，劉以罃每有稿件、出書事宜，夫人總是勝似秘書，沒有夫人相助，劉以罃不可能有這麼多書出版。

劉以罃 17 歲已發表小說，至今 80 多年。他的作品描寫香港的小人物與城市風貌，成為首批書寫香港的作家之一，為香港歷史留下註釋。《酒徒》被譽為中國第一部意識流小說，有評論稱他「左手寫雅、右手寫俗」，一手寫娛人的作品，即「通俗小說」；一手寫娛己的作品，即「嚴肅文學」。上世紀六七十年代，劉以罃同時為 13 家報館供稿，每天寫 13,000 字。劉生前受訪時談及創作：「你不需走別人走過的路，你走你自己的路，走自己的路不是容易，千千萬萬的小說，好看的難有一本，所以你要與眾不同。」有統計稱，50 多年來他共撰六七千萬字文學作品。他在 92 歲高齡仍埋首創作，2016 年出版最後一本書《香港居》。劉以罃先後獲政府頒榮譽勳章、銅紫荊星章，公開大學和嶺南大學的榮

譽文學博士、藝術發展局的「傑出藝術貢獻獎」、「終身成就獎」等。

1941 年劉以鬯畢業於聖約翰大學，因戰亂由上海移居重慶，後又輾轉去新加坡、吉隆坡，最後長居香港。30 歲來港定居後曾任多份報章副刊編輯，在《香港時報》、《西點》、《星島周報》主編或執行編輯。1985 年，有見嚴肅文學長期被「邊緣化」，於是創辦月刊《香港文學》，擔任總編輯至 2000 年。

劉以鬯仙逝後，朋友們說：「所有的記憶都是潮濕的——悼劉以鬯先生」（王家衛）；「香港文化有一種價值叫做『劉以鬯價值』」（黃勁輝）；「（劉以鬯）給香港這功利社會創造精神後花園，讓關愛人文的港人有了寄託，有了指望，有了信念」（董橋）；「劉以鬯之於香港文壇近乎神話」（蔡益懷）；「不寫近三四十年的香港文學史則已，要寫便須要先着力寫好劉以鬯」（黃繼持）；「他（劉以鬯）的創作追求，用八個字可以概括：『與眾不同』『有所發現』」（梅子）……

劉以鬯一百年的文學生涯，就是一種抗命的精神。迷人的百歲劉以鬯，譜寫着香港歷史的一部分。「如果他能衝破那塊積着灰塵的玻璃，他會走回早已消逝的歲月」。影片《花樣年華》的片尾字幕，引自劉以鬯小說《對倒》。劉以鬯仙遊，有朋友說，他突破「玻璃」，遠離塵世，安然走回「早已消逝的歲月」。

行走的風景

李銳：
我不去八寶山，只想回平江

　　3月16日，是102歲李銳去世一個月。2019年3月7日，北京全國人大和政協「兩會」期間，筆者前往木樨地那棟俗稱「部長樓」的22號樓，走進李銳故居，探望李銳夫人、比李銳小13歲的張玉珍。物是人非，李銳不在了，他家客廳的幾幅李銳畫像依舊掛置在老地方。張玉珍仍習慣以「老頭」稱呼李銳，提到李銳，她依然傷感，時不時抹眼淚。

　　半年前，李銳和夫人有過一段充滿「童真」的有趣對話。夫人：「你將來死了我怎麼辦呢？」李銳：「你當然要跟我去了，你不跟我去不行。」夫人：「好，你走到哪，我就跟到哪。」李銳：「我不去八寶山，只想回平江，別的地方哪裏都不去。你也要跟我去，你不去我饒不了你。」夫人：「我們兩個40年了，我能不跟你去嗎？」李銳：「那好，那我就放心了。」

　　李銳說的平江，是他的故鄉，他是湖南省平江縣人。這位毛澤東研究專家，曾任中央組織部副部長、水電部副部長、中顧委委員，1995年退居二線後，他注重歷史反思，總結歷史經驗教訓。他兼任中共組織

史資料編纂領導小組組長，主持中共組織史編纂工作。對家鄉縣誌、黨史徵編工作亦予關注，親任平江縣誌總編纂。

張玉珍 89 歲了。她說，李銳走的時候不清醒，走的很快。當時李銳呼吸還算順暢，各項指標也都正常，她回憶當時情景，「我還說，老頭，你今天還不錯呀。但一會兒他就沒反應了，不知道了，我就大聲喊，老李，老李，你怎麼一下子就不知道了，老李呀，老李。他就這樣走的……」

李銳走了以後，人們更為關注他生前留下的那 1,000 萬字的日記。李銳一生都保持着寫日記的習慣，於是記下黨內高層的人和事的內秘，他的日記可以說是半部共產黨黨史。從 1935 年至 2018 年 3 月，他記下了當時鮮為人知的史料，記下了他獨到的視角。1998 年，北京的作家出版社曾出版《李銳日記・出訪卷》，389 頁，日記只涉及「出訪」的內容。據此書終審簽發的出版家、散文家石灣日前回憶說，此書出版後反響強烈，一時成為暢銷書。

李銳女兒李南央旅居美國，把日記帶去美國整理並出版李銳日記和各種手稿，她已將這些日記與一批手稿，包括李銳的一些信件，在盧山會議時期、參加土改時的工作筆記等，都捐獻給美國史丹福大學胡佛研究所永久收藏，有消息稱，李銳日記有望在 2019 年 4 月由

行走的風景

胡佛研究所向公眾開放。

這些日記是私人日記還是「工作日記」，日記怎麼會到李南央手上的，又怎麼帶出國的，李銳生前是否同意讓女兒參與整理這些日記，張玉珍道出了與李南央不同的版本，李銳曾說了一個心願，他的日記還是讓韓鋼、宋曉夢、朱正來整理。這些日記與手稿的整理與出版經歷多番曲折，也摻雜着家庭成員的恩恩怨怨，隔閡與猜忌。

用張玉珍的話說，李銳是個「好老頭」，從來不會撒謊。有一次，中組部曾派人來李銳家找他，要他不要再出任《炎黃春秋》雜誌社顧問了。李銳坦然說：「你們不是說要發揮餘熱麼？我就這麼點兒的餘熱要發揮，我不退，就喜歡在這兒當顧問。」李銳家牆上，有《炎黃春秋》雜誌社前社長杜導正書寫的輓詞：「當代中國屈原——李銳同志千古」。

李銳在醫院裏每天堅持在病牀桌椅上坐着練習寫字。他夫人、88歲張玉珍，日前委託《亞洲週刊》獨家發表一份900多字的《張玉珍的聲明》。她說，鑑於李銳3月30日患病以來，社會上不斷出現李銳病危和死亡及所謂遺囑的聲音。為此，她認為有必要發表一個聲明，澄清事實，以正視聽。李銳病情一個時期來始終牽動外界關注。

張玉珍在這份《聲明》中說，「第一，李銳同志自

得病以來，始終受到單位的重視和關注，部、局領導多次到醫院看望，要求醫院盡最大努力使李銳同志盡快康復，並要求李銳同志的秘書每天彙報病情。第二、李銳同志住院近兩個月，雖然三次發燒，但均在醫院的精心治療和護理下，取得良好的醫療效果，病情好轉，從未報過病危，更談不上病故。第三、關於 4 月 6 日以來社會上傳出所謂李銳『不開追悼會、不蓋黨旗、不進八寶山』的遺囑，自 1979 年我與李銳結為夫妻以來，李銳每次住院都是我陪住，這次也不例外，只是由於我突然胃出血，才不得不離開北京醫院，但是病癒之後，我仍每天去醫院探視李銳同志。我從未聽到他提出遺囑。近 40 年的共同生活，李銳也曾提到百年後的安排，但從無上述『遺囑』內容」。

她在《聲明》中繼續說，「第四、李銳同志加入中國共產黨 80 多年，他曾多次說過自己的一生『對得起自己，對得起黨，對得起歷史』。從各個歷史時期看，李銳同志在境內外公開出版的著作都是講真話，都表明了他是怎麼做人和當黨員的。第五、關於《美國之音》的採訪，是我胃出血住院，不在李銳同志身邊時發生的，我事先並不知情。我想強調的是，對於一個治療中的百歲老人，安排這種活動，是極不嚴肅、缺乏起碼責任的行為」。

《聲明》說，李銳住院期間，之所以連續三次發

行走的風景

燒，主要是由交叉感染所引起。為此，張玉珍希望關心和愛護李銳的親朋好友，最近一段時間，暫時不要到醫院探視，「給李銳營造一個良好的康復環境」。這一《聲明》落筆日期為 2018 年 5 月 25 日。

3 月底李銳患病入院，據悉，當李銳病情穩定了，4 月 20 日，李銳女兒李南央返回美國，她是專程趕去北京探望住院的父親的。李銳的主管醫生每周五會告知李南央一次她父親病況。

2018 年 7 月 9 日，張玉珍寫了 253 個字的「附記」給《亞洲週刊》。她在「附記」中說，最近李銳的病情愈來愈好，「已經完全進入康復階段，我將『我的聲明』給他看，他還作了修改，也就是大家目前看到的這個『聲明』，並在『聲明』之後加了一段話『李銳 1934 年考入武漢大學工學院機械系，當年武漢已沒有中共的組織，1936 年他找進步同學自己組織黨，抗戰前到北平找到黨的關係。他的入黨時間為 1937 年 2 月，有人說他包括日記，總共寫了 1000 多萬字，已經出版的書有 20 多本，其中有 19 卷的《李銳文集》，前面出版的《李銳期頤集》等等。在他住院的前一段時期，到醫院來看望的老朋友、新朋友非常多，許多人關心他，希望他儘早康復』」。

李銳 1937 年加入中共，中共執政後，他曾任毛澤東兼職秘書，曾任水利部副部長，在盧山會議上因支持

彭德懷而被定為「彭德懷反黨集團成員」，被撤銷一切職務而開除黨籍，文革時期又被投入秦城監獄八年，文革後復任水利電力部副部長、中組部常務副部長、中顧委委員，退居二線後，任中共組織史領導小組組長，主要從事黨史研究。

　　102李銳、95歲杜導正、2017年10月猝然病逝的95歲何方，被輿論視為「京城改革派三老」，有稱為「體制內改革派」，有稱之為「自由派靈魂人物」。據悉，2017年10月中共十九大前夕，中共中央辦公廳正式邀李銳列席十九大代表，李銳前去杜導正寓所商議，去還是不去，去了應該說些什麼。他們一起湊了五條，杜導正回書房寫下五條，交給李銳。那五條是：第一，不要搞個人崇拜；第二條，十一屆三中全會路線不能動搖；第三條，鄧小平對外「韜光養晦」的戰略口號沒有過時；第四條，反貪要堅持，但政策也要注意，不要太着急；第五條，對知識分子要尊重些，寬容些。李銳原本想在小組會上就這五點發言，最終還是因身體不行，只參加了會議最後那次的大合影。2018年的2月14日，中共中央、國務院在人民大會堂舉行春節團拜會，李銳和杜導正都受邀出席了，視他們為「離退休老幹部的代表」，當局全程照顧相當周到。

　　以往，在京城的老幹部、老知識分子還有《炎黃春秋》雜誌社這一平台，定期相聚議政，2016年夏《炎

行走的風景

黃春秋》遭當局封殺、接管、改組後，原班主要人馬都離開了，這樣的平台也隨之消失。杜導正對筆者說，大家自認為有責任說說話，有分寸地評說國事，希望這個黨好，希望這個國家好。現在很多朋友表示，不好說，不能說，不想說了。

劉永齡：海，藍給自己看

　　劉永齡於 2019 年 2 月 19 日病逝，3 月 16 日香港殯儀館基恩堂設靈。86 歲的他，生前死後一切都很低調。香港人熟悉劉永齡的，或許還真的不多了。這位香港基本法諮詢委員會委員，香港應該銘記他，中國紀念改革開放 40 年也不能忘卻他。

　　上世紀八十年代，改革開放大潮。在香港資本家中，去深圳大規模買地建廠，劉永齡是第一個。選擇深圳買地設廠，在上世紀八十年代中期作出這一決定，無疑是需要膽量的。劉永齡於 1978 年創辦香港億利達工業集團，這是一個大型綜合性工業實體，下設 10 多家企業。其實，他公司幾年前就在深圳設廠，在廈門也有獨資經營的工廠，起初深圳廠是來料加工性質。當時，產業要推進發展，但他租不到也買不到大廠房，1987 年下半年，深圳市政府允許香港投資方在深圳自己買地，劉永齡便率先作出買地決策。

　　香港有一本長銷書《許家屯回憶錄》。許家屯，前中共江蘇省委書記、前新華社香港分社社長。許家屯在香港任職時，和劉永齡就成了朋友。在《回憶錄》第 10 章「香港經驗啟示錄」裏，有關於劉永齡的部分，

這裏僅僅摘一小段：

　　——說一個「蟲變龍」的故事。劉永齡是六十年代到香港的，剛到時，身上只剩20塊港幣（有誤，實為10港元）。我在香港工作時，曾到他家去，他的家不比包玉剛的別墅小。在深圳蛇口之間，他建了一棟面積10萬平方米的工廠。1989年新廠開幕，我去剪綵。他當時告訴我，準備招收10,000員工，現在已有3,000人，其中數百個是中國各大學畢業的科技人員。開幕那天，他同時邀請了北大、清華、復旦、上海交大、南京大學等五所大學校長參加。他告訴我，他同這五所大學簽訂合同，搞科技開發合作。他看得遠，取得科技開發之先。在香港商人中能這樣做的，他是第一人。

　　劉永齡堅守着一種信念。1986年，當中英關於香港問題的談判進入關鍵階段時，香港的不少財團和工商界人士憂心忡忡，紛紛轉移和收攏資產資金，劉永齡卻恰恰相反，人家拋出，他買進，別人縮小投資，他乘機擴大規模，添置設備，招兵買馬，擴大生產，佔領市場，還斥巨資買下香港快捷大廈，兵貴神速，億利達公司規模迅猛發展。

　　是年的8月15日，北京開往北戴河的列車。時任中共中央總書記胡耀邦會見了劉永齡和華裔美籍物理

學家丁肇中。在列車上，劉永齡問胡耀邦：「國營企業太多，中國能不能搞一些私營企業？」胡耀邦聽了，點頭一笑，問他：「你認為發展私營經濟理由何在？」

上世紀七十年代末八十年代初，個體私營經濟破土而出，稱此為「驚天動地」也不為過。在此之前幾十年，「一大二公」、「興無滅資」、「割資本主義尾巴」等宣傳不斷升級。中國大地上，個體私營經濟連根拔除，人人患了恐私症，談私色變。國人對個體私營經濟的警惕和戒備滲透血液，這是導致中國經濟在 1976 年跌到崩潰邊緣的主因。在當時要想啟動個體私營經濟發展，談何容易。不過，劉永齡卻堅信：變革中的問題，只能透過繼續變革來解決。

劉永齡一字一句回答：「盡快發展私營企業、上市公司，只要控制少數股份就能控制全局。我主張中國採取這個辦法，用大家的錢，把小企業賣出去，大企業上市。」劉永齡說着，看了看胡耀邦，見胡聽得認真，於是繼續說，「我們的國家經濟害了重病，現在的辦法是唯有大力支持私營經濟，靠國家貸款。香港的工廠，80％是 20 人以下的小廠，現在的大廠都是小廠發展起來的。對外開放的同時，也要對內開放，也就是鼓勵發展私營經濟」。胡耀邦凝視着劉永齡，似乎在沉思，停頓了一下，胡耀邦說：「我們經營方面是做得不行，要想辦法。」幾年後，中國經濟成分最終發生了根本變

行走的風景

化，私營經濟迅猛發展。

劉永齡本色是知識分子。他始終看重讀書，賺了錢回歸教育。當年，他在內地設立的獎學金有：吳健雄物理獎、陳省身數學獎、億利達科技獎、中國科技大學和西北電訊學院獎學金、上海青少年發明獎，僅僅在浙江大學就設立「億利達青少年發明獎」、「劉永齡獎助學金」。在台灣設立丁肇中獎學金。在香港以鉅資捐助理工學院「億利達電腦實驗室」，在中文大學設「楊振寧閱覽室」等。

2016年春，劉永齡的《香江異辭錄》在香港出版，10多萬字，收錄他的講稿和文章，他要我給他寫一篇長序，我採訪他四五次，寫了2萬字小傳記。

「海，藍給它自己看」。劉永齡喜歡這句詩意的短語，但不知道這詩句是誰寫的，他說，這七個字對他靈魂的觸動無法言喻，這正是對人生的一種點化。大海，遼闊的蔚藍令人心旌搖動，但大海似乎永遠以它的緘默淡泊自己的美麗，以它的孤獨包容世人的疏忽。人生在世，自己最能掂量出活着的輕重。一個人生命中若能遠離浮躁和虛華，保持心靈的明淨和淡泊，去做一個有海一般寬闊心胸的人，將生命的蔚藍展示給自己看，那一定是活出了做人的境界了。

海，藍給它自己看；人，真誠為自己活。劉永齡走過的路，只是給自己看。劉永齡81歲時，在上海朱家

角歸園買了一塊地：墓地。他為自己擬寫了墓志銘：

前半生，熬筋骨，餓體膚，苦意志，嚐盡人間酸甜苦辣；

後半世，建基業，慰先靈，賑學子，堂堂正正不負生平。

那天，在他的靈堂，這幅墓誌銘成了他遺像兩旁的輓聯⋯⋯

行走的風景

過去的幾個月：傷逝——傳承

踏入 7 月，半年過去了。這半年，一再送別逝去的文化符號。

2 月 6 日，101 歲國學泰斗饒宗頤走了。

3 月 18 日，83 歲文壇大師李敖走了。

3 月 19 日，90 歲世界華語詩壇「詩魔」洛夫走了。

5 月 31 日，75 歲「以香水寫作的香江才女」林燕妮走了。

6 月 6 日，78 歲香港「新儒家」霍韜晦走了。

6 月 8 日，100 歲香港文學巨匠劉以鬯走了。

……

逝去的不是消亡，而是永生。不過，當下正流行「雲紀念」。名人去世，網絡上，特別是微信朋友圈，人們的悼念往往刷屏。發一張逝者照片，留兩句逝者語錄，用雙手合十的表情圖案，寄託一份哀思，當代人浮躁的內心急於表達，熱衷中炫耀自己與死者關係。當然，即使是跟風紀念，也都不該質疑。不過，還是要怯怯一問：你讀過逝者多少作品？你有沒有對逝者深閱讀的敬畏？

逝去的他們在文壇留下的印記，是後人無形的精神

信仰，也是有形的具有象徵意義的符號。人們把文化上的世代斷層，視為一座城市的潛在危機。傳承的是經典背後的精神。傳是傳授、傳遞，承是繼承、領納。歷史、回憶、事實，無疑重要，但內涵、時代、精神，才是最值得一代代傳承下去的寶物。正是一脈相承、代代相傳的傳承，才使得文學創作源遠流長。

文學雜誌廣義上泛指專注於文學內容的期刊，在文壇上扮演重要角色，從介紹、導賞各種文學作品，到創作技巧的交流，以及連結種種文藝活動，散播文壇的種子。同時，文學雜誌是培育作家的園地，不少創作人從中成長。在香港，文化前輩一個個遠去了，但一本本文學雜誌卻意想不到倔強破土問世。

5月，文壇上出現一本新的文學雜誌《無形》及其網上文學發表平台「虛詞」，香港文學館獲香港藝術發展局資助出版《無形》，以附冊形式，每期隨生活文化雜誌《號外》附送，並於各獨立書店有售。《無形》的內容涵蓋新詩、散文、小說、評論及視藝創作等，願樹立自己獨特的美學傾向。「虛詞」文學網絡平台，承接紙本的專題而作出更深入的文字探索，利用網絡流通性，跨越地域界限，試圖探索更多獨特作品並讓不同觀點互動對話和交流。《無形》和「虛詞」的形式、內容都有呈現現今香港文學雜誌新的理念。

《無形》總編輯鄧小樺如此分享雜誌名字的緣起：

行走的風景

「這是一個信實、確鑿的時代,相信非虛構的東西,多於相信虛構的東西,很現實、實際和具體。但世事會像鐘擺一樣,終會走到另一個方向,我想做一些跟時代相反的東西,令雜誌的週期更長,便想到『無形』的概念。」她談新刊物的理念,並藉此探討香港文學雜誌的生態。

幾乎同時,文藝雙月刊《教師起動》創刊了。一批走在前線的中文老師,起動文藝力量,鼓勵老師和同學一起投入寫作,共同欣賞文學。發起者認為,香港不應該只有他們幾個、幾十個老師熱衷寫作,應該鼓勵全香港老師寫作,只有參與其中,「把餅做大,才能讓更多學生愛上寫作」。老師多寫,學生多讀,然後又喚起學生多寫,或可成為一股新氣象,不再局限於課室上課。

在創刊號編者話中說道:「教師起動,能帶來些什麼?……只要教師願意寫,學生便樂意讀,當中定有某些學生,被老師感染,從而激發起創作欲望。愈多老師寫作,便愈多學生寫作,箇中關係,直接而微妙。」現在香港文學發表空間似乎多了,少的只是願意想盡辦法去寫作的人,「有了專為老師而辦的文學雜誌,是個很大的鼓勵——鼓勵我們多寫」。

有 33 年歷史的《香港文學》,是在香港出版的一份文學雜誌,1985 年 1 月由作家劉以鬯創辦並任總編輯,2000 年 9 月改版,作家陶然接任總編輯。2018 年

1月，《香港文學》執行總編輯是周潔茹。這是一位「70後」作家。她1976年生於江蘇常州，20歲以中篇小說《文雅》獲上海《萌芽》新人獎，24歲出版長篇小說《小妖的網》、《中國娃娃》，後旅居美國，2009年移居香港。

　　《香港文學》是香港作家發表嚴肅文學的重要平台。記得，《香港文學》創刊時，劉以鬯在創刊號發刊詞中說，「香港是一個高度商品化的社會，文學商品化的傾向十分顯著，嚴肅文學長期受到消極的排斥，得不到應得的關注與重視。儘管大部分文學愛好者都不相信香港嚴肅文學的價值會受到否定，有人卻在大聲喊叫『香港沒有文學』」。此語道出香港文壇處境：在香港辦文學刊物，就要面對嚴肅文學受眾少的問題，出版商基於商業效益與市場規律，不得不拒絕出版嚴肅文學，使創辦文學雜誌困難重重。好在，文化不會斷層，文學總要傳承，這是前輩文化符號背後的精神。

行走的風景

文化不會斷層：逝去的中華文化符號是一代人記憶

　　步入 12 月，大小媒體都在盤點即將過去的一年，年度人物、年度事件紛紛推出。好幾個媒體朋友問我，我心目中的年度人物是誰，我脫口而出：逝去的文化名人——中華文化符號。看看即將過去的戊戌年，一大批文化名人先後棄世，真是一個群星隕落、碩果凋零的年代。

　　2 月 6 日，101 歲國學泰斗饒宗頤走了。

　　2 月 17 日，93 歲中國美術史學科創建人金維諾走了。

　　3 月 18 日，83 歲文壇大師李敖走了。

　　3 月 19 日，90 歲世界華語詩壇「詩魔」洛夫走了。

　　5 月 31 日，75 歲「以香水寫作的香江才女」林燕妮走了。

　　6 月 6 日，78 歲香港「新儒家」霍韜晦走了。

　　6 月 8 日，100 歲香港文學巨匠劉以鬯走了。

　　9 月 20 日，98 歲以童心追求兒童文學一生的「雲姨」黃慶雲走了。

　　10 月 29 日，91 歲被譽為「新中國紅學第一人」

的李希凡走了。

10月30日，94歲「一覽眾生」的武俠小說泰斗金庸走了。

11月2日，91歲香港「電影教父」鄒文懷走了。

11月3日，55歲有「靚絕五台山」美譽的藍潔瑛走了。

⋯⋯

這一年，一再送別逝去的文化符號：從傷逝到傳承。逝去的不是消亡，而是永生。逝去的他們在文壇留下的印記，是後人無形的精神信仰，也是有形的具有象徵意義的符號。文化傳承有三個基本元素：語言、文字、風俗習慣。此三者只要其中一個有更動，必會產生文化的隔閡和斷層。要真正進入中華文化還原歷史真貌，就必須正視「文化斷層」這個傳統文化精髓被遺棄的「致命傷」。

人們把文化上的世代斷層，視為一座城市的潛在危機。傳承的是經典背後的精神。傳是傳授、傳遞，承是繼承、領納。正是一脈相承、代代相傳的傳承，才使得文化源遠流長。這種斷層出現之後的危害，就是真正失落了從前的文化。

這年頭，古詩詞熱，彷彿一股清泉，浸潤人們共同的文化基因。在電視節目《中國詩詞大會》上，看到了41歲農民白茹雲，河北省邢台市南和縣郝橋鎮侯西

行走的風景

村人。7 年前，她罹患淋巴癌，在病牀上與詩詞結緣。在石家莊住院期間，她買了一本詩詞鑒賞，最初是用來打發時間，後來她從中「品嘗到人生的喜怒哀樂」，從字裏行間，尋找人生感悟。她的抄寫本上，密密麻麻謄寫着 2,000 多首古詩詞，她也學着寫詩填詞。她一個弟弟因患腦瘤癱瘓在牀，另一個弟弟多年前失蹤。面對人生不幸，她背誦詩詞上萬首，從優秀傳統文化中汲取力量，樂觀笑對人生。

古詩詞助添了白茹雲克服困難的勇氣。「滿屏競傳飛花令，一眾爭說武亦姝」，一位位詩詞達人進入大眾視野，一個個與古詩詞結緣的故事令人動容，更讓人們看到傳承數千年文化的力量。這是一種傳承。也有人說，這就是一種「拾遺」。「拾遺」，顧名思義就是把自己丟掉的東西撿回來。

年初，在北京清華大學新清華學堂，聽教育社會學家謝維和演講。他說，在中華民族優秀的傳統文化中，是否有一些是我們不自覺間丟掉的東西？這就需要「拾遺」，把它撿回來。「在現實中，人們在學習和了解優秀的傳統文化時，往往有那麼一點丟三落四」。

謝維和舉例說，有人要挖苦別人，會這麼說：「你怎麼這麼蠢，愚不可及！」其實這「愚不可及」，本意是表揚他。因為在「愚不可及」前面，還有一句話，叫「智可及」。這是曹操在評價他的大臣荀攸時說的，一

個人的聰明、才幹，也許可以透過學習、鍛煉去比肩，但一個人的大智慧，即大智若愚的這樣一種「愚」，就學不會了，因為這是做人有品位的一種境界。如果忽略前面的「智可及」，只說後面的「愚不可及」，那麼這種表達是不完整的。謝維和說，「所以，如果對思想文化的內涵理解得不完整，丟三落四，那麼對中國傳統文化的傳承就是一種歪曲」。

　　武俠小說泰斗金庸剛剛走了，他不會走遠，武俠永存世間。他的武俠小說多是上世紀六、七十年代創作的。那時正值中國文化遭受最大破壞的時期。改革開放以後，大陸百姓都在讀金庸小說，他的小說對中國文化的貢獻高過他的文學價值。他的小說在以文學的形式傳承中國文化最基本的道義。學者陳寅恪、錢穆是學術研究，只有金庸用的是最通俗的、百姓喜歡的故事的形式，說的是忠孝節義這些東西是不能丟掉的。文化不會斷層，逝去的中華文化符號是一代人記憶。

行走的風景

檳城，觸摸張愛玲母女情事散珠

　　檳城（喬治市），馬來亞半島西北側，檳威海峽。放慢腳步，邊走邊尋覓藏身巷弄的壁畫，檳城整座城盡是壁畫街，壁畫佈滿大街小巷。當局七年前啟動「喬治市魔境企劃」，請來立陶宛一位青年畫家在檳城不同的壁巷創作 6 幅壁畫，在社群網絡爆紅，為喬治市老舊街頭注入一股新生命，引發馬來西亞壁畫風潮。這一天，在檳城，我和同事隨意走着走着，總會在下一個轉角發現令人驚喜的壁畫藝術。

　　那是 2019 年 1 月 26 日下午。或許從來沒有人會從檳城的壁畫，聯想到張愛玲的插畫。一些壁畫的畫風與張愛玲的插畫相似。曾讀過一篇短文，說到張愛玲發表的小說散文，獲讀者青睞，除了文字功力外，還與她多用繪畫插圖配文有關。她為自己的七篇小說所配畫的人物插圖，為自己散文集所畫的封面漫像，以圖配文。張愛玲的繪畫天賦，早在文學寫作之前就已顯露。她 9 歲時給報刊寫的第一封投稿信寫道：「我常常喜歡畫畫子，可是不像你們報上那天登的孫中山的兒子那一流的畫子，是娃娃古裝的人，喜歡填顏色，你如果要，我就寄給你看看。」信中透露了她喜歡畫彩色古裝娃娃。據

她自言，在求學時代，曾發表過一幅漫畫，得了五元稿費，還買了一支唇膏。

在檳城逛了壁畫街，也走了愛情巷。壁畫加愛情，總讓我感覺張愛玲的一種無形的存在，那是因為這一天上午，我們去見了94歲被馬來西亞譽為「杏壇芳草」的邢廣生。她是目前所知道的張愛玲母親閨密唯一健在者。花了幾個月時間，透過多種渠道，終於聯絡上她。我和同事專程從香港飛往檳城拜訪她。

99歲，白壽之年，百歲缺一。曠世才女作家張愛玲生於1920年，2019年是她冥誕99歲。此際，有關張愛玲的新聞不時傳出，開始聚焦而成為話題。張愛玲筆下的角色、場景、氛圍，鮮活得恍如進入人們生活，無怪這股張愛玲風潮始終不曾止歇。

檳城丹絨武雅區武雅普達路，珍珠景觀公寓。邢廣生的家在山上，面向馬六甲海峽。

剛在客廳坐下，她便笑吟吟問我：「你哪裏人？」

我答：「上海人。」

她說：「上海人哪有你這麼高的。」

我笑了笑，尚未接口，她又接着說：「我常看你的文章，我知道你。」

我聽了一愣，94歲還讀時政新聞綜合雜誌的文章。我們與這位張愛玲母親黃逸梵的「忘年交」暢談了一個半小時，她講述黃逸梵和張愛玲母女倆的故事，披露諸

行走的風景

多關於她倆從未公開的細節，填補黃逸梵在南洋生活的空白。她拿出保存了多年的張愛玲媽媽和她的五封書信往來，其中四封是黃逸梵寫給她的，唯有一封是她寫給黃逸梵而沒有寄出去的信，這些信「講述」了 1957 年黃逸梵人生最後一年在倫敦的秘辛。

她領着我們走到小房間，指着一面化妝櫃立鏡說，這是張愛玲媽媽設計的，送給她的，她保存至今。在客廳，我緊挨她坐着。一股淡淡的香水味。94 歲的邢廣生，抹口紅，腳丫穿絲襪，趾甲竟然也抹紅。這細節讓我品味她精緻的生活態度，難怪張愛玲母親黃逸梵那麼喜歡她，趣味相投。

中國傳統文化強調「慈」和「孝」這兩個概念。人們從小都接受「母愛是最偉大」的理念，尤其母女關係是人類最複雜的關係之一。古今中外有一共識：一個人的成長跟母親的關係應該是最大的。張愛玲有一本重要作品書名《傳奇》，用「傳奇」來描述張愛玲和她母親的一生則頗為恰當。提起張愛玲，不少人都很熟悉，但這個奇女子卻一生富予太多爭議，認識她的家庭，尤其是她極其奇葩的母親，有助於了解張愛玲其人。

張愛玲母親黃逸梵，生於 1896 年，原名黃素瓊，後來嫌原名「素瓊」名字不夠浪漫，出洋時自己就改為「逸梵」。這個骨子裏透着浪漫情懷、滿腦子都是新思潮的女子，確是一個傳奇。黃逸梵，舉止優雅，身材窈

窕，高鼻深目薄嘴唇，彷彿有着南洋混合血統，頭髮不黑，膚色不白，周身散發的是濃濃的浪漫氣質。

要閱讀黃逸梵，邢廣生無疑是活生生的教科書。邢廣生，1925 年生於廣州，成長於亂世。1947 年從中國四川大學畢業後南去馬來半島，當了一輩子教師，一生念茲在茲的是她的學生，她的學生也愛戴這位才學出眾的老師。

邢廣生和黃逸梵的緣分始於吉隆坡坤成女中。1947年，邢廣生從中國隨馬來亞華僑丈夫南來落腳馬來半島，開始在坤中執起教鞭。邢廣生說，「我來馬來西亞，本來是來玩玩看看，後來中國統治變色，就留了下來。我出生廣州，所以我的名字是小名『廣生』。我本來有學名，但因為打仗、搬家、逃難，改名字很麻煩。留下來就在坤成中學教書，當時也有很多英國官員學中文，我的中文發音比較準，所以也有很多英文官員跟我學中文。那時我在坤成中學和州立小學兩邊都有教書」。

翌年，黃逸梵從上海重返新加坡，經湖南同鄉、新加坡南洋女中校長劉韻仙引薦給吉隆坡坤成中學的訓育主任陳玉華，陳玉華和黃逸梵同鄉，黃逸梵到了吉隆坡坤中教書，學校多了一位中國女教師，人如其名「逸梵」那般飄逸瀟灑。由於她沒學歷文憑資格，輾轉來到坤成女中只是教手工課。那時學校有幾個中國來的老師，大家一起聊天，因着同鄉情誼，時年 23 歲的邢廣

行走的風景

生與 51 歲的黃逸梵一見如故，結成忘年之閨蜜。

在馬來西亞吉隆坡相處的那年，邢廣生卻不曾從黃逸梵口中聽聞其身世背景。邢廣生說：「我當時是不知道的，她從來沒有跟我講過她家裏的事情，她不講我也不會問。」就連有這麼一個優秀的女兒張愛玲，黃逸梵也絕口不提，是刻意隱瞞，抑或孑然一身的她槎浮海外，只想遠離一切掛礙？故人辭世多年，這是一個永遠沒有答案的問題。

邢廣生透露，她最初是透過學者王賡武的父母，才依稀知道張愛玲是黃逸梵的女兒。王賡武父親王宓文是馬來西亞著名教育家，曾任馬來亞教育部華校總視學官，1955 年退休。1955 年至 1957 年，王賡武在英國留學，王宓文夫婦到英國探兒，王宓文在倫敦博物院研究中華文化。邢廣生介紹黃逸梵認識王宓文夫婦。回國後王宓文夫婦向邢廣生說起黃逸梵身世，才提到她女兒張愛玲。這時，邢廣生才半信而不疑，她的好友黃逸梵還有另一個身分，大名鼎鼎的作家張愛玲之母。

「我是靠他們的轉述才知道，後來是從報紙雜誌上讀到張愛玲家事的文章，才東一點西一點，零零碎碎拼湊起來，才知道是怎麼回事。」邢廣生說，「在逸梵去世多年後，我在閱讀張愛玲的傳記時，書中那幀肖像照還是讓我驚訝而感歎，細看那張端莊秀麗的臉容，如此讓人難以忘懷，正是我相識近十載的故友逸梵啊。」

張愛玲的書，邢廣生大部分都讀過，她希望收齊張愛玲所有的著作。她說，「張愛玲的確是天才，愛讀她的書，就是因為她是逸梵的女兒。我看她寫的東西，覺得她和她媽媽也不像，但不管像不像，她是逸梵的女兒，我就對張愛玲有特別的感情。當時我把逸梵寄給我的這些照片給張錯教授，就是因為當時張愛玲在美國，張錯也在美國，張愛玲一個人孤孤單單的，我很希望張教授能夠照顧她。」邢廣生一再說，「逸梵和張愛玲的母女關係，我覺得不怎麼好，因為她從來沒跟我提過她女兒。我覺得很可惜，當年如果我知道，一定會幫她們調解調和」。

　　黃逸梵門庭顯赫，祖父黃翼升是清末長江七省水師提督，通常稱軍門黃翼升。在李鴻章淮軍初建、開赴上海時，黃翼升所統領的 5,000 水師也歸李鴻章統帥，成了他副手。1894 年，黃翼升去世，享年 76 歲。他只有一個兒子黃宗炎，早年中舉，黃翼升為他捐了道台，承襲爵位後，便赴廣西出任鹽道。這位將門之子，婚後一直未有子嗣，赴任前，家中便從長沙家鄉買了一個農村女子給他做妾，有身孕後，將其留在南京。黃宗炎去廣西赴任，不到一年便染瘴氣而亡故，僅活了 30 歲。黃宗炎死後，全家人都關注着姨太太的臨產，1896 年生下一女一男雙胞胎。女孩便是張愛玲母親黃素瓊，即黃逸梵，同孿生的弟弟就是張愛玲的舅舅黃定柱。

行走的風景

黃逸梵是個奇葩女子。她雖然生於豪門，卻是小妾所生，父母又早逝。張愛玲父親張志沂與黃逸梵婚後一段日子幾乎天天爭吵，終至不可調和。黃逸梵接受了新思想，自然無法容忍丈夫吸食鴉片、流連妓院、娶姨太太，更看不慣他無所作為，最終兩人婚姻破裂，致使黃逸梵急欲逃離百孔千瘡的舊式婚姻生活，她決然拋下年幼孩子，出走國外那年，張愛玲快 4 歲了。黃逸梵的養母 1922 年病逝上海，黃逸梵和黃定柱便把祖上的財產分了，黃逸梵分到不少古董。在舊式家庭成長的她，童年被迫捱纏腳之苦，民初時期自由開放的氣息薰陶了她，令她始終想掙脫傳統封閉的束縛，脫胎成為獨立自主新女性。在上世紀二十年代她出走中國，成為第一代遠赴歐洲追求自由生活的「娜拉」。

　　她與丈夫離婚出走，在那樣的年代可謂石破天驚。「五四」新文明風中，她的離婚不是她被男人所休，而是她休了男人，勇敢走出家門。自此，黃逸梵腳下的世界不再只有中國。她邁開一雙小腳踏足世界，學繪畫、談戀愛、享受人生，不為他人，只為自己而活。黃逸梵在歐洲留學，在巴黎學過油畫，造詣甚高，並熟識徐悲鴻、蔣碧薇，三人曾在花都共住一屋。

　　邢廣生談到她初識黃逸梵時說：「那時候逸梵很憔悴，身體也不好。她家在舊巴生路上一座獨立小洋房，她住的是你們香港人說的『劏房』（一大房分隔多間），

那幢房子現在沒有了。那是在高地上，當時沒有出租車，我坐三輪車到她家，車夫都不肯上去，我就爬高坡走上去。逸梵品味超凡，住室是小小平房，卻可稱雅室，家居陳設氣派，佈置得很美很講究，鋪的是頗有貴族氣的地氈，牆上掛的是她繪作的油畫，盡顯主人的高雅品味。她的小窩溫馨愜意，我坐在那裏總覺得愜意舒適。」

她說，黃家有一套餐具，是皇帝下令景德鎮官窰特別燒製的 108 件一套瓷器，賜給功臣的，黃逸梵收藏了一套。邢廣生說，她看過那些瓷器，不知道為什麼特別粗糙，花紋卻是沒見過的。她的房間還擺飾她飄洋帶來的宮緞。黃逸梵晚年雖有貴重古董，但卻苦無門路，變賣不了。她曾想將瓷器賣給香港邵氏公司老闆，但對方不識貨，嫌它們粗糙，出價太低而未成交。

邢廣生說，黃逸梵的鄰居是外國人，跟她關係不大好，黃逸梵外表看起來消瘦、憔悴、疲累，比實際年齡蒼老，那鄰居喊她老太婆。她很愛美的，所以氣得要死。她在福利部收養了一個大概 9 歲的孤女，小女孩很難教，逸梵有很多規矩，比如吃飯時不能講話、不能多動，不能抓頭、弄耳鼻。一直教不好，她很生氣，後來就送她回去了。我覺得她是孤獨，想有個伴，也想讓她幫忙做一些家務。

邢廣生認識黃逸梵時，印象中黃的生活環境不是太

行走的風景

好，「但她依然有迷人的優雅氣質。她很秀氣，講話輕聲細語，斯文秀氣。她是外柔內剛的人，表面很溫柔，內心卻很堅強。在巴黎的時候，徐悲鴻、蔣碧微、張道藩和她都是朋友。後來這些人回國都做了官，她就不願意露面，不願意和他們來往，覺得自己落魄了。她母親是湖南鄉下女人，是小妾，但她是原配夫人帶大的，原配是大家閨秀，所以她的談吐和禮儀都很好。她就是小腳女人，她的一大遺憾是纏過腳，她後來雖然放了腳，但走起路來還真不好看，我猜這是她拒絕別人追求的原因之一。但是我後來看到書裏寫她也滑雪、游泳什麼的」。

問到黃逸梵在馬來西亞的生活境況時，邢廣生說：「她曾經回過一次中國，她有對我說，她的財產本來一生都夠用，吃不完，用不完的，但在巴黎的財產在二戰時被炸掉了，在中國的財產也都沒有了。當時我20多歲，自己有房子，一個獨立式的平房。她當時看上英國良好的福利制度，想移居倫敦。我嘗試留下她。勸她來跟我住。當時我不太懂人情世故，現在想，以她的心性她是不可能來依靠我的。但是那時候我一心想叫她過來，我說我吃粥你吃粥，我吃飯你吃飯，一定養得起她，我這麼說是很真誠的，但她去意已決。」

黃逸梵當時在吉隆坡朋友不多。邢廣生說：「逸梵在吉隆坡朋友很少，介紹她來的訓育主任是她同鄉，但

她還是跟我來往比較多。她有自尊，似乎也有點自卑，那時她很落魄了，不想結交太多人。當時從中國來的老師那麼多，我不知道為什麼她就跟我特別好。我很喜歡她，覺得她跟其他同事不一樣，她氣質優雅，我對她有好感。她年紀大些，顯得孤獨，屢弱多病，我年青些，常去看望她。有時候我去看她會給她買些蔬菜帶些水果。她不會主動跟人來往，內心高傲，不隨便交朋友。」

珍珠港事件爆發後，新加坡淪陷，黃逸梵的外國男友在海灘上死於戰爭炮火，她從新加坡坐着難民船逃難到印度。邢廣生說，「她從來不跟我說家世，因此有關女兒張愛玲的，有關逸梵的二戰死去的男友，有關逸梵的印度經歷等，我當時一概不知」。邢廣生和黃逸梵都喜歡看荷李活電影，從來不看中國電影，覺得中國電影水準差。邢廣生說，「有一天我跟逸梵看了一部法國電影，好像是《翠堤春曉》。她說看完之後幾天失眠，因為映畫裏的街景建築勾起她赴法國學油畫的浪漫回憶，很多地方她跟她的巴黎情人都去過。我問還有他的地址嗎，她說有。我就問那為什麼不寫信？她說他後來去參戰了，生死未卜；我如果寫信，可能知道他不在了，他戰死了，那我會很難過；我不寫信，就不知道他的情況，那他還活在我心裏。這段刻骨銘心的愛情，在歲月洗禮下，徒留給她的卻僅是斑駁的回憶」。

我們問邢廣生：「你比張愛玲小五歲，黃逸梵和你

行走的風景

很聊得來，她會不會是從你身上找到一種替代式的關愛，視你為女兒？」邢廣生沒有馬上回答，拿起桌上的茶杯，喝了口水，略微停頓了一下，說：「我不覺得她把我當女兒，不認為逸梵把對女兒的情感轉移到我身上，我們只是忘年交的那種感覺。我比張愛玲小五歲，我和逸梵只是忘年之交，我是逸梵晚年最後的一個好友。」

為了呼吸自由的空氣，黃逸梵也付出了代價。孩子自小沒娘在身邊，母愛長期缺席，這也是女兒張愛玲終究無法與她親近之故。有學者認為，不幸的家庭背景為張愛玲提供了一片廣袤的題材原地，供她盡情書寫人生的苦悲與無奈，成就了一代天才作家的誕生。無數次的出走和闖蕩，成了黃逸梵的人生模式，也讓她成了張愛玲筆下缺席而神秘的不稱職的母親。

邢廣生回憶說，黃逸梵對她確實很好。比如，黃逸梵最喜歡的一種顏色藍綠色，就是張愛玲小說裏寫的那個藍綠色。一次陪她上街買布，她選了一匹藍綠色的，她做了一條長裙，那一襲優雅的藍綠裙，穿在她身上明艷照人。我至今仍印象深刻而無法磨滅。她要給我做一件洋裝，後來給我做了一件藍綠色旗袍，特別好看。這件旗袍我不捨得穿，怕穿壞了，一直收藏着留作紀念，她很喜歡那個顏色。她手工特別好，不過她多次說要給我做的那件洋裝，後來沒有做成。」

黃逸梵去了倫敦，與邢廣生從此魚雁往來。從黃逸梵從英國寄給邢廣生的那些信，有很多不同地址，是不是她寄住在朋友家，至今仍無法解答。邢廣生說：「在我印象中，她在英國不大想交朋友，因為她生活環境不好，她自尊心很強。我也不忍心問，但我知道她在英國生活很苦。她自己租了一間地下室，很便宜，但是很濕冷。當時我有個學生去英國，我就讓那個學生去看望她。冬天很冷，她住在地下室，說洗一次熱水澡很不容易，一盆熱水澡兩個人洗，日子過得落魄。」

　　黃逸梵在倫敦患胃癌去世的，當時邢廣生並不知道。黃逸梵病重進了醫院，不能寫信了，邢廣生就沒有她的消息了。「我都不知道她最後葬在哪裏，我去英國找，但完全沒有線索」。

　　邢廣生說：「逸梵曾託人帶了一包東西給我，說是給我女兒的，包括一個洋娃娃，還有一個戒指，幾粒米一樣大的翡翠，雖然小但質量很好。我想大概是從前她的首飾品上拆下來的。可能她變賣那些首飾過日子，留下了一點，送給我女兒。我現在還放在保險箱，因為是給我女兒的紀念。我女兒是她乾女兒。」說着，她淡淡一笑。

　　1953 年，邢廣生懷孕產下女兒辛婉華，黃逸梵聞悉，主動要求當她乾媽。她寫信給邢廣生說，不管男的女的她要做乾媽。邢廣生說，「她沒有徵求我同意的，

因為她覺得跟我的感情有這個資格說這個話，而且她覺得自己出身挺好的，應該也不會辱沒我。雖然我女兒從沒見過她，她一直來信很關懷。我們一直通信，我還有寄罐頭給她，後來她讓我寄薑，我不知道怎麼寄，就一直沒能寄給她。我搬了幾次家，有的信已經找不到了，她的信寫的字很小。」

邢廣生自稱自己現在的生活是「無欲無求，無憂無慮」。她說：「我的養老金不多，我的大學文憑馬來西亞政府不承認，但我是師範學院的老師，在馬來西亞大學也兼課。我以前也做過股票投資。我在吉隆坡很多年。我女兒住在隔壁。我搬來這裏四五年了，女兒讓我來，我原本不想來，她說如果我不來她就要來吉隆坡，我覺得那不行，她在聯合國曼谷辦事處工作了 20 多年。我現在每天很早醒，醒了就在牀上看書，到了七點半起牀，和保母一起散步，走三、四十分鐘，然後回家休息吃早餐。晚上大概九點半上牀看書，十點睡覺。」

這次探訪邢廣生，她首度公開了她與黃逸梵 1957 年往來的五封書信，還原黃逸梵在英國她人生最後一年的一些不為人知的故事，或許讀者會感受到黃逸梵並非像女兒張愛玲筆下那樣的一個母親。有趣的是，讀者或許是第一次讀到黃逸梵親筆寫下的她與張愛玲之間母女的事。

第一封信，寫於 1957 年 3 月 6 日，黃逸梵從倫敦

寫給邢廣生的。

信裏，黃逸梵兩次提到女兒，一同前往檳城探訪邢廣生的新加坡老友余雲說，「這對研究張愛玲的人而言，能在她母親信裏見到『張愛玲』出現，是『石破天驚』的發現」。

有資料顯示，邢廣生在 1955 年管理吉隆坡暨雪蘭莪中華大會堂裏的民眾圖書館，是當年吉隆坡首家中文圖書館，邢負責購書。黃逸梵在信裏提及女兒張愛玲，跟館內藏書有關，信中說，「容芬（黃與邢共同友人）說邢先生的圖書館裏有張愛玲的書」。信末，又以張愛玲結束，「說愛玲的話，我是很喜歡她結了婚……又免了我一件心願。如果說希望她負責我的生活，不要說她一時無力，就是將來我也決不要。你要知道現在是 20 世紀，做父母只有責任，沒有別的」。

英國並非黃逸梵想像中的福地，她形單影隻，在異鄉晚年淒涼。1951 年下廠當縫紉女工製作皮包。一個大家閨秀在異鄉做女工，黃逸梵雖顯得無奈，卻無羞愧感。61 歲的她自食其力。她在信中說，「王太太（指她身邊人）覺得做工是很失面子的。我自己可一點不是這樣想。和以前的自傲性完全相反」，她在信中勸那時離了婚的邢廣生再嫁，不要「抱獨身主義，如果有合適的人和你同志，愛你的人，不是愛財，那就千萬別怕人言，還是結婚的好，不要像我太自傲了。那時我是不愁

經濟的，絕沒想到今天來做工」。

讀信，感受到黃逸梵的現代意識強烈。不過，文字的樸素和簡陋像古人住的茅屋，文字的明澈和深刻又像茅屋裏的古人。

第二、三封信，分別寫於 1957 年 7 月 29、30 日，黃逸梵在倫敦病牀寫給邢廣生的。

第四封信：1957 年 8 月 29 日，這是黃逸梵寫給邢廣生的最後一封信。信末似乎是在訣別：「現在我想不寫了，希望你自己當心自己。人生就是這麼回事，及時行樂吧！喜歡看電影就多看點，希望進教堂，就常去聽聽教，用心教導婉華，使她成個有用的人，你千萬當心自己。」這封信是請邢廣生在倫敦的朋友容芬代書的。

1957 年 9 月 1 日，邢廣生在吉隆坡寫給黃逸梵的一封未寄的信。

問邢廣生，信為何沒寄出。她點點頭說，她自己也不記得了。她回憶說，「讀了黃逸梵 8 月 29 日的信後，我忍不住在辦公室哭了。我已經多次跟她說，回馬來亞吧，什麼時候當你厭倦了工作，要退休的話，請你想起我，我這裏的門永遠為你開着」。

病中的黃逸梵曾發了電報給女兒：「現在就只想再見你一面。」但張愛玲沒去見她最後一面，只寄了一張 100 美元的支票過去。對此，學者有不同的分析，一說張愛玲性情涼薄，還以為母親又要跟她借錢醫病，於是

立馬用錢把她打發掉了；一說張愛玲剛嫁給窮困的老作家賴雅，新婚兩個月後賴雅便中風，兩人捉襟見肘，當時張愛玲連買一張飛倫敦機票的錢都沒有。

　　1957 年 10 月 11 日，黃逸梵客死倫敦，享壽 61 歲。據史料記載，遺留財產 1,085 英鎊 12 先令 6 便士。黃逸梵走後，那些尚未賣掉的古董，於 1958 年 2 月飄洋過海運到美國給張愛玲。當年，黃逸梵坐船去英國，攜帶 17 個箱子的古董，邢廣生見過那批古董。只是從張愛玲的傳記中，邢廣生才知道，這些她所見過價值不菲的古董瓷器，原來在黃逸梵於倫敦病逝後，全裝進一口大木箱，運到張愛玲美國家中。

　　張愛玲看到母親的遺物時嚎啕大哭，大病一場，兩個月後才有勇氣整理母親留給她的一箱子古董。賴雅在日記中說，箱子打開後，整個房子「充滿了悲傷的氣息」久久揮之不去。遺物裏有一張張愛玲模糊的肖像。她低着頭，彷彿在想着溫柔、夢幻的心事。黃逸梵最後一次回滬選了這張照片，一直帶在身邊。張愛玲《對照記》裏寫：「大概這一張比較像她心目中的女兒。50 末葉她在英國逝世，我也拿回遺物中的這張照片。」張愛玲始終認為，她是讓母親失望的女兒。

　　黃逸梵一生漂泊國外，成為中國第一代「出走的娜拉」。從最初的離家，到最終的客死異鄉，她的人生可謂傳奇。家族的日趨衰敗，家庭的不幸，父母的離異，

自然給女兒張愛玲留下抹不去的陰影。黃逸梵雖不算是一個稱職的母親，但她卻永遠是張愛玲心裏最神秘最引以為傲的母親。黃逸梵多次出現在張愛玲的散文和小說裏。

在張愛玲筆下，母女關係之間的疏離與隔閡不時隱現。她在《私語》中寫道，「最初的家裏沒有我母親這個人，也不感到任何缺陷，因為她很早就不在那裏了……同時看得出我母親是為我犧牲了許多，而且一直在懷疑着我是否值得這些犧牲，我也懷疑着……這時候，母親的家不復是柔和的了」。她還在《小團圓》裏寫道，母親把女兒的八百元獎學金在麻將桌上全輸光了，過馬路時母女牽手似感「生疏的刺激」等。不過，張愛玲也曾說過：「一直是用羅曼蒂克的愛來愛着我的母親的。」

人生是部完不成的歷史。張愛玲對她母親的情感是深深矛盾的。在這種矛盾而對立的關係中，母女間的恩怨情仇令人感嘆。黃逸梵曾試圖把張愛玲調教成像自己一樣的「清麗淑女」，然而張愛玲「不成材」，一生自認是母親眼中不及格的女兒。揮褪纖塵，洗祛鉛華，抖落人生旅途困惑與疲憊。張愛玲一生孤獨，她性格的「矛盾」，也體現在對她母親的情感上，摯愛與抱怨，親近與疏遠，是深深矛盾着的。

行走的風景

作　　　者：江迅
出版經理：林瑞芳
責任編輯：周詩韵　胡卿旋
封面設計：Bed
美術設計：盛達
出　　　版：明報出版社有限公司
發　　　行：明報出版社有限公司
　　　　　　香港柴灣嘉業街 18 號
　　　　　　明報工業中心 A 座 15 樓
電　　　話：2595 3215
傳　　　真：2898 2646
網　　　址：http://books.mingpao.com/
電子郵箱：mpp@mingpao.com
版　　　次：二〇一九年七月初版
Ｉ Ｓ Ｂ Ｎ：978-988-8526-38-3
承　　　印：美雅印刷製本有限公司